suhrkamp taschenbuch 4142

Helmer van Wonderen räumt auf. Er verfrachtet seinen bettlägerigen Vater ins Obergeschoß des alten Bauernhauses, entrümpelt das Erdgeschoß, streicht die Wände und schafft neue Möbel an. Das Gemälde mit den schwarzen Schafen, die Fotografien von Mutter und die alte Standuhr kommen nach oben, alle Pflanzen, die blühen können, auf den Misthaufen. Und da Vater ihm nicht den Gefallen tut, einfach zu verschwinden, sich von einem Windstoß hinwegfegen zu lassen oder wenigstens zu sterben, richtet der Sohn sein Leben unten neu ein. Doch die ländliche Ruhe währt nicht lang, denn eines Tages kommt ein Brief von Riet, der Frau, die Helmers Zwillingsbruder das Leben kostete. Ihr pubertierender Sohn Henk soll auf dem Hof das Arbeiten lernen …

Gerbrand Bakker, 1962 in Wieringerwaard, Nord-Holland, geboren, studierte niederländische Sprach- und Literaturwissenschaft in Amsterdam, arbeitete als Übersetzer von Untertiteln und ist Diplomgärtner. Er ist Autor eines etymologischen Wörterbuchs der niederländischen Sprache. Im Suhrkamp Verlag sind von ihm erschienen: *Birnbäume blühen weiß* (st 4170) und *Tage im Juni* (st 4251).

Gerbrand Bakker

Oben ist es still

Roman

Aus dem Niederländischen von
Andreas Ecke

Suhrkamp

Die Originalausgabe erschien 2006 unter dem Titel
Boven is het stil
bei Uitgeverij Cossee BV, Amsterdam.

Die Übersetzung des Buches wurde gefördert vom
Nederlands Literair Produktie- en Vertalingenfonds.

Umschlagabbildung: Marcel ter Bekke

7. Auflage 2012

Erste Auflage 2010
suhrkamp taschenbuch 4142

Druck: CPI – Ebner & Spiegel, Ulm
Printed in Germany
Umschlag: Göllner, Michels, Zegarzewski
ISBN 978-3-518-46142-6

Oben ist es still

I

1

Ich habe Vater nach oben geschafft. Nachdem ich ihn auf einen Stuhl gesetzt hatte, habe ich das Bett zerlegt. Wie er auf dem Stuhl saß, erinnerte er an ein wenige Minuten altes Kalb, noch bevor es saubergeleckt ist; mit unkontrolliert wackelndem Kopf und einem Blick, der nichts festhält. Ich habe die Wolldecken, Bettücher und die Moltondecke von der Matratze gezerrt, die Matratze und die Bodenbretter hochkant an die Wand gelehnt und Kopf- und Fußteil von den Seitenteilen abgeschraubt. Dabei versuchte ich möglichst durch den Mund zu atmen. Das Zimmer oben – mein Zimmer – hatte ich schon leergeräumt.

»Was machst du?« fragte er.

»Du ziehst um«, sagte ich.

»Ich will hierbleiben.«

»Nein.«

Er durfte sein Bett behalten. Die eine Hälfte ist schon seit über zehn Jahren kalt, aber immer noch krönt ein Kissen den unbeschlafenen Teil. Im Zimmer oben schraubte ich das Bett wieder zusammen, mit dem Fußende zum Fenster hin. Unter den Beinen brachte ich Klötze an. Ich bezog das Bett mit sauberen Laken und Decken und steckte beide Kissen in frische Bezüge. Dann trug ich Vater die Treppe hinauf. Als ich ihn vom Stuhl hob, sah er auf und schaute mich dann ununterbrochen an, bis ich ihn ins Bett legte, wobei unsere Gesichter sich fast berührten.

»Ich kann selbst gehen«, sagte er, erst dann.

»Nein, das kannst du nicht«, sagte ich.

Durchs Fenster sah er Dinge, die er nicht zu sehen erwartete. »Ich liege hoch«, stellte er fest.

»Ja. So siehst du draußen mehr als bloß den Himmel.«

Auch in dem neuen Raum roch es muffig, roch er muffig und schimmelig, trotz der frischen Bettwäsche. Ich stieß einen der beiden Fensterflügel auf und hakte ihn fest. Draußen war es eisig frisch und windstill, nur an den höchsten Zweigen der krummen Esche im Vorgarten hingen noch ein paar verschrumpelte Blätter. In großer Entfernung sah ich drei Radfahrer auf dem Deich. Wenn ich einen Schritt zur Seite gegangen wäre, hätte er die drei Radfahrer auch sehen können. Ich rührte mich nicht von der Stelle.

»Ruf den Arzt«, sagte Vater.

»Nein«, antwortete ich. Ich drehte mich um und ging aus dem Zimmer.

Kurz bevor die Tür zufiel, rief er: »Schafe!«

In seinem ehemaligen Schlafzimmer lag ein Rechteck Staub auf dem Boden, etwas kleiner als die Abmessungen des Betts. Ich räumte das Zimmer aus. Die beiden Stühle, die Nachttische und Mutters Frisiertisch stellte ich ins Wohnzimmer. In einer Ecke des Schlafzimmers würgte ich zwei Finger unter den Teppichboden. »Nicht festkleben«, hörte ich Mutter sagen, vor einer Ewigkeit, als Vater sich gerade hinknien wollte, einen Topf Leim in der linken und einen Leimpinsel in der rechten Hand, und wir fast schon etwas benommen waren von den scharfen Ausdünstungen. »Nicht festkleben, in zehn Jahren möchte ich neue Teppichböden.« Die Rückseite des Teppichs zerbröselte unter meinen Fingern. Ich rollte ihn auf und trug ihn durch die Milchkammer ins Freie. Mitten auf dem Hof wußte ich plötzlich nicht mehr, wohin damit. Ich ließ ihn fallen, wo ich gerade stand. Ein paar Dohlen erschraken bei dem unerwartet lauten Knall und flogen aus den Bäumen auf, die den Hof begrenzen.

Auf dem Boden des Schlafzimmers liegen Hartfaserplatten, mit der rauhen Seite nach oben. Ich ging schnell mit dem Staubsauger durchs Zimmer, nahm einen breiten, eckigen Pinsel und strich die Platten, ohne sie vorher abgeschmirgelt zu haben, mit grauer Grundfarbe. Als ich bei der letzten Bahn war, vor der Tür, sah ich die Schafe.

Jetzt sitze ich in der Küche und warte darauf, daß die Farbe trocknet. Erst wenn sie trocken ist, kann ich das düstere Gemälde von der Wand nehmen, das eine Gruppe von schwarzen Schafen zeigt. Er will seine Schafe anschauen können, also werde ich einen Nagel in die Wand neben dem Fenster schlagen und das Bild aufhängen. Die Küchentür und die Zimmertüren stehen offen, ich kann das Bild von meinem Platz aus über den Frisiertisch und die beiden Nachttische hinweg sehen, aber es ist so dunkel und matt, daß ich keine Schafe darauf erkennen kann, so lange ich es auch anstarre.

2

Es regnet, und der starke Wind hat die letzten Blätter von der Esche geweht. Der November ist nicht mehr eisig frisch und windstill. Das Elternschlafzimmer ist jetzt mein Schlafzimmer. Ich habe die Wände und die Decke weiß gestrichen und den Hartfaserplatten eine zweite Schicht Grundfarbe verpaßt. Die Stühle, Mutters Frisiertisch und die beiden Nachttische habe ich nach oben gebracht. Ich habe einen Nachttisch neben Vaters Bett gestellt und die übrigen Sachen in das leere Zimmer neben seinem Schlafzimmer geräumt. Henks Zimmer.

Die Kühe stehen schon seit zwei Tagen im Stall. Beim Melken herrscht Unruhe.

Wenn der runde Deckel oben auf dem Milchwagen offengestanden hätte, wäre heute morgen die Hälfte der Milch aus dem Tank gespritzt, wie bei einem Geysir, so scharf hatte der Milchfahrer vor dem aufgerollten Teppichboden gebremst, der immer noch mitten auf dem Hof liegt. Er schimpfte leise vor sich hin, als ich in die Milchkammer kam. Es gibt zwei Milchfahrer, und dies war der ältere, der mürrische. Ich glaube, er ist ungefähr in meinem Alter. Noch ein paar Jahre fahren und dann in Rente.

Mein neues Schlafzimmer ist bis auf mein Bett völlig leer. Das Holz – die Fußleisten, die Fensterrahmen und die Tür – werde ich auch noch streichen. Vielleicht in der gleichen Farbe, in der ich den Boden gestrichen habe, aber so genau weiß ich es noch nicht. Blaugrau schwebt mir vor; die Farbe des IJsselmeers an einem Sommertag, wenn in der Ferne graue Gewitterwolken drohen.

Vor einiger Zeit, Ende Juli oder Anfang August muß es gewesen sein, sind hier zwei Jungen in Kanus durchgefahren. Das kommt nicht oft vor, die offiziellen Kanurouten führen nicht an meinem Hof vorbei. Nur wer eine weitere Strecke fahren will, nimmt den Weg hier entlang. Sie hatten die Oberkörper entblößt, es war warm, die Muskeln ihrer Arme und Schultern glänzten im Sonnenlicht. Ich stand an der Seite des Wohnhauses, ungesehen, und beobachtete, wie sie sich gegenseitig zu rammen versuchten. Ihre Paddel klatschten zwischen den Gelben Teichrosen ins Wasser. Das vordere Kanu legte sich quer und blieb mit dem Bug am Ufer hängen. Der Junge schaute zum Hof herüber. »Sieh mal da«, sagte er zu dem anderen, einem rotblonden Jüngling mit Sommersprossen und sonnenverbrannten Schultern, »der Bauernhof, der ist zeitlos, der könnte von heute sein, aber genausogut von 1967 oder 1930.«

Der rotblonde Junge sah sich den Hof, die Bäume und das Stück Land, auf dem die Esel standen, genau an. Ich spitzte die Ohren. »Ja«, sagte er nach längerer Zeit, »die Esel, die sind schon altmodisch.«

Der vordere Junge stieß sein Boot vom Ufer ab und drehte den Bug wieder in Fahrtrichtung. Er sagte irgend etwas zu dem anderen Jungen, das ich nicht verstand, weil gerade ein Rotschenkel zu lärmen anfing. Ein später Rotschenkel, meistens sind sie Ende Juli alle verschwunden. Der Rotblonde folgte langsam und schaute dabei weiter meine beiden Esel an. Ich konnte nicht weg, und es gab an der kahlen Seitenwand des Wohnhauses nichts, womit ich mich hätte beschäftigen können. Ich stand reglos da und hielt den Atem an.

Er sah mich. Ich dachte, er würde etwas zu dem anderen Jungen sagen, seine Lippen öffneten sich, und er drehte den Kopf. Aber er sagte nichts. Er schaute nur und ließ mich stehen, ohne seinen Freund auf mich aufmerksam zu machen. Kurz darauf bogen sie in die Opperwoudervaart ein, und die auseinandergetriebenen Gelben Teichrosen schlossen sich wieder zusammen. Ich ging zur Straße, um den Jungen hinterherzuschauen. Nach ein paar Minuten konnte ich ihre Stimmen nicht mehr hören. Ich drehte mich um und versuchte meinen Hof mit ihren Augen zu sehen. »1967«, sagte ich leise und schüttelte den Kopf. Warum gerade dieses Jahr? Der eine Junge hatte die Jahreszahl genannt, der andere, der mit den Sommersprossen und den Schultern, hatte alles gesehen. Es war sehr warm an diesem Tag, der Nachmittag war halb vorbei, fast schon Zeit, die Kühe zu holen. Meine Beine fühlten sich auf einmal schwer an, und der Rest des Nachmittags war unwirklich und leer.

3

Eine große Standuhr eine Treppe hinaufzuschleppen ist Knochenarbeit. Ich helfe mir mit langen, glatten Brettern, mit Läufern und mehreren Stücken Schaumgummi. Alles mögliche klingelt und rumpelt im Gehäuse. Das Ticken hatte mich kribbelig gemacht, aber für die Nacht immer die Uhr anzuhalten, war mir zu lästig. Als ich die halbe Treppe geschafft habe, muß ich mich erst ein paar Minuten ausruhen. Vielleicht macht das Tikken ihn da oben auch kribbelig, aber er hat ja immer noch sein Schafgemälde zum Ruhigwerden.

»Die Uhr?« fragt er, als ich ins Zimmer komme.

»Ja, die Uhr.« Ich stelle sie gleich hinter die Tür, ziehe die Gewichte hoch und stoße das Pendel an. Augenblicklich füllt sich das Zimmer mit Zeit, mit langsam wegpochender Zeit. Wenn die Tür zu ist, kann Vater sehen, wie spät es ist.

Nach einem Blick aufs Zifferblatt sagt er: »Ich hab Hunger.«

»Ich hab auch manchmal Hunger«, sage ich. Die Uhr tickt ruhig weiter.

»Die Vorhänge sind zu«, bemerkt er dann.

Ich gehe zum Fenster und ziehe die Vorhänge auf. Es regnet nicht mehr, und der Wind hat etwas nachgelassen. Das Wasser im Graben steht hoch und läuft über den Rand des Damms. »Ich muß zur Mühle«, sage ich zu mir selbst und zur Fensterscheibe. Vielleicht sage ich es auch zu Vater.

»Was?«

»Nichts.« Ich öffne einen Fensterflügel und denke, während ich ihn festhake, an die kahle Stelle im Wohnzimmer.

In der Küche schmiere ich mir ein paar Scheiben Brot und belege sie mit Käse. Ich schlinge die Brote hinunter, es geht mir kaum schnell genug. Während der Kaffee noch durch die Maschine läuft, stehe ich schon im Wohnzimmer. Ich bin allein, ich muß es allein machen. Das Sofa schiebe ich auf einen der Läufer, die ich auch für die Uhr benutzt habe. Ich schleife es durch den Flur in die Waschküche. Die beiden Sessel schleppe ich durch die Vordertür nach draußen und stelle sie an den Straßenrand. Die übrigen Sachen bringe ich auch in die Waschküche. Das Büfett muß ich erst ganz leerräumen, bevor es sich verschieben läßt. Dann endlich kann ich meine Finger unter den Teppichboden zwängen. Der hier war teurer, nichts zerbröselt unter meinen Händen. Beim Aufrollen überlege ich, ob ich dieses Stück Teppich aufheben soll, kann ich es nicht noch für irgendwas gebrauchen? Mir fällt nichts ein. Die Rolle ist zu schwer zum Tragen, ich schleife sie über den Kiesweg und die kleine Brücke zur Straße. Als ich wieder auf die Vordertür zugehe, fällt mein Blick auf das Telefon im Flur. Ich rufe bei der Gemeinde an und sage, daß ich Sperrmüll habe. In der Kanne auf der Warmhalteplatte dampft der Kaffee.

Auf dem Weg zur Mühle sehe ich, was ich auch an den vergangenen Tagen schon gesehen habe, eine seltsame Erscheinung, die mich beunruhigt. Einen Vogelschwarm, der nicht von Norden nach Süden zieht, sondern in alle Himmelsrichtungen schwenkt, immer wieder. Nur das Geräusch von schlagenden Flügeln ist zu hören. Der

Schwarm besteht aus Rabenkrähen, Austernfischern und Silbermöwen. Das ist das Seltsame daran, noch nie habe ich diese drei Vogelarten zusammen fliegen sehen. Es hat etwas von einem unheilverkündenden Vorzeichen. Oder habe ich das gleiche auch früher schon gesehen, ohne dieses unbehagliche Gefühl? Nach längerem Hinschauen stelle ich fest, daß es sogar vier Arten sind: Zwischen den großen Silbermöwen erkenne ich auch deutlich kleinere Lachmöwen. Die Vögel fliegen alle durcheinander, nicht in getrennten Formationen; als ob sie verwirrt wären.

Die Windmühle ist eine kleine eiserne Bosman-Schöpfmühle. »Bosman Piershil« steht auf einer Seite des eisernen Steerts. »N° 40832« und »Ned Oct« steht auf der anderen. Oktober, hatte ich früher gedacht, *octrooi*, weiß ich heute. Ein niederländisches Patent also, bei dem sich die Schöpfmühle selbst in den Wind dreht, wenn der Steert rechtwinklig zu den Flügeln ausgerichtet ist, und dann immer weiterschöpft, bis man den Steert an einer Führungsstange einklappt, so daß er parallel zu den Flügeln steht. Aber jetzt klappe ich den Steert mit Hilfe einer daran befestigten Stange aus. Eine wunderschöne, schlanke kleine Mühle, sie wirkt irgendwie amerikanisch. Eben deswegen, und wegen des Betonfundaments im Graben, und weil wir den Geruch von Schmieröl so gern mochten, waren Henk und ich oft hier, im Sommer. Hier war es anders. Jedes Jahr kam ein Bosman-Mann, um die Mühle zu warten, und auch jetzt funktioniert sie noch einwandfrei, obwohl schon seit Jahren kein Bosman-Mann mehr dagewesen ist. Ich bleibe einen Moment stehen und sehe zu, wie das Wasser im Kanal anschwillt.

Ich gehe auf einem Umweg zurück und zähle die

Schafe. Sie sind alle noch da. Alle dreiundzwanzig, und der Schafbock. Die Hinterteile der Mutterschafe sind rot, ich werde den Bock bald fortbringen. Erst laufen sie vor mir weg; dann, als ich mich dem Zaun auf dem Damm nähere, kommen sie allmählich hinter mir her. Am Zaun bleibe ich stehen. In etwa zehn Meter Entfernung machen die Schafe halt. Sie haben sich aufgereiht, und alle schauen mich an, in der Mitte der Bock mit seinem Quadratschädel. Der Anblick bereitet mir Unbehagen.

Als ich wieder auf dem Hof bin, sehe ich den durchweichten Teppichboden und beschließe, auch den an die Straße zu legen.

Bevor ich melken gehe, harke ich noch kurz den Kies im Vorgarten. Es wird schon leicht dämmrig. Die beiden kleinen Jungen von nebenan, Teun und Ronald, sitzen unter dem Teppich – dem teureren Teppich –, den sie halb ausgerollt über die beiden Sessel geworfen haben. Vor ein paar Tagen hatten sie abends gegen sieben an der Vordertür gestanden, ihre ausgehöhlten roten Zukkerrüben hochgehalten und sehr falsch ein Lied gesungen. Das sanfte Licht aus den Rüben hatte ihre erhitzten Gesichter noch röter gemacht. Ich hatte sie mit einem Mars belohnt. Jetzt haben beide eine Taschenlampe. »Hallo, Helmer!« rufen sie mir durch eine Öffnung zu, die sie – mit einem Messer? – in den Teppichboden geschnitten haben. »Das ist unser Haus!«

»Ein wunderschönes Haus«, rufe ich, auf meine Harke gestützt.

»Und wir haben auch Licht!«

»Das sehe ich.«

»Und hier gibt's 'ne Überschwemmung!«

»Das Wasser fällt schon wieder«, versichere ich.

»Wir schlafen heut nacht hier.«

»Das glaube ich nicht«, sage ich.

»Ich glaube doch«, meint Ronald, der Jüngere.

»Nein, sicher nicht.«

»Wir gehn gleich nach Hause«, höre ich Teun leise zu seinem Bruder sagen. »Hier haben wir nichts zu essen.«

Ich schaue zum Fenster von Vaters Zimmer hinauf. Es ist dunkel.

4

»Ich möchte Nikolaus feiern«, sagt er.

»Nikolaus?« In diesem Haus ist seit Mutters Tod nicht mehr Nikolaus gefeiert worden. »Warum?«

»Das ist gemütlich.«

»Und wie stellst du dir das vor?«

»Na ja«, sagt er, »wie üblich.«

»Wie üblich? Wenn du Nikolaus feiern willst, mußt du Geschenke kaufen.«

»Ja.«

»Ja. Wie willst *du* Geschenke kaufen?«

»Du mußt sie kaufen.«

»Auch für mich?«

»Ja.«

»Dann weiß ich schon, was ich bekomme.« Ich will nicht so lange mit ihm reden. Ich will nur kurz nach ihm sehen und schnell wieder verschwinden. Das Ticken der Standuhr füllt das Zimmer. Sonnenlicht fällt auf die Glasscheiben des Schranks, ein fensterförmiges Viereck, und die Scheiben werfen das Licht auf das Schafgemälde, das jetzt gar nicht mehr so düster wirkt. Ein merkwürdiges Bild. Manchmal scheint darauf Winter zu sein, manchmal ist es Sommer oder Herbst.

Als ich gerade die Tür schließen will, ruft er: »Durst.«
»Ich hab auch manchmal Durst.« Ich ziehe die Tür fest hinter mir zu und gehe die Treppe hinunter.

Nur das Sofa ist ins Wohnzimmer zurückgekehrt. Auf dem untersten Brett des eingebauten Wäscheschranks in meinem Schlafzimmer habe ich ein großes Stück Stoff gefunden. Vielleicht hatte Mutter sich noch ein Kleid daraus nähen wollen, allerdings kommt es mir für den Zweck reichlich groß vor. Es macht sich sehr gut als Überzug für das Sofa. Der Boden ist grundfarbengrau; wenn die Tür zum Schlafzimmer offensteht, schließen sich die ebenfalls neu gestrichene Schwelle und der Boden dahinter nahtlos an. Auch alle Fußleisten, Fensterpfosten und Türen sind in der Grundfarbe gestrichen. Das Büfett steht in einem anderen Raum, das niedrige Bücherschränkchen oben. Alle Pflanzen, die blühen können, habe ich auf den Misthaufen geworfen. Es sind nicht viele übriggeblieben. Wenn ich Farbe kaufe, muß ich auch mal nach Lamellenjalousien oder Rollos schauen; die schweren, dunkelgrünen Vorhänge im Schlaf- und Wohnzimmer geben mir das Gefühl, keine Luft zu bekommen, und ich habe die unbestimmte Vorstellung, daß das nicht nur so ist, weil sie seit Jahren nicht mehr ausgeklopft worden sind. Den restlichen Inhalt des Einbauschranks im Schlafzimmer habe ich nach oben gebracht und meine eigenen Kleider heruntergeholt.

Es gibt Katzen hier. Scheue Wegrennkatzen. Manchmal sind es zwei oder drei, ein paar Monate später sind es auf einmal neun oder zehn. Einige hinken oder haben keinen Schwanz mehr, andere (die meisten eigentlich) sind ewig verschleimt. Man hat nie einen Überblick über sie, deshalb wundert man sich nicht, wenn es zehn sind, und auch nicht, wenn es nur zwei sind. Vater löste das Katzenproblem, indem er jeden neuen Wurf in einen Jutesack steckte, einen Stein dazulegte und den Sack in den Graben schmiß. Vor vielen Jahren hatte er auch noch einen alten Lappen in den Sack gestopft, den er mit einer Flüssigkeit aus dem Giftschränkchen tränkte. Ich weiß nicht, was das für eine Flüssigkeit war. Chloroform? Aber wie hatte er sich eine Flasche Chloroform beschafft? War das Zeug vor dreißig Jahren frei verkäuflich? Das silbergraue Schränkchen mit dem Totenkopf und den gekreuzten Knochen hängt in der Scheune und enthält schon seit Jahren kein Gift mehr, Gift ist aus der Mode. Ich bewahre die Farbe darin auf.

Im vergangenen Frühjahr sah ich Vater mit Schälchen voll Milch durch die Scheune schlurfen. Ich stellte keine Fragen, seufzte aber tief, so tief, daß er es hören konnte. Nach ein paar Tagen hatte er die jungen Katzen so weit, daß sie sich alle auf einmal um ein Milchschälchen drängten. Er packte sie und steckte sie in einen Sack. Keinen Jutesack, Jutesäcke haben wir nicht mehr. Es war ein Papiersack, der Beifutter enthalten hatte. Den Sack band er an der hinteren Stoßstange des Opel Kadett fest, mit einer Schnur von etwa einem Meter Länge.

Vor sieben Jahren hatte er einen Test machen müssen, um seinen Führerschein verlängert zu bekommen. Er hatte fast alles falsch gemacht, was man falsch machen kann, und war durchgefallen. Seitdem darf er nicht mehr fahren. Trotzdem kroch er jetzt in den Wagen. Ein zarter grüner Schleier lag auf den Bäumen am Rand des Hofs, rund um die Stämme blühten Narzissen. Ich stand im Scheunentor und sah zu. Er ließ den Motor an, und sofort machte das Auto einen Satz nach vorn, wodurch er in den Sitz gedrückt wurde und danach mit der Stirn aufs Lenkrad schlug. Anschließend setzte er zurück, ohne über die Schulter oder in den Rückspiegel zu blicken. So machte er es eine ganze Weile: vorwärts fahren, schalten (das Getriebe jaulte) und zurücksetzen, wobei er das Lenkrad immer etwas drehte. Vor und zurück und hin und her, bis eine Wolke von Auspuffgasen zwischen den Bäumen hing. Dann kroch er wieder aus dem Wagen, band seelenruhig den Papiersack los und versuchte ihn oben auf den Misthaufen zu werfen. Bis er ihn oben hatte, mußte er den Sack dreimal vom Boden aufheben, er hatte nicht mehr genug Kraft in den Armen, um richtig Schwung zu holen. »Die sind wir los«, sagte er, als er in die Scheune zurückkam. Er rieb sich die Stirn und machte mit beiden Händen seine Das-wäre-geschafft-Bewegung; es klang wie Schmirgeln.

Es dauerte einige Zeit, bis ich mich von der Stelle rührte. Dann ging ich langsam auf den Misthaufen zu. Der Sack lag nicht ganz oben, er war ein Stück nach unten gerutscht, und das nicht nur wegen der Schwerkraft, sondern auch, weil sich im Sack etwas bewegte. Ein ganz leises Piepsen war zu hören, und ein kaum wahrnehmbares Kratzen. Vater hatte etwas falsch gemacht, und ich durfte die Sache zu Ende bringen. Aber ich dachte nicht daran. Ich drehte mich um und ging genau so weit vom Misthaufen weg, daß ich nichts mehr hörte, und blieb ihm genau so lange fern, bis ich wußte, daß es nichts mehr zu hören gab und sich nichts mehr bewegte.

Er will Nikolaus feiern, weil das »gemütlich« ist.

5

Keine Ahnung, was hier eigentlich los ist, jedenfalls starrt mich jetzt – von einem Ast der kahlen Esche – eine Nebelkrähe an. Noch nie habe ich hier eine Nebelkrähe gesehen. Sie ist wunderschön, und sie macht mich ganz schön nervös, ich bekomme kaum einen Bissen hinunter. Ich setze mich auf einen anderen Platz, mit Aussicht durchs Seitenfenster. Um den Tisch stehen vier Stühle, ich kann mich hinsetzen, wo ich will, die anderen drei werden nicht benutzt.

Ich sitze sonst immer auf Mutters Platz, auf dem Stuhl, der am nächsten bei der Anrichte steht. Vater saß ihr gegenüber, mit dem Rücken zum vorderen Fenster. Henk saß vor dem Seitenfenster und konnte, wenn die Türen offenstanden, ins Wohnzimmer schauen. Ich hatte die Küchentür hinter mir, und oft sah ich Henk nur als Umriß, wegen des Lichts, das hinter ihm durchs Fenster hereinfiel. Das machte nichts, denn vor mir saß mein Ebenbild, ich wußte genau, wie er aussah. Jetzt bin ich also wieder auf meinem alten Platz am Küchentisch gelandet, und das gefällt mir nicht. Ich stehe auf, schubse meinen Teller zur anderen Seite des Tischs und setze mich auf Henks Stuhl. Hier bin ich für die Nebelkrähe wieder sichtbar, sie dreht ihren Kopf ein bißchen, um mich richtig sehen zu können. Dieses Starren erinnert mich daran, wie die Schafe mich vor ein paar Tagen angeschaut haben, alle vierundzwanzig. Plötzlich hatte ich das Gefühl, daß die Schafe meinesgleichen waren, daß es nicht mehr Tiere waren, die mich anstarrten. Nicht einmal bei meinen beiden Eseln hatte ich das je so empfunden. Und jetzt diese seltsame Nebelkrähe.

Ich schiebe den Stuhl zurück, gehe durch den Flur zur Vordertür und auf den Kiesweg hinaus. »Kssst!« mache ich. Die Krähe neigt den Kopf leicht zur Seite und versetzt ein Bein. »Weg!« rufe ich, und dann erst schaue ich mich wie ertappt um. Sonderbarer Bauer in vorgerücktem Alter spricht vor offener Haustür laut mit Unsichtbarem.

Die Nebelkrähe starrt mich verächtlich an. Ich schlage die Vordertür zu. Als es im Flur wieder still ist, höre ich Vater oben etwas sagen. Ich öffne die Tür zur Treppe.

»Was hast du gesagt?« schreie ich.

»Eine Nebelkrähe«, antwortet er.

»Ja und?« schreie ich.

»Warum jagst du sie weg?« Taub ist er jedenfalls nicht.

Ich schließe die Treppentür und setze mich wieder an den Küchentisch, auf Vaters Platz, mit dem Rücken zum Vorderfenster. Unbeirrt kaue ich meine Brote und bemühe mich, Vater, der einfach weiterredet, nicht zu verstehen.

Ich habe innerhalb von zehn Minuten auf allen Stühlen gesessen. Wenn mich jemand sehen könnte, würde er denken, daß ich zu viert zu sein versuche, um nicht allein essen zu müssen.

Bevor das Holz an die Reihe kam, habe ich die Wände und die Decke des Wohnzimmers weiß gestrichen. Zwei Schichten waren nötig, um die weißen Rechtecke verschwinden zu lassen, die beim Abnehmen von Bildern, Fotos und Sticklappen zum Vorschein gekommen waren. Nachdem ich beim Maler Farbe und einen neuen Pinsel gekauft hatte, war ich zu Praxis gegangen und hatte dort hölzerne Lamellenjalousien gefunden, die genau zu den Fenstern im Wohnzimmer und im Schlafzimmer passen. Offenbar sind die gängigen Abmessungen heute noch die gleichen wie vor hundertfünfzig Jahren. Vor dem Anbringen der Jalousien habe ich die restlichen Pflanzen von den Fensterbänken genommen und auch sie noch auf den Misthaufen geworfen. Jetzt ist es in beiden Zimmern leer und blaugrau, und das Licht fällt in waagerechten Bahnen herein. Morgens ziehe ich die Jalousien nicht hoch, sondern öffne die schmalen Lamellen.

Mit einer Pappschachtel voll Nägeln, einem Hammer und einer großen, schweren Kartoffelkiste steige ich die Treppe hinauf.

»Was machst du?« fragt Vater.

Ich hole nacheinander alle Bilder, Fotos und Sticklappen aus der Kiste und fange an, sie aufzuhängen. »Du findest Nikolaus gemütlich«, sage ich, »aber so wird es auch gemütlich.«

»Was passiert eigentlich da unten?«

»Alles mögliche«, sage ich. Um das Schafgemälde herum hänge ich die ersten Fotos auf, aber bald muß ich auf die anderen Wände ausweichen. Gerahmte Fotos von Mutter und Henk, von Hunderttausendliterkühen mit Rosetten, von den Großeltern und mir; Sticklappen zur Erinnerung an unsere Geburt (nicht einer, sondern zwei) und an die Hochzeit von Vater und Mutter. Unter den Bildern sind allein sechs Pilzgemälde, eine richtige Aquarellserie.

»Was soll das?« fragt Vater.

»So hast du was zum Anschauen«, antworte ich.

Als alles hängt, sehe ich mir die Fotografien noch einmal genauer an. Auf einem der Fotos sitzt Mutter auf einem Stuhl mit Armlehnen. Wie eine vornehme Dame hat sie sich darauf niedergelassen; die Beine, sittsam geschlossen, fallen leicht seitwärts, weswegen ihr

Oberkörper etwas gedreht ist, die Hände hat sie elegant im Schoß gefaltet. Sie schaut den Fotografen auf eine Weise an, die überhaupt nicht zu ihr paßt. Ein bißchen verführerisch und hochmütig zugleich, ein Eindruck, den die seitwärts geneigten Beine noch verstärken. Ich nehme das Foto von der Wand und lege es in die leere Kartoffelkiste, zusammen mit den Nägeln und dem Hammer.

»Laß sie hier«, sagt Vater.

»Nein«, sage ich. »Ich nehm sie mit runter.«

»Sind Mandarinen da?«

»Möchtest du Mandarinen?«

»Ja.«

Ich klappe die Stütze auf der Rückseite des Rahmens aus und stelle Mutter auf den Kaminsims. Dann hole ich zwei Mandarinen aus der Waschküche und bringe sie nach oben. Ich lege sie auf den Nachttisch und gehe ans Fenster. Die Nebelkrähe sitzt immer noch in der Esche, von hier aus gesehen auf gleicher Höhe mit mir.

»Schaut die Nebelkrähe dich an?« frage ich.

»Nein«, sagt Vater. »Sie schaut weiter nach unten.«

Plötzlich weiß ich, was ich noch vergessen habe. Ich gehe die Treppe hinunter und in die Küche. In der Ecke neben dem Schreibtisch steht Vaters Jagdgewehr. Ich hebe es hoch und frage mich, ob es geladen ist. Ich kontrolliere es nicht. Es fühlt sich fremd an in meinen Händen. Früher durften wir es nicht anfassen, später wollte ich es nicht. Ich bringe das Gewehr nach oben und lehne es seitlich an die Standuhr. Vater ist eingeschlafen. Er liegt auf dem Rücken, sein Kopf ist zur Seite gefallen, ein Spuckefaden sinkt aufs Kissen.

6

Mutter war eine unerhört häßliche Frau. Für jemanden, der sie nicht gekannt hat, ist das Foto auf dem Kaminsims wahrscheinlich nur lächerlich: grobknochige Bauersfrau mit vorquellenden Augen und Alle-vier-Monate-zum-Friseur-Frisur, die sich angestrengt um eine vornehme Haltung bemüht. *Ich* lache nicht über das Foto. Sie ist meine Mutter. Allerdings habe ich mich schon gefragt, warum Vater – der, wenn er nicht schläft, bestimmt seine eigene ansprechende Erscheinung auf uralten Fotos anstarrt – sie geheiratet hat. Obwohl: Wenn ich mir das Foto längere Zeit anschaue und an den Mann da oben denke, frage ich mich eigentlich eher, warum sie ihn geheiratet hat.

Auf dem schwarzen Marmor des Kamins steht sonst nicht mehr viel. Ein bronzener Kerzenhalter mit einer weißen Kerze und ein alter Griffelkasten, auf dessen Deckel eine Lakenvelder Kuh gemalt ist. Der ganze übrige Nippes ist jetzt in einem Karton in Henks Zimmer, zusammen mit noch anderem überflüssigen Kram. Henks Zimmer ist zum Abstellraum geworden. Neben seinem Bett, das nie als Gästebett gedient hat, stehen und liegen allerlei Sachen, die er auch noch gesehen und gekannt hat, nichts als gesammelte Vergangenheit, und das noch lebende Museumsstück im Zimmer nebenan hört einfach nicht auf zu atmen. Zu atmen und zu reden. Sogar jetzt, hier, höre ich ihn murmeln. Redet er mit der Nebelkrähe? Mit den Fotos oder den sechs Aquarellpilzen?

Henk und ich wurden 1947 geboren, ich bin ein paar Minuten älter. Zuerst dachte man, daß wir den nächsten Tag (den 24. Mai) nicht erleben würden, aber Mutter hat nie an uns gezweifelt. »Frauen sind für Zwillinge gemacht«, soll sie gesagt haben, als sie uns zum ersten Mal anlegte. Ich glaube das nicht; es klingt zu sehr nach einer von diesen Bemerkungen, die sich aus einem größeren Zusammenhang von Ereignissen und Äußerungen herausschälen – denn natürlich ist damals noch vieles andere gesagt worden – und nach einiger Zeit allein übrigbleiben, obwohl sie so vielleicht nie gemacht wurden; höchstwahrscheinlich handelt es sich um eine Verdrehung von irgend etwas, das Vater oder der Hausarzt gesagt haben. Mutter selbst hat vermutlich wenig gesagt.

Ich habe eine Erinnerung, die ich nicht haben kann. Ich sehe ihr Gesicht von unten, hinter einer sanften, weichen Wölbung. Ihr Kinn und vor allem ihre leicht vorquellenden Augen, die nicht auf mich gerichtet sind, sondern auf einen Punkt irgendwo in der Ferne, im Nichts, hinter den Weiden, vielleicht auf dem Deich. Es ist Sommer, und meine Füße spüren andere Füße. Mutter war eine schweigsame Frau, aber sie sah alles. Vater war derjenige, der redete. Und kaum etwas sah. Er brüllte sich durch alles durch.

Jemand klopft ans Fenster. Teun und Ronald stehen im Vorgarten, rufen irgend etwas und fuchteln mit den Armen. Ich gehe zur Tür.

»Helmer! Die Esel sind los!« Das sagt Ronald, und ich kann ihm anhören, daß er es am liebsten hätte, wenn die Esel jeden Tag »los« wären.

»Sie sind noch auf dem Hof.« Das sagt Teun, und ihm höre ich an, daß er auch gehört hat, was sein kleiner Bruder eigentlich am liebsten hätte.

Sie rennen vor mir her und um die Ecke des Wohnhauses. »Langsam!« rufe ich.

Die Esel warten zwischen den Bäumen, etwa fünf Meter vor dem Gatter, das ein kleines Stück offensteht. Der Strick, mit dem das Gatter normalerweise an dem Betonpfosten festgemacht ist, hängt lose herunter. Mir ist schon klar, was passiert ist.

»Tja«, sage ich. »Dann seht mal zu, daß ihr sie wieder auf die Koppel bekommt.«

»Wir?« fragt Ronald.

»Ja, ihr.«

»Warum?«

»Darum.«

Seit die Esel ausgebrochen sind, haben Teun und Ronald Angst vor ihnen. Es ist wie mit einem Wasserhahn, wenn man noch klein ist: eine wunderbare, reizvolle Sache bis zu dem Augenblick, in dem man ihn aufgedreht hat und das viele Wasser, das herausläuft, einen in Panik versetzt und man keine Ahnung hat, wie man das Ding wieder zubekommt.

»Darum?« fragt Teun. »Was heißt das?«

»Das heißt«, sage ich, »daß ich weiß, daß du das Gatter aufgemacht hast, weil du zu faul warst drüberzuklettern, und daß Ronald hinter dir hergegangen ist und daß er das Gatter noch ein Stückchen weiter aufgemacht hat.«

»Ja«, sagt Ronald.

Teun wirft ihm einen bösen Blick zu.

»Na kommt«, sage ich. »Einfach schieben.«

»Schieben? Das Gatter?«

»Nein, die Esel.« Ich gehe langsam zum Gatter, hebe es an und öffne es ganz. Die Jungen rühren sich nicht von der Stelle, sie schauen mich ungläubig und ein bißchen ängstlich an.

Im Winter stehen die Esel oft lange im Eselstall neben dem Hühnerhaus. Esel hassen es, nasse Füße zu bekommen. Im Stall ist es trocken, und auf dem Boden liegt eine Lage Stroh. Der Stall ist sechs Meter lang und fünf Meter breit. Nach vorn hin, wo er ein Vordach hat, ist er offen. Die Esel haben eine Box von vier mal fünf Metern, und auf den restlichen zwei Metern an der Vorderseite warten Heuballen und ein Sack Hafer. In einer Kiste sind meistens ein paar Zuckerrüben und Wintermöhren. Auf einem Wandbrett liegen ein großes Messer, ein Striegel, eine Bürste, ein Renet, eine grobe Feile und ein Hufkratzer. Wenn die Esel im Stall stehen, vergeht kein Tag, an dem Teun und Ronald nicht bei ihnen sitzen. Auf den Heuballen oder in der Box, auf der Einstreu. Und am liebsten, wenn es draußen schon ein bißchen dunkel wird und ich die Lampe angemacht habe. Einmal lagen sie, als ich in den Stall kam, der Länge nach auf dem Boden – unter den Eseln. Ich fragte sie, warum sie das machten. »Wir wollen unsere Angst besiegen«, sagte Teun, der damals etwa sechs war. Ronald nieste, weil ihm das lange Winterfell seines Esels ins Gesicht hing. Und jetzt haben sie Angst, weil die Esel los sind.

»Wie denn?« fragt Ronald.

»Ganz einfach. Man stellt sich hinter sie und drückt gegen ihren Po.«

»Ja vielen Dank!« sagt Teun.

»Sie tun nichts«, verspreche ich.

»Wirklich nicht?« fragt Ronald.

»Wirklich nicht.«

Beide stellen sich hinter einen Esel, und Ronald fängt gleich an zu drücken, mit seinem ganzen Gewicht. Teun klopft seinem Esel erst vorsichtig auf den Hintern, um sicherzugehen, daß er nicht tritt. Ich bin gespannt, was jetzt geschieht.

Es geschieht nichts. Ich gehe zur Scheune.

»Wo gehst du hin?« fragt Teun.

»Ich komme gleich wieder«, sage ich.

In der Scheune fülle ich ein paar Handvoll Kraftfutter in einen Eimer. Bevor ich zu den Jungen zurückgehe, spähe ich um die Scheunenecke, um zu sehen, wie die Sache steht. Es hat sich nichts verändert. Als Teun sich ängstlich umschaut, gehe ich wieder zu ihnen. »Klappt's nicht?« frage ich.

»Nein«, sagt Ronald. »Dumme Viecher.«

»Bitte?«

»Ich meine ...« beginnt er.

»Sie bewegen sich nicht«, erklärt Teun.

Ich gehe auf die Koppel und schüttle den Eimer. Ronald fällt um, so schnell läuft der Esel, gegen den er sich gestemmt hatte, auf mich zu. Ich kippe den Eimer aus und schließe das Gatter. Dann lehnen wir uns zu dritt noch eine Weile auf das oberste Brett und schauen den Eseln dabei zu, wie sie das Kraftfutter auffressen. Ich stehe auf dem Boden, Teun auf dem untersten und Ronald auf dem zweituntersten Brett.

»So was macht ihr nicht mehr, nein?« frage ich.

»Nein«, sagen beide gleichzeitig.

Sie springen auf den Boden und gehen Richtung Hof. Als sie fast schon beim Damm sind, dreht Teun sich um. »Wo ist dein Vater?« ruft er.

»Drinnen«, antworte ich.

Mehr will er gar nicht wissen. Sie überqueren den Damm und biegen nach rechts ab.

Ich bleibe allein bei den Eseln zurück. Sie haben keine Namen. Vor Jahren, als ich sie kaufte, fielen mir keine Namen ein, und nach einiger Zeit war es zu spät, da waren sie schon »die Esel«. Vater hatte mich gefragt, ob ich verrückt geworden wäre. »Esel?« fragte er. »Was um Himmels willen sollen wir mit Eseln? Und was das wieder kosten wird!« Ich sagte ihm, daß sie nicht *unsere* Esel sein würden, sondern *meine* Esel. Wenigstens hatte der Viehhändler Freude an dem Geschäft; wieder mal was anderes. Es sind Mischlingsesel, keine französischen, irischen, italienischen oder spanischen Rasseesel. Ihre Farbe ist ein sehr dunkles Grau, und der eine hat eine hellgraue Nase. »Wo ist dein Vater«, sage ich leise zu ihnen und schnalze mit der Zunge. Sie kommen näher und drücken ihre verschiedenfarbigen Nasen in mein Haar.

Die Kühe sind unruhig, zwei haben nach mir getreten, als ich ihnen das Melkzeug anhängen wollte. Vor kurzem dachte ich noch, es läge daran, daß sie nicht mehr auf die Weide gehen, aber jetzt kommt mir der Verdacht, daß *ich* unruhig bin, und was das angeht, sind Kühe manchmal fast wie Hunde; die haben ja angeblich ein feines Gespür für die Gemütsverfassung ihrer Herren. Ich habe keinen Hund. Wir haben nie Hunde gehabt.

Vater hat die Mandarinen nicht gegessen. Eigentlich will ich von ihm nichts sehen und nichts hören. Ich habe ihn von unten nach oben gebracht, und jetzt könnte er sich von mir aus aufs Dach setzen und danach in die höchsten Wipfel der Pappeln am Rand des Hofs, um dann von einem Windstoß weggefegt zu werden, ab in die Luft. Das wäre am besten: wenn er einfach verschwinden würde.

»Ich krieg die Schale nicht ab«, sagt er.

Ich versuche die Mandarinen auf dem Nachttisch und seine krummen Finger auf der Decke nicht zu sehen. Allmählich stinkt es hier wirklich, obwohl ich das Fenster immer offenlasse. Wenn er partout nicht verschwinden will, werde ich ihn waschen müssen. Bevor ich die Vorhänge zuziehe, halte ich meine Hände an die Fensterscheibe, um das Lampenlicht abzuschirmen, strecke den Kopf zwischen die Hände und spähe nach der Esche im Vorgarten. Die Nebelkrähe ist weg. Oder ist es nur so dunkel, daß sie sich nicht mehr von den Ästen und vom Abendhimmel abhebt?

Dann sehe ich jemanden vorbeigehen. An der Straße stehen Laternen, vor jedem Haus oder Hof eine. Insgesamt also sieben. Seit ein paar Wochen stimmt mit meiner Laterne etwas nicht. Sie brennt, aber das ist auch alles; selbst wenn man sich direkt unter sie stellt, erreicht einen das Licht nicht. Die Jalousie im Wohnzimmer ist geschlossen. Bei dieser Dunkelheit draußen kann ich nur sehen, daß jemand vorbeigeht und – jetzt –, daß jemand vor dem Hof stehenbleibt. Ein dunkler Fleck, nur vor dem Hintergrund des Kanals sichtbar. Ich kann nicht einmal erkennen, in welche Richtung der Fleck schaut.

»Was ist?« fragt Vater.

»Auf der Straße geht jemand«, flüstere ich.

»Wer?«

»Ich kann ihn nicht richtig sehen.« Dann bewegt sich der Fleck und hat plötzlich ein rotes Rücklicht. Ich schaue dem Rücklicht nach, bis es hinter der Fensterlaibung verschwindet. Mit einem Ruck ziehe ich die Vorhänge zu. Das Herz schlägt mir bis zum Hals. »Na, dann woll'n wir mal«, sage ich und nehme die Mandarinen vom Nachtschränkchen. Ich schäle beide, entferne die bitteren weißen Fäden und reiche Vater einzelne Stückchen. Bald läuft ihm der Fruchtsaft übers Kinn.

»Lecker«, sagt er.

7

Ich habe mein Leben lang Angst gehabt. Angst vor Stille und Dunkelheit. Außerdem kann ich schon mein Leben lang schlecht einschlafen. Ich brauche nur irgendein Geräusch zu hören, das ich mir nicht erklären kann, und es ist Essig mit dem Schlafen. Trotzdem habe ich noch nie richtig darüber nachgedacht, was sich nachts draußen abspielt. Natürlich habe ich alles mögliche am Fenster vorbeikommen sehen, früher, obwohl ich wußte, daß das Fenster mehrere Meter oberhalb des Kieswegs war. Schultern, angestrengt hochgezogene Schultern von einem, der gerade an der Vorderfront des Hauses hinaufkletterte. Panthergleich. Manchmal schob sich schon ein Arm auf die Fensterbank. Dann horchte ich auf das Atmen von Henk, der neben mir lag – später stellte ich ihn mir schlafend vor, im Zimmer nebenan –, und die Schultern verschwanden, oder was ich sonst zu sehen geglaubt hatte. Im Grunde wußte ich, daß ich Dinge sah, die ich nicht sehen konnte.

Und jetzt, nachdem ich die Gestalt auf der Straße gesehen und Vater gefüttert habe, liege ich im Bett und kneife die Augen fest zu. Schlafen, denke ich, schlafen. Aber ich sehe Schafe auf der Weide liegen, stöhnende, wiederkäuende Schafe, graue Flecken auf grünschwarzem Flachland; und Dohlen auf den Pappeln, die Köpfe ins Gefieder gesteckt; und die Esel, die in der Nähe des Gatters dösen und sich dabei mit geneigten Hälsen so gegenüberstehen, daß ihre Köpfe sich zu berühren scheinen; und einsam in einer weit entfernten Ecke der Weiden die wieder abgestellte Bosman-Mühle, die hellgrau schimmert, als die Wolkendecke aufreißt; und eine Gestalt, die bei der Mühle steht und zum Steert hinaufblickt und »N° 40832« liest. Als ich das vor mir sehe, öffne ich die Augen. Kommt das öfter vor, daß jemand in einer Herbstnacht reglos vor dem Hof steht? Und hätte ich das je erfahren, wenn ich nicht zufällig aus dem Fenster geschaut hätte?

Später sehe ich die Jungen in den Kanus. Der eine, der gesagt hatte, hier sei es zeitlos, bleibt schemenhaft und ist schnell wieder weg. Der andere, der rotblonde mit den sonnenverbrannten Schultern, bleibt hängen. Auch er hatte etwas gesagt, aber was, war ohne Bedeutung. Er sah, was es zu sehen gab, und er sah mich. Einen Bauern schon recht fortgeschrittenen Alters in einem verschossenen blauen Overall, dessen obere Knöpfe offen waren, weil es an diesem Tag sehr warm war. Der an der Seitenmauer eines Bauernhofs stand, im Schatten, und dort nichts zu tun hatte, außer zu beobachten, reglos, mit angehaltenem Atem. Der seit 1967 jeden Tag älter geworden ist, ohne daß sich sonst irgend etwas verändert hätte, nein, etwas ist doch anders: die Esel, und ausgerechnet über die Esel hatte der rotblonde Junge etwas gesagt. Altmodisch seien sie. Insofern war es doch nicht ohne Bedeutung, was er gesagt hatte. Sie lenken ihre Boote in die Opperwoudervaart, lachend, jung, selbstsüchtig, also mit kurzem Gedächtnis. Sie fahren auf die untergehende Sonne zu. Das ist unmöglich, weil der Kanal nach Osten führt, Richtung IJsselmeer, dort kann die Sonne also gar nicht untergehen, aber jetzt ist es möglich, und die Jungen werden zu Umrissen, und der Klang ihrer Stimmen wird immer schwächer. Dann sind sie weg. Jetzt, denke ich, jetzt schlafe ich ein. Wenn man es denkt, kann man es natürlich vergessen. Die eingebildete Sonne erinnert mich ans Meer, das in Luftlinie vielleicht fünfunddreißig Kilometer weiter westlich liegt. Es ist sehr lange her, daß wir dort waren, zweimal im selben Sommer. An beiden Tagen hatte sich der Himmel im Lauf des Nachmittags bezogen. Mutter wollte gern die Sonne im Wasser untergehen sehen und hatte Vater dazu überredet, den Knecht allein melken zu lassen. Ich habe noch nie gesehen, wie die Sonne im Meer untergeht, obwohl ich dafür gar nicht weit fahren müßte.

Ich höre etwas, ich glaube, daß es unter meinem Fenster ist, und spüre ein Kribbeln unter meinen Nackenhaaren. Ich denke an Vater, der oben liegt. Zu nichts ist er mehr nütze, aber jetzt brauche ich ihn doch, um meine Angst zu vertreiben.

Vielleicht denkt der rotblonde Junge manchmal noch an mich, an den alten Bauern, der nur dagestanden hatte, damals an dem schönen Sommertag.

8

»Alt? Helmer, du bist doch nicht alt!« Ada, die Mutter von Teun und Ronald, sitzt mir am Küchentisch gegenüber. »Dein Vater, ja, der ist alt.«

Ada hatte von ihren Söhnen so einiges gehört. Von den Eseln und von »schmalen Holzlatten« an den Fenstern. Sie ist neugierig. »Weißt du, wer auch alt ist? Klaas van Baalen, der gleich außerhalb von Broek wohnt. Der ist in deinem Alter, und er ist so schmutzig. Er kann nicht für sich selbst sorgen. Neulich hat man seine Schafe abgeholt, ganz vernachlässigt, Wollknäuel mit klappernden Knochen.«

Ich hatte vergessen, daß Ada ihren Kaffee jetzt ohne Milch trinkt, und deshalb gesagt, daß ich alt würde.

Ada fand es »phantastisch«, was ich aus Wohn- und Schlafzimmer gemacht habe. Das Blau der Böden und der Holzteile sei »superschön«, und vor allem von dem vielen Platz war sie begeistert. Ich müsse mir aber noch eine Steppdecke kaufen, meinte sie. Diese Wolldecken, nein, das gehe wirklich nicht mehr, das sei »ganz furchtbar altmodisch«, und unter einer Steppdecke schlafe man »um einiges komfortabler«. (»Ist der Ausdruck eigentlich richtig?« überlegte sie gleich darauf.) Sie wollte wissen, was ich für die Lamellenjalousien bezahlt habe; ihre Vorhänge zu Hause (»diese Staubfänger«) wäre sie nämlich auch gerne los. Ob ich die Sessel einfach weggeworfen hätte? Ach richtig, eigentlich wisse sie das ja schon, plötzlich fiel ihr eine Geschichte ein, die Teun und Ronald erzählt hatten, etwas von einem »Teppichhaus«. »Wunderbar«, Sachen einfach wegwerfen zu können, Platz zu schaffen, nicht immer alles aufheben zu wollen. Dann ging sie noch einmal ins Schlafzimmer. Warum ich immer noch in einem Einzelbett schlafe? In einem großen Bett würde ich »schön viel Platz« haben. Sie schaute mich schelmisch an, als sie das sagte. Und um noch mal auf die Steppdecken zurückzukommen, das solle ich »unbedingt machen«, dann könne ich nämlich auch hübsche blaue Bettbezüge kaufen, und das Zimmer würde noch schöner und »frischer« wirken.

Auf dem Weg zur Küche breitete sie die Arme aus und zeigte auf die leeren Wohnzimmerwände. Kunst. Warum ich nicht mal »irgendwas an Kunst« kaufen würde?

Ada ist noch jung, sie wird etwa fünfunddreißig sein. Ihr Mann ist bestimmt zehn Jahre älter, vielleicht auch fünfzehn. Sie platzt fast vor Energie, am liebsten würde sie jede Woche hier putzen, statt nur einmal im Jahr, im

April. Sie ist Schatzmeisterin der Landfrauen, quiltet, gehört einem Lesekreis an, engagiert sich für die Belange des Dorfs und gestaltet gerade »den schönsten Garten von ganz Waterland«. Sie erinnert mich an Mutter, weil sie fast so häßlich ist wie sie, aber bei Ada liegt das an einer nicht sehr sorgfältig korrigierten Hasenscharte. Ihre Jungen sind Prachtexemplare, mit weißblondem Haar und langen Wimpern – und makellosen Mündern. Ada ist nicht von hier, und vielleicht weiß sie gerade deswegen über jeden in der näheren und weiteren Umgebung so genau Bescheid.

Ich gieße uns eine zweite Tasse Kaffee ein und unterdrücke ein Gähnen. Ich habe Ada gern, aber ihre Begeisterung und Mitteilsamkeit sind jedesmal ein bißchen viel für mich, vor allem, wenn ich gerade gemolken und das Jungvieh gefüttert habe.

»Du hast also mit deinem Vater das Schlafzimmer getauscht. Wie geht's ihm denn? Kann ich gleich kurz zu ihm?«

»Kannst du gerne«, sage ich. »Obwohl«, lüge ich dann, »er schläft, laß ihn jetzt lieber liegen.«

Ada trinkt ihren Kaffee und schielt über den Rand ihres Bechers zu mir herüber. »Alt«, sagt sie. »Wie kommst du bloß da drauf? Du hast einen hübschen Kopf, wunderbar dichtes Haar und kein Gramm Fett zuviel am Leib.«

Ich spüre, daß ich rot werde, und ich bin machtlos dagegen. Nicht nur, weil Ada sagt, daß ich einen hübschen Kopf habe, sondern vor allem, weil ich gelogen habe und Vater mich jeden Moment entlarven kann. Er schläft nicht.

»Und jetzt wirst du rot wie ein Schuljunge!«

Ada sitzt auf meinem alten Platz. Da sitzt sie immer, wenn sie hier ist, weil sie durchs Seitenfenster den Hof ihres Mannes sieht und deshalb die Vorstellung hat, daß sie so ein Auge auf alles haben kann, obwohl der Hof gut fünfhundert Meter entfernt ist. Ich sitze auf Mutters Platz. Die Nebelkrähe sitzt jetzt schon seit über einer Woche immer auf demselben Ast in der Esche. Nikolaus ist gekommen – aber nicht zu uns – und wieder gegangen. Heute haben wir Samstag, die Sonne scheint, und es ist windstill. Ein klarer Dezembermorgen, an dem alles sehr kahl und scharf umrissen wirkt. Ein Heimwehtag. Wobei dieses Heimweh keine Sehnsucht nach zu Hause ist, da bin ich ja, sondern nach genau solchen Tagen vor langer Zeit. Dann nennt man es anders, sagen wir also Wehmut. Ada würde das nicht verstehen. Weil sie nicht von hier ist, kann sie genau solche Tage vor langer Zeit und an diesem Ort nicht kennen.

»Hast du hier schon mal eine Nebelkrähe gesehen?« frage ich.

»Was ist das?«

»In der Esche sitzt eine.«

Sie steht auf und schaut durchs Vorderfenster. »Was ist die groß«, sagt sie.

»Die sitzt da schon seit Tagen und starrt mir den Käse vom Brot.«

»Lustig«, sagt Ada. Es interessiert sie nicht. Sie dreht sich um und setzt sich wieder hin. Wenn sie spricht, hört es sich an, als hätte sie einen Wattebausch im Mund. Das dürfte mit der Gaumenspalte zusammenhängen. »Was war das mit den Eseln?«

»Die Jungs hatten das Gatter offengelassen.«

»Ich werd ihnen sagen, daß sie das nie mehr machen dürfen.«

»Das hab ich schon.«

»Ist der Arzt noch mal dagewesen?«

»Ja, ja.«

»Was hat er gesagt?«

»Das Alter. Er ist einfach alt. Alt und vergeßlich. In letzter Zeit erzählt er auch so komische Sachen.«

»Was für Sachen?«

»Ach, alles mögliche. Von früher. Manchmal weiß ich gar nicht, was er meint.« Ich mache eine unbestimmte Handbewegung vor meiner Stirn.

»Und nun?«

»Wie, und nun?« Ich stelle meinen Kaffee ab und versuche mit der linken Hand das Glühen von meiner Stirn zu reiben. Mit der linken, weil die Hand dann zwischen Ada und mir ist.

»Soll ich nicht ab und zu mal vorbeischauen? Ich kann mich gern ein bißchen um ihn kümmern.«

»Nein nein, ich komme sehr gut zurecht. Es ist ja bald Winter, das einzige, was ich jetzt mache, ist Melken.«

»Gut.« Sie hat ihren Kaffee ausgetrunken, rutscht auf ihrem Stuhl etwas nach vorn und lehnt sich zurück. Sie starrt durch das Seitenfenster. »Nein, Klaas van Baalen, *der* ist alt. *Du* kannst ausgezeichnet für dich selbst sorgen.« Sie starrt weiter nach draußen, sie denkt nach. Vielleicht fragt sie sich, warum Vater oben liegt und warum ich die Böden blaugrau gestrichen habe. »Der redet auch mit niemandem«, sagt sie dann, »der ist menschenscheu und einsam, und seit man seine Schafe abgeholt hat, hat er gar nichts mehr.« Sie schaudert. »Schrecklich.«

»Ja«, sage ich. Das ist schrecklich.

»Warum hast du nie geheiratet, Helmer?«

»Was?«

»Geheiratet.«

»Dafür braucht man eine Frau«, sage ich.

»Ja, aber warum hast du die nicht?«

»Ach ...«

»Dein Bruder damals, der hatte doch eine Freundin? Wollten die nicht heiraten?« Wenn Ada tatsächlich fünfunddreißig ist, wurde sie in dem Jahr geboren, als Henk starb. 1967.

»Ja«, sage ich. »Riet.«

»Henk und Riet«, sagt Ada. »Das klingt schön.«

»Ja.«

»Er hatte also eine Freundin, und du nicht?«

»Nein.«

»Seltsam.«

»Ach, so kann's eben gehen.« Ich höre die Tür zur Waschküche. Lange bevor jemand in der Küchentür erscheint, wissen wir, wer es ist.

»Schreit nicht so«, ruft Ada.

Teun und Ronald kommen in die Küche und bleiben mit hängenden Schultern links und rechts neben ihrer Mutter stehen. »Hallo, Helmer«, sagt Teun. Ronald sagt nichts, er schaut starr auf die Packung Törtchen auf dem Tisch.

»Was treibt euch zwei denn her?« fragt Ada.

»Vater bittet dich, nach Haus zu kommen«, sagt Teun.

»Warum?«

Teun denkt kurz nach. »Das weiß ich nicht.«

»Weißt du's nicht, oder hast du's vergessen?«

»Vergessen«, sagt Ronald.

»Dann laßt uns mal gehen«, sagt Ada. Sie steht auf. »Habt ihr Helmers neues Zimmer schon gesehen?«

»Nein«, antwortet Teun.

»Schaut mal kurz rein.« Sie folgt den Jungen ins Wohnzimmer.

Teun und Ronald rufen um die Wette »Oh« und »Ah«, weil sie glauben, daß mich das freut. Das tut es. Es freut mich, daß Menschen im Zimmer sind und dort herumgehen und reden, während ich hier in der Küche sitze.

Sie gehen durch die Vordertür hinaus. Mitten auf dem Kiesweg dreht Ada sich um. »Ich hab ganz vergessen zu erzählen, daß der Junge von Kopers – weißt du? –, vom Buitenweereweg...«

»Jarno, schießen!« ruft Ronald. Ein Fußballheld. Er selbst spielt in der E- oder F-Jugend.

»Ja, Jarno, der wird einen Hof in Dänemark übernehmen. Oder wußtest du das schon?«

»Nein«, antworte ich, »das wußte ich noch nicht.«

»In Jütland, glaube ich. Da gibt's noch genug Platz. Bestellst du deinem Vater Grüße?«

»Werd ich machen«, sage ich und schließe die Tür.

Ich stehe in der Schlafzimmertür und betrachte die Wolldecken auf meinem Einzelbett. Die obere Decke hat fransige Ränder. Dann drehe ich mich um und schaue die leeren Wohnzimmerwände an. Irgendwas an Kunst.

»Helmer!« schreit der Alte oben.

Ich lege mich auf das Sofa mit Mutters Stoff und schließe die Augen. Dänemark.

9

Dänemark. Jütland, Seeland, Fünen, Bornholm, Großer Belt, Kleiner Belt, Odense. Adas Bericht hat irgend etwas in mir ausgelöst. Welliges Land, weites Land, Heideland. Jarno Koper ist ein Bauernsohn, der von allem hier genug hat. Ein dunkler Typ, noch jung, um die fünfundzwanzig dürfte er sein. Wenn wir mal ein paar Worte wechseln – was sehr selten vorkommt –, sagt er immer Sachen wie »elender Sumpf hier«. Er geht weg, er hat den Mut, einfach nach Dänemark zu gehen. Altes Land; das »Mark« im Namen hat, glaube ich, etwas mit Deutschland in früheren Zeiten zu tun, ich muß das mal im Wörterbuch nachsehen. Ich richte mich auf und schaue zu der Stelle neben dem Sofa. Das niedrige Schränkchen mit den Heimatromanen, die Mutter immer las, steht nicht mehr dort. Ich werde nach oben müssen.

»Helmer!«

»Ja, ja, ja«, murmele ich, während ich das Wörterbuch zwischen den Heimatromanen hervorziehe. Ich sitze auf Henks Bett, meine Knie berühren das niedrige Schränkchen. Irgendwann muß ich für all das einen besseren Platz finden, so kann man sich hier kaum noch bewegen, und der Frisiertisch steht genau vor der Tür des Einbauschranks. In dem Schrank sind Sachen von mir. Das Übliche: Dinge, die man nicht wegwerfen will oder kann, an die man aber eigentlich keinen Gedanken mehr verschwendet. Da haben wir *Mark*. Ein Grenzgebiet des Fränkischen oder Deutschen Reiches. Diese fiesen Deutschen. Das Stück Land am Rande *unseres* Reiches, wo die Dänen wohnen. Es hat auch noch eine andere Bedeutung: gemeinschaftlich genutzter Grund. Heißt Marken deshalb Marken?

»Helmer!«

Ich schlage das Wörterbuch zu, stelle es wieder zwischen die Heimatromane und gehe zur Tür. Mutter konnte abends stundenlang lesen. »Romantische Seele«, murmelte Vater manchmal, wenn er sich ins Schlafzimmer zurückzog, Stunden vor ihr. Es klang immer unfreundlich.

Ich mache zweimal täglich ein großes Geschäft. Das erste Mal gleich nach dem Melken, das zweite Mal nach dem Kaffeetrinken. Ganz selten habe ich später am Tag noch einmal ein Bedürfnis – wenn, dann meist abends –, und das ignoriere ich immer.

Wenn ich dran denke, trage ich Vater die Treppe hinunter und setze ihn auf die Toilette. Dann mache ich die Tür zu und bleibe wie ein treuer Hund – Hunde sind angeblich treu, aber dazu kann ich nichts sagen, wir haben nie einen Hund gehabt – davor stehen, bis er »fertig« ruft. Er *muß* eben, wenn ich ihn auf die Toilette setze. Das kann alle zwei Tage sein, manchmal liegen auch vier Tage dazwischen. Er pinkelt auch kaum, nur hin und wieder ist ein kleines bißchen Urin in der Harnflasche. Die leere ich dann und spüle sie mit kochendem Wasser aus. Wie und wann das Ding ins Haus gekommen ist, weiß ich nicht, aber es ist praktisch.

»Was ist los?« frage ich, als ich in Vaters Zimmer gehe.

»Nichts«, sagt er.

»Warum rufst du mich dann?« Ich gehe zu dem geraden Lehnstuhl, der neben dem Fenster unter dem Schafbild steht, und drehe ihn um. Ich vermeide es möglichst, durch die Nase zu atmen.

»Ruf den Arzt.«

»Nein.«

»Ich will aufstehen.«

Normalerweise würde ich mich darauf nicht einlassen, aber jetzt kommt mir sein Wunsch sehr gelegen. Ich schlage die Wolldecken mit dem Laken darunter zurück. Der Dunst, der aus dem warmen Bett aufsteigt, nimmt mir den Atem. Ich schiebe die Arme unter seinen Körper, hebe ihn hoch und trage ihn zum Stuhl. Seine dünnen Arme klammern sich an den Lehnen fest. Ich ziehe die Wolldecken und Laken vom Bett, hole die Kissen aus den Bezügen und gehe mit den Leintüchern und Bezügen nach unten. Dort stopfe ich sie mit anderer Kochwäsche in die Maschine und stelle den Temperaturregler auf neunzig Grad. Dann hole ich einen Eimer aus dem Schränkchen unter der Spüle und fülle ihn mit lauwarmem Wasser. Ich nehme ein Handtuch und einen Waschlappen aus dem Wäscheschrank und gehe wieder die Treppe hinauf. Vater hängt vornübergebeugt auf dem Stuhl. Anscheinend konnten seine Arme sein eigenes Gewicht nicht halten, so daß er mit dem Oberkörper langsam nach vorn gesunken ist und einen Sturz nur noch verhindern konnte, indem er sich an den Stuhlbeinen festhielt. Ich stelle den Eimer ab und richte ihn auf. Zuerst ziehe ich ihm die Schlafanzugjacke aus, das macht keine allzu großen Schwierigkeiten. Die grauen Haare auf seiner eingefallenen Brust liegen glatt auf der Haut. Dann stelle ich mich hinter ihn, schiebe einen Arm unter seiner Achsel durch, greife ihm um die Brust und hieve ihn hoch. Mit der freien Hand ziehe ich ihm die Schlafanzughose herunter. In der Hose sind Flecken. Jetzt sitzt er nackt auf dem Stuhl. Sein Geschlecht klebt zwischen seinen Beinen, es ist auffallend groß im Verhältnis zu seiner Körpergröße, und glatt, verglichen mit der Haut auf Armen und Bauch.

»Ist Ada hiergewesen?« fragt er. Er kann nur mit Mühe seinen Kopf geradehalten.

»Ja.«

»Warum ist sie nicht raufgekommen?«

»Sie hatte keine Lust.«

»Hat sie das gesagt?«

»Ja, das hat sie gesagt.« Ich schaue von Vater zum Eimer und vom Eimer auf den Boden, der mit dunkelblauem Teppichboden belegt ist, und vom Boden zum

Waschlappen auf dem abgezogenen Bett. So wird das nichts. Ich gehe wieder die Treppe hinunter und bringe einen Plastikhocker aus der Küche ins Badezimmer. Die Waschmaschine läuft.

»Kalt«, sagt er.

Ich halte meine Hand in den Strahl und drehe den Warmwasserhahn ein Stückchen weiter auf. Ich habe nicht nachgedacht und meine Sachen nicht ausgezogen, und jetzt ist es zu spät; wenn ich ihn loslasse, schlägt er lang hin. Das wäre nicht so gut, ein fallender Vater, hier, wo der Boden gefliest ist. Der Hocker steht in der Dusch-Ecke an der Wand, so kann ich Vater mit einem Arm halten. Er hebt die Hand, um seinen Kopf vor dem Wasserstrahl zu schützen, genau in dem Augenblick, als ich die Hähne zudrehe.

»Ich seife dich jetzt ein«, sage ich.

Er sagt nichts.

Ich lege den Waschlappen auf sein Knie und quetsche reichlich Schaumbad darauf aus. Badedas heißt das Zeug, und es riecht nach Menthol. Mühsam das alles, mit einer Hand. Ich fange an, ihn einzuseifen. Wieder erinnert er mich an ein neugeborenes Kalb, glatt und glitschig, und mit diesem heftigen Zittern. Ich will ihm den Hintern waschen, und dafür muß ich ihn genau wie fürs Ausziehen der Schlafanzughose mit einem Arm hochheben, nur daß ich diesmal nicht hinter, sondern vor ihm stehe. Ich bin froh, daß ich nicht nachgedacht und deshalb meine Sachen noch am Leib habe, sonst würde mein nackter Oberkörper gegen seine nackte, magere Brust drücken. Als ich mit dem Waschlappen ein paarmal über seinen Hintern wische, spüre ich durch den nassen Stoff mit den Fingerspitzen seine Hoden. Ich lasse ihn wieder auf den Hocker hinunter. Herrgott noch mal, sein Geschlecht wird steif. Der Lappen müßte eigentlich ausgewaschen werden, aber jetzt schiebe ich schnell mit einem Fuß seine Beine ein Stück auseinander und wasche ihm die Leisten und das Geschlecht, das dadurch noch steifer wird. Hastig schüttele ich den Waschlappen ab und drehe die Hähne auf.

»Kalt«, klagt er wieder.

»Selber schuld«, antworte ich.

Langsam sinkt sein Geschlecht wieder zwischen seine Beine. Nachdem ich ihn abgebraust habe, frage ich mich, ob ich sein Haar – »noch schön dicht!« würde Ada sagen – auch waschen soll. Nein, für heute reicht es. Ich trockne ihn ab. Er schafft es, einen Moment auf eigenen Beinen zu stehen.

Als ich in der Tür seines Schlafzimmers stehe wie ein Bräutigam vergangener Zeiten, sehe ich, daß ich etwas falsch gemacht habe. Das Bett ist noch nicht fertig. Ich setze Vater mit dem feuchten Handtuch um die Taille auf den Stuhl am Fenster. Sein schmutziger Schlafanzug liegt als Stoffhäufchen neben einem der Stuhlbeine. Ich beziehe alles mit frischer Wäsche aus dem Schrank. Dann lege ich ihn aufs Bett und ziehe ihm einen sauberen Schlafanzug an. Meine nassen Kleider stören mich, und es ist kalt im Zimmer. Ich stelle die beiden Kissen am Kopfteil hoch und decke ihn zu.

»Ich wollte, ich wär tot«, sagt er leise.

»Wo du gerade so schön sauber bist?« frage ich.

»Es ist die Krähe«, sagt er und zeigt mit zitterndem Finger nach draußen.

»Was ist mit der Krähe?«

»Sie wartet auf mich.«

»Ach was.«

»Doch.«

»Wie du meinst«, sage ich.

Zentralheizung – davon wollte er nichts hören. Mutter schon, aber ihre Stimme zählte nicht. Es gibt zwei Ölöfen, einen in der Küche und einen im Wohnzimmer. Jetzt bekommt er die Folgen am eigenen Leib zu spüren, da oben. Früher ließ er, wenn es draußen fror, nachts den Ofen im Wohnzimmer auf niedriger Stufe brennen und die Tür des Elternschlafzimmers offenstehen. Wenn Henk und ich aufwachten, konnten wir nicht raussehen, so üppig blühten die Eisblumen auf den Scheiben.

Das warme Wasser kommt bei uns aus einem Boiler. An Vater habe ich nicht allzu viel davon vergeudet, es reicht also noch für mich. Ich kann mich nicht erinnern, wann ich zuletzt mitten am Tag unter der Dusche gestanden habe. Jetzt rieche ich selbst nach Menthol. Ich fühle mich jung und stark, aber als ich mein Geschlecht in die Hand nehme, fühle ich mich auch seltsam nutzlos und leer. Unwillkürlich vergleiche ich es mit dem von Vater. Meins ist größer, und allein schon diese Feststellung läßt es schwellen. Als ich mich gerade frage, was das bedeuten könnte, klingelt es. Ich spüre, wie sich mein Sack in meiner Hand zusammenzieht. Hier klingelt fast nie jemand, im ersten Moment war mir nicht einmal klar, daß es die Türklingel war, die ich hörte. Ich drehe die Hähne zu und warte ab, was jetzt kommt. Eine Ader in meinem Hals klopft spürbar; Tropfen, die auf den gefliesten Boden fallen, donnern wie ein Wasserfall. Es bleibt still. Ich trockne mich langsam ab und ziehe eine Unterhose an. Meine Sachen liegen im Schlafzimmer. Ich öffne die Badezimmertür und sehe vor der schmalen, hohen Mattglasscheibe der Vordertür nichts stehen. Bevor ich durchs Wohnzimmer gehe, spähe ich am Türpfosten vorbei, für den Fall, daß jemand vor dem Fenster steht. Niemand. Ich gehe ins Schlafzimmer, wo die Jalousie geschlossen ist. Während ich trockene Sachen anziehe, fallen mir wieder die fransigen Ränder der Decken auf. Als ich fertig angezogen bin, gehe ich in den Flur und öffne die Vordertür. Die Straße ist leer. Die Nebelkrähe starrt mich an.

Dem *Großen Vogelbuch* zufolge ruft sie »kgrra, kgrra«, aber das habe ich von ihr noch kein einziges Mal gehört.

Den ganzen Nachmittag höre ich das Schellen der Klingel im leeren Flur. Ich gehe die Schafe zählen, und obwohl es nur dreiundzwanzig sind, muß ich viermal von vorn anfangen. Vor ein paar Tagen habe ich den Bock geholt und dem Bauern zurückgebracht, der mir jedes Jahr einen ausleiht. Den Deckstempel habe ich wieder in der Scheune aufgehängt. Erst spät am Nachmittag, als ich unter den Kühen hocke und es schon dunkel geworden ist, denke ich an die Gestalt, die neulich reglos vor dem Hof stand.

10

Der andere Milchfahrer, der junge mit dem ewigen Lächeln, steht in der Milchkammer.

»Hallo Helmer«, sagt er, als ich hereinkomme. Wenn der alte, mürrische da ist, gehe ich meistens nicht in die Milchkammer. Er stützt sich mit einer Hand auf den Rand des Milchtanks und schaut abwechselnd in den Tank und auf den Schlauch vor seinen Füßen. Ich möchte ihn mit seinem Namen begrüßen, aber wenn ich ihn sehe, fällt mir nie ein, wie er heißt, deshalb erwidere ich seinen Gruß mit einer Kopfbewegung.

»Arie ist tot«, sagt er. Nicht einmal eine Mitteilung wie diese vertreibt das Lächeln aus seinem Gesicht.

»Tot? Wieso?«

»Herzinfarkt.«

»Wann?«

»Vorgestern. Bei ihm zu Hause.«

»Und ich hab neulich noch gedacht, in ein paar Jahren wird er wohl in Rente gehen.«

»Ja, er wollte mit sechzig aufhören.«

»Wie alt war er?«

»Achtundfünfzig.«

»Achtundfünfzig.«

»Viel zu jung.« Der Tank ist leer. Er schraubt den Schlauch ab, und der letzte Rest Milch läuft in den Abfluß. Dann kurbelt er den Schlauch auf die Rolle am Heck des Milchwagens. »Viel zu jung«, sagt er noch einmal. Er bleibt vor mir stehen, die Beine leicht gespreizt, Hände in den Hüften. Immer dieses Lächeln, ein schiefes Lächeln mit Zähnen. »Du mußt bis auf weiteres mit mir vorliebnehmen«, sagt er.

»Um Himmels willen«, antworte ich.

Jetzt geht das Lächeln in richtiges Lachen über, hörbar und mit noch mehr Zähnen. Er verabschiedet sich nicht, als er zum Fahrerhaus geht. Wir haben die Todesnachricht weggelacht, und das darf man nicht durch Reden verderben. Er öffnet die Tür und springt elastisch zu seinem Sitz hinauf. Das blaue Hosenbein spannt sich um den Oberschenkel seines Sprungbeins, das einem Eisschnelläufer gehören könnte. Ich folge dem abfahrenden Wagen auf den Hof hinaus. Wenn der Milchfahrer in den Rückspiegel schaut, kann er mich hier stehen sehen, wie letzten Sommer der rotblonde Junge. Es regnet, die Esel dösen mit gesenkten Köpfen in der Nähe des Gatters; wenn der Regen nicht aufhört, hole ich sie in den Stall. Mein Blick schweift über den nassen Hof.

Alt, mürrisch und tot, denke ich.

Bis zu seinem Tod waren wir Henk und Helmer, obwohl ich der Ältere bin. Noch vor kurzem habe ich meinen Mittagsschlaf auf seinem Bett gemacht. Jetzt nicht mehr, weil sein Zimmer mit all dem Gerümpel vollgestellt ist und weil nebenan Vater liegt. Ich schlief dann mit angezogenen Beinen auf der Seite, wie früher, wenn wir zu zweit im Bett lagen. Neuerdings lege ich mich mittags aufs Sofa. Seit Ada diese Bemerkungen über mein Bett gemacht hat, fühle ich mich darin auch nicht mehr wohl, vor allem tagsüber nicht. Vor ein paar Tagen bin ich nach Monnickendam gefahren, um ein neues Bett zu kaufen. Ich habe mich für ein Boxspringbett entschieden, das eigentlich nur aus Matratzen besteht, auf ganz kurzen Beinen. Es wird demnächst geliefert, sie rufen vorher noch an. »Mit Sicherheit vor Weihnachten«, hatte der Bettenverkäufer in seiner jovialen Art gesagt. In einem anderen Laden habe ich eine Steppdekke und zwei Bettbezüge gekauft. Einen hellblauen und einen dunkelblauen, ich verlasse mich auf Adas Urteil. Die Steppdecke liegt noch in ihrer Plastikverpackung in einer Ecke des Schlafzimmers. Auch die beiden Kissen sind noch unausgepackt. Ich hatte *ein* Kissen verlangt, aber die Verkäuferin (ein junges Ding mit schwarzen Zöpfen) fragte mit solchem Nachdruck »Eins?«, daß ich nichts anderes antworten konnte als: »Nein, zwei natürlich.« Erst wenn das Bett geliefert wird, werde ich alles auspacken, und bis dahin schlafe ich unter den ausfransenden Wolldecken mit dem schmalen Laken.

Henk und Helmer, und nicht Helmer und Henk. Ich gehöre zu den Menschen, die keinerlei Erinnerungen aus ihren ersten vier oder fünf Lebensjahren haben. Und wenn doch einmal eine Erinnerung hochkommt, habe ich sie im Verdacht, nicht ganz echt, sondern eingeflüstert zu sein, auf Erzähltes zurückzugehen. Erst in den fünfziger Jahren fängt alles an. Wie oft Vater uns in den Jahren davor geschlagen hat, weiß ich nicht.

Unser Doppelpack konnte ihn rasend machen, immer sah er sich *zwei* Jungen gegenüber. Er glaubte, daß wir uns gegen ihn verschworen hatten, daß wir alles, was ihn ärgerte, mit böser Absicht taten und daß wir ihm so unschuldig ins Gesicht sahen, um ihn zu reizen. Ich bekam die meisten Schläge ab, weil ich der Ältere war, also wohl auch »alles ausgeheckt« haben würde. Er drosch mit bloßen Händen auf uns ein, und wenn er Zeit dafür fand, streifte er einen seiner Klompen ab und schlug uns damit auf den Hintern, manchmal auch auf den Rükken. Mein Name mußte etwas damit zu tun haben, dachte ich. Helmer ist ein Name von Mutters Seite, Henk ist der Name seines Vaters.

Vor dem Melken hole ich die Esel ins Trockne. Dafür brauche ich nicht viel zu tun. Ich öffne das Gatter und gehe zum Eselstall, und wenn ich dort ankomme, erwarten sie mich schon. Ich lasse sie in ihre Box, zerschneide eine Zuckerrübe und werfe die Stücke in den Futtertrog. Dann stopfe ich ein paar Handvoll Heu in die Raufe. Ich habe Teun und Ronald eingeschärft, mich immer erst zu fragen, ob sie die Esel füttern dürfen. Wenn ich sie gewähren ließe, würden die Esel innerhalb kürzester Zeit zu fett oder sogar krank. Der Regen tickt aufs Wellblechdach. Sie reagieren nicht, als ich ihnen die Ohren kraule, das Fressen nimmt sie zu sehr in Anspruch. Bevor ich den Stall verlasse, mache ich das Licht an. Sie schauen mir nicht nach, als ich gehe.

11

Von Monnickendam fahre ich auf der N 247 bis Edam und dann durch den Ort zum Deich, denn wenn ich es hier nicht mache, kann ich die Hauptstraße erst wieder bei Oosthuizen verlassen. In der Nähe von Warder halte ich einen Augenblick an, um mir einen Vogelschwarm genauer anzusehen. Austernfischer, Rabenkrähen, Lachmöwen und Silbermöwen. Die Hupe eines Wagens schreckt mich auf, jemand will auf der schmalen Deichstraße an mir vorbei.

»Warum bleibst du auch auf dem Deich stehen?« fragt Ada, die nicht einmal eine Kohlmeise von einer Blaumeise unterscheiden kann. Sie hat einen halblangen schwarzen Mantel an und sieht etwas blaß aus.

In Hoorn muß ich den Deich für kurze Zeit verlassen. Es ist windstill und dunstig, in der Ferne geht das Wasser des IJsselmeers unmerklich in den Himmel über. Unter der Motorhaube des Opel Kadett rasselt etwas, ich werde ihn wieder mal in die Werkstatt bringen müssen. Bei Oosterleek biege ich links ab, und zehn Minuten später parke ich den Wagen vor der Aufbahrungshalle von Venhuizen, die gleich neben dem Altenheim liegt.

»Wie kann man sich so etwas ausdenken?« fragt Ada. »Wie kann man so gefühllos sein?«

Sehr viele Bauern sind gekommen; man erkennt sie sofort an ihrer Kleidung, sie tragen fast alle einen »guten« Pullover über einem frischen Oberhemd. Von der Aufbahrungshalle gehen wir hinter dem Leichenwagen zur römisch-katholischen Kirche. Dort spricht Aries Frau am Sarg, das heißt, sie wollte am Sarg sprechen, aber als sie »Arie ist nun tot« gesagt hat, kann sie nicht weiter. Zwei junge Frauen – ich nehme an, ihre Töchter – stehen auf und begleiten sie zu ihrem Platz. Der Pastor hält den Trauergottesdienst, und ein örtlicher Chor singt ein trauriges Lied. Nach einem Augenblick des Schweigens kommen sechs Träger mit dunkelgrauen Zylindern herein, heben den Sarg auf ihre Schultern und tragen ihn hinaus. Ada geht neben mir, als meine Frau. Sie hat sich bei mir eingehängt und weint. Wim, ihr Mann, hatte nicht mitkommen wollen, er hat – sagte sie – Angst vor dem Tod und will nichts mit ihm zu tun haben. Außerdem habe er »wirklich Besseres zu tun«. Der Friedhof liegt nicht direkt hinter der Kirche, wir müssen noch ein gutes Stück laufen. Unterwegs kommen wir an einer Super-de-Boer-Filiale vorbei. Es ist ein Begräbnis, wie es sein sollte; die Träger lassen den Sarg hinunter, und Aries Frau und die Töchter werfen Erde in die Grube. Als wir schon auf dem Rückweg zur Kirche sind, holt uns der junge Milchfahrer ein. »Gut, daß du gekommen bist, Helmer«, sagt er. »Und du auch, Ada. Verbundenheit, das ist etwas Schönes.«

»Ach Galtjo«, erwidert Ada, mit einer Stimme, die noch mehr als sonst nach Watte klingt, »das ist doch das mindeste, was man tun kann.«

Ich sage nichts, ich finde ihn rührend, diesen jungen Milchfahrer. Galtjo, kein Wunder, daß mir sein Name nie einfällt. Sogar hier auf dem Friedhof lächelt er. Er kann einfach nicht anders. Wir sind ein Stück hinter den anderen zurückgeblieben. Als ich mich umdrehe, sehe ich, daß zwei Männer dabei sind, die Grube zu füllen, nicht langsam und vorsichtig, hier eine Handvoll, da eine Handvoll, sondern mit gewaltigen Schaufelladungen.

Dann gehen alle zur Aufbahrungshalle zurück, um der Frau, den Töchtern und sonstigen Verwandten zu kondolieren. Wir trinken eine Tasse Kaffee, und Ada ißt ein Stück Kuchen. Ich esse zwei Stück.

Ada möchte auf der Rückfahrt einen anderen Weg nehmen. Wir fahren durch Hem und über den Blokdijk nach Hoorn.

»Laß uns durch den Beemster fahren«, sagt sie. »Der Beemster ist schön.«

Ich nehme eine Abkürzung über Berkhout nach Avenhorn und Schermerhorn. Dann folge ich den Schildern Richtung Noordbeemster. »Über die Dörfer?« frage ich.

»Über die Dörfer.«

Ich biege rechts ab, und wir fahren über den Middenweg durch Noordbeemster und Middenbeemster. »Hier müßte man wohnen«, meint Ada. »Sieh mal, wieviel Platz hier ist. Und es liegt so schön hoch. Bei uns ist es immer naß. Alles eng und naß.«

»Ist Jarno Koper jetzt schon in Dänemark?« frage ich.

»Nein, er geht im Januar weg.« Sie schaut sich mit sehnsüchtigen Blicken um. »Wim hätte so gern was Größeres. Gar nicht sehr viel mehr, aber ein bißchen. Vielleicht zehn Kühe, ein paar Hektar.«

»Dann müßt ihr auch nach Dänemark.«

»Ach Gott, nein. Kannst du dir vorstellen, daß Wim jemals weggeht?«

»Nein«, sage ich. »Das kann ich nicht.« Wim ist schon sein Leben lang unser Nachbar, aber ich kenne ihn kaum.

Kurz bevor wir Richtung Zuidoostbeemster abbiegen, bittet mich Ada, langsam zu fahren, damit sie sich in Ruhe De Eenhoorn ansehen kann. »Ja«, sagt sie, während sie nach dem restaurierten Bauernhof späht, »wir machen hier eine schöne Spazierfahrt nach Hause, und sie bleiben da ohne Mann und ohne Vater zurück.«

Kurz vor der Kreuzung halte ich an und steige aus. Die kahlen Äste der Baumreihe, die als Windschutz die Weiden gegenüber von De Eenhoorn säumt, sind feucht. Ich kann das Ende der Reihe nicht sehen, die Stämme lösen sich im leichten Nebel auf. Ein Auto nähert sich, viel zu schnell. Dann wird es wieder still. Auf der anderen Seite der Kreuzung, neben einem etwas weniger schönen Gehöft, stehen drei Pferde.

Ada hat recht, der Beemster ist wunderschön, auch im Spätherbst, aber ich denke an Dänemark. In meiner Vorstellung ist es in Dänemark sehr oft neblig.

Ada öffnet die Beifahrertür und steigt aus. »Was machst du?« fragt sie.

»Ich wollte einfach einen Moment hier stehen.«

Sie schaut mich an. »Ist alles in Ordnung mit dir?«

»Ja sicher«, sage ich.

»Eine Beerdigung ist etwas ganz Merkwürdiges.«

»Tja.«

»Vor allem, wenn jemand beerdigt wird, den man nicht so gut kannte.«

»Ja.«

»Hinterher fühlt man sich irgendwie lebendiger als vorher.«

»Wo wohnt dieser Galtjo eigentlich?«

»Keine Ahnung. Ich wußte auch nicht, daß Arie in Venhuizen wohnte, so weit weg. Was weiß man überhaupt von diesen Menschen.«

»Das ist wohl wahr«, sage ich.

»Sollen wir heimfahren?«

»Ja, laß uns fahren.« Ich bleibe auf dem Middenweg,

bis wir an den Noord-Hollands Kanaal kommen. Dem folge ich über Purmerend, Ilpendam und Watergang bis Het Schouw, dann geht es durch Broek nach Hause.

Als ich in die Milchkammer komme, höre ich das Telefon. Schnell gehe ich durch die Waschküche in den Flur und nehme ab. Ich höre nichts. »Hallo?« sage ich. Am anderen Ende der Leitung bleibt es still. Es ist die Art Stille, der man anhört, daß jemand den Atem anhält. »Wer ist da?« frage ich. Ich bekomme keine Antwort und lege auf. In der Küche liegt die Zeitung ungelesen auf dem Tisch. Ich kann mich nicht hinsetzen, ich muß etwas tun. Jetzt ist hinterher, ich bin lebendiger als vorher.

Ich habe eine schöne kleine Handsäge, die hervorragend fürs Kappen der Weiden geeignet ist. Sie ist schon sehr lange sehr scharf, dürfte also nicht ganz billig gewesen sein. An der Südseite und an der Rückseite des Hofs stehen Korbweiden, die ich alle zwei oder drei Jahre zurückschneide. In diesem Jahr bin ich noch nicht dazu gekommen, und heute ist ein idealer Schnittag. Morgen hoffentlich auch, denn an einem Tag ist es nicht zu schaffen. Als ich die erste Weide zur Hälfte fertig habe, wird mir warm, und als ich mit der zweiten anfange, schwitze ich. Ich brauche keine Leiter, eine Kartoffelkiste reicht. Als es fast schon Zeit fürs Melken wird, bin ich mit den sechs Weiden an der Südseite fertig und weiß nicht mehr, woran ich die ganze Zeit gedacht habe. Ich werfe ein paar Zweige in den Futtertrog der Esel, dann rufe ich Ada an. Was der schönste Garten von Waterland werden soll, bekommt nämlich auch eine Wallhecke. Ada kann meine Weidenzweige haben, sie muß sie nur selbst abholen.

12

Vater steht am Fenster. Das stimmt nicht. Er stützt sich mit den Armen auf die schmale Fensterbank, und seine Stirn drückt gegen das Glas. Fahles Licht scheint ins Zimmer, das Wetter ist wie gestern, neblig, mit einer Sonne, die vergeblich durchzukommen versucht.

»Wie bist du da hingekommen?« frage ich.

Er sagt etwas, aber ich kann ihn nicht verstehen.

»Was?«

Es stemmt sich ein wenig höher, wodurch sein Rücken etwas gerader wird und seine Stirn sich von der Scheibe löst. »Die Nebelkrähe ist weg«, sagt er.

»Was?«

»Die Nebelkrähe, sie ist weggeflogen.«

Was ich unten durchs vordere Küchenfenster nicht gesehen habe, sehe ich jetzt, an Vater vorbei: Der Ast in der krummen Esche ist leer.

»Sie hat nicht auf mich gewartet.«

»Nein, natürlich nicht, was ist das auch für ein Quatsch!«

»Ich hatte es geglaubt.« Seine Arme fangen an zu zittern, und sein Kopf wackelt.

»Aber es wär schon schön gewesen«, sage ich leise.

»Was?«

»Geh mal in dein Bett zurück«, sage ich.

»Das kann ich nicht.«

»Warum nicht? Zum Fenster konntest du doch auch gehen?!«

Langsam dreht er sich um, seine rechte Hand läßt die Fensterbank nicht los. Er fixiert sein Bett wie ein zögernder Weitspringer den Absprungbalken. Mit winzigen Schrittchen schlurft er vom Fenster weg. »Ich schaff es nicht«, sagt er nach der halben Strecke.

»Aber ja«, antworte ich, »nicht aufgeben.«

Er schafft es nicht. Ich stehe bereit, um ihn aufzufangen. Ich hebe ihn hoch und trage ihn ums Bett herum. Als ich ihn hinlegen will, klingelt das Telefon. Was soll's, wenn ich abnehme, höre ich bestimmt wieder nur dieses atemlose Schweigen. Es klingelt siebenmal. Ich lege Vater ins Bett.

»Ich kann gehen«, sagt er, noch außer Atem.

»Weißt du, wer tot ist?« frage ich.

»Nein.«

»Arie.«

»Welcher Arie?«

»Der Milchfahrer.«

»Nein!«

»Doch.«

In der Tür seines Zimmers steckt kein Schlüssel. Außen in Henks Zimmertür auch nicht. Ich öffne sie und setze mich auf Henks Bett. Innen steckt der Schlüssel. Ich lege mich hin. Die Vorhänge sind zu, es ist dämmrig im Zimmer. Während ich an die Decke starre, kommt mir der Gedanke, daß alles ganz anders wäre, wenn ich jemanden hätte; wenn ich verheiratet wäre, Kinder hätte. Wenn man eine Familie hat, kann man seinen Vater ruhigen Gewissens ins Heim geben.

Ich stehe auf, ziehe den Schlüssel ab, gehe in den Flur und stecke den Schlüssel in das Schloß von Vaters Tür. Er paßt; aber erst, als ich ihn umdrehe, merke ich, daß er wirklich paßt. Aus dem Zimmer kommt kein Kommentar. Ich nehme den Schlüssel aus dem Schloß und behalte ihn einen Moment in der Hand, dann stecke ich ihn zurück.

Die beiden Schlafzimmer liegen rechts vom oberen Flur. Gegenüber von der Treppe gibt es ein Dachfenster, das wenig Licht hereinläßt; hier oben ist immer Abend. Am Ende des Flurs links, neben dem Dachfenster, ist ein drittes Zimmer, kleiner als die beiden Schlafzimmer. Es liegt über der Milchkammer und nimmt vielleicht ein Drittel von deren Fläche ein. »Das neue Zimmerchen« hat Mutter es bis zu ihrem Tod genannt. Ich kann mich nicht erinnern, für welchen Zweck dieser Raum ursprünglich bestimmt war; er wurde gleichzeitig mit der Milchkammer angebaut, irgendwann in den sechziger Jahren, und ist seitdem ungenutzt geblieben. Ich bin so gut wie nie im neuen Zimmerchen. Die Tür ist immer geschlossen. Auf dem Boden liegt der gleiche dunkelblaue Teppichboden wie in den beiden Schlafzimmern. Es ist ein ganz seltsames Zimmer, das spüre ich, als ich jetzt hineingehe, zum ersten Mal nach langer Zeit. Obwohl es muffig riecht, hängt auch noch der Geruch des Neuen in der Luft, ein Geruch nach gerade beendeten Ausbauarbeiten. Das Kippfenster in der Dachschräge ist ziemlich groß, weshalb es hier längst nicht so dunkel ist wie im Flur. Aber der Raum ist leer, es gibt keinen Grund, ihn zu betreten.

Durchs Fenster sehe ich die Esel im hintersten Winkel der Eselkoppel stehen. Ich habe sie heute früh wieder aus dem Stall geholt. Sie sind immer zusammen, nur wenn sie rennen oder traben, passiert es schon mal, daß sie plötzlich getrennt sind, und dann können sie vor lauter Schreck gar nicht schnell genug wieder zusammenkommen. Bevor ich nach unten gehe, öffne ich das Fenster ein kleines Stück.

Es war das Bettengeschäft. Ein paar Stunden später ruft der joviale Bettenverkäufer ein zweites Mal an und sagt, daß er es schon einmal versucht habe. Morgen kommt das Bett. Ich möchte wissen, um wieviel Uhr. Das könne er so genau nicht sagen, »irgendwann im Laufe des Vormittags«. Bevor er auflegt, rät er mir noch, einen Anrufbeantworter anzuschaffen; das sei praktisch, für den Fall, daß jemand eine Nachricht hinterlassen wolle.

Hinter dem Hühnerhaus, dem Eselstall und dem Misthaufen, am Rand des Grabens, stehen acht Weiden. Sieben davon stehen schön gerade, eine neigt sich über den Graben. Schon seit Jahren gehe ich bei diesem Baum immer auf die gleiche Weise vor: Ich lege zwei Teile einer Leiter nebeneinander über den Graben und befestige quer auf den Leiterteilen einen kurzen Balken, in den ich ein paar lange Nägel geschlagen habe, damit er nicht verrutscht (die beiden Grabenränder sind nicht ganz auf gleicher Höhe). Anschließend lege ich eine Holzpalette so auf die Leitern, daß sie mit dem einen Ende auf dem Balken und deshalb ungefähr waagerecht liegt. Wenn ich dann die Kiste auf die Palette stelle, reiche ich an die Weidenzweige heran. Ich fange mit der schiefen Weide an; wenn ich die gekappt habe, sind die restlichen sieben nicht mehr so schlimm. Der messerscharfe Sägestahl gleitet geschmeidig durch das junge, zarte Holz. Meine Arme und Schultern sind nicht ganz so geschmeidig nach den sechs Bäumen von gestern. Als ich ein paar Weiden geschafft habe, ruhe ich mich aus. Dabei beobachte ich die Schafe, die auf dem Stück Land bei der Bosman-Mühle herumlaufen.

Dreiundzwanzig ist doch eigentlich eine komische Zahl, zwanzig würde mir besser gefallen.

13

Sie waren ein Weilchen beschäftigt, die Männer, die das Bett geliefert haben. Dieses Bett gibt es nicht als Bausatz. Durch die Vordertür zu kommen war kein Problem; die Drehung vom Flur ins Wohnzimmer erwies sich dann als ziemlich schwierig. Mein altes Bett habe ich gleich nach dem Melken weggeschafft. Die Matratze habe ich in Henks Zimmer gestellt, den hölzernen Bettkasten auseinandergenommen und die Teile auf den Scheiterhaufen neben dem Mist geworfen. Er wird allmählich ganz schön groß, vielleicht sollte ich ihn zu Silvester anzünden, wenn der Wind günstig steht und es nicht regnet. Die Möbelmänner hinterließen Schlammspuren im Wohn- und Schlafzimmer, und sie wollten keinen Kaffee, weil sie noch weitere Betten auszuliefern hatten. Es war noch lange kalt im Haus, weil niemand, auch ich nicht, daran gedacht hatte, während des Gemurkses im Flur die Vordertür zu schließen. Von Osten her weht ein kalter Wind, der das Haus schräg von vorn trifft. Heute nacht dürfte es kräftig frieren.

Das Bett hat einen schwedischen oder dänischen Namen, der mir entfallen ist, irgend etwas mit ä. Es ist blau-weiß kariert und sehr breit; egal, wie ich mich lege, meine Füße ragen nicht über den Rand. Während ich das Bett mache, höre ich Vater dauernd nach mir rufen. Er ist fürchterlich neugierig. Erst bekomme ich einen Schreck, weil ich einen Augenblick glaube, ich hätte den Schlüssel abgezogen und vergessen, wo ich ihn gelassen habe, dann fällt mir wieder ein, daß er im Schloß steckt. Als ich eins der Kissen bezogen und auf seinen Platz gelegt habe, setze ich mich in die Küche. Wenn ich auf Mutters Stuhl sitze und mich über den Tisch beuge, kann ich durch die offenstehenden Türen ins Schlafzimmer schauen. Zwei Kissen. Was soll ich mit zwei Kissen? Andererseits: *Ein* Kissen auf dem großen Bett, das sieht komisch aus, das bringt das Ganze irgendwie aus dem Gleichgewicht. Und sie waren nicht billig. Als ich die Titelseite der Zeitung gelesen und eine Tasse Kaffee getrunken habe, gehe ich wieder ins Schlafzimmer, um das zweite Kissen zu beziehen.

Am Nachmittag kommt der kleine Lastwagen des Viehhändlers auf den Hof gefahren. Der Viehhändler ist ein eigenartiger Mann, ungeheuer einsilbig. Er trägt immer einen ordentlichen Kittel und eine Mütze, die er abnimmt, wenn er ins Haus kommt. Wenn er mich draußen oder im Stall antrifft, behält er die Mütze auf. Jedesmal macht er eine Bemerkung übers Wetter und schweigt dann. Ich muß sagen, ob ich etwas für ihn habe oder nicht. Wenn ich nichts für ihn habe, geht er gleich wieder, ohne ein weiteres Wort. Noch nie – und wir kennen uns nun schon seit mehr als drei Jahrzehnten – hat er bei uns am Küchentisch gesessen. Er kommt durch den Hintereingang und zieht seine Klompen vor der Flurtür aus; wenn er dann in der Küche auf dem Linoleumboden steht, schiebt er den einen Fuß auf den anderen, und seine Zehen zappeln in den dicken Ziegenwollsocken. Heute stehen wir mitten auf dem Hof, und ich habe etwas für ihn. Ein paar Schafe.

»Sind sie gedeckt?« fragt er.

»Ja. Ich hab den Bock vor ein paar Tagen weggebracht.«

»Drei?«

»Drei. Was bringt ein Schaf im Augenblick?«

»Wenn man Glück hat, hundertzwanzig. Aber eher hundert.«

»Das ist ja nichts.«

»Stimmt, das ist nichts. Hast du sie schon hier?«

»Nein, sie sind hinten auf der Koppel.«

Er bietet wie selbstverständlich seine Hilfe an. Dabei hätte er einfach sagen können, daß er morgen wiederkommt. Wir gehen auf die Koppel und treiben die Schafe Richtung Zaun. Er greift sich eins, ich greife mir zwei. Die übrigen nehmen Reißaus. Als er das Gatter geöffnet und sein Schaf auf die angrenzende Koppel gelassen hat, übernimmt er eins von meinen. Wir treiben die drei Schafe zum Zaun hinter dem Hof. Ich klettere über das Gatter und hole aus der Scheune zwei lose Hürden, die ich links und rechts von der heruntergeklappten Heckrampe des Viehtransporters aufstelle. Zwischen den Treibhürden und dem Zaun sind höchstens fünf Meter Zwischenraum. Dann öffne ich das Gatter im Zaun, und eins der Schafe läuft geradewegs in den Wagen. Die anderen beiden folgen. Der Viehhändler klappt die Rampe hoch und macht sie fest.

»War keine große Sache«, meint er.

»Hätte schlimmer sein können«, sage ich.

Er streckt zum Abschied den Zeigefinger in die Luft und steigt ein. Langsam fährt er Richtung Damm, dann biegt er noch langsamer auf die Straße ein.

Ich schließe das Gatter. Die übrigen zwanzig Schafe stehen zusammengedrängt bei der Mühle, in der am weitesten entfernten Ecke der Koppel.

Am Abend, kurz bevor ich ins Bett gehe, schneide ich mir die Finger- und Zehennägel und stehe lange unter der Dusche. Ich lasse den Ofen auf niedriger Stufe brennen, die Tür zum Schlafzimmer bleibt offen. Ich sehe mich nackt in ganzer Länge in dem großen Spiegel, der über dem Kaminsims hängt. Plötzlich habe ich Lust, Schlittschuh zu laufen und danach die wohlige Müdigkeit der Muskeln in meinen Beinen und im Hintern zu spüren. Die Glut des Ofens brennt auf meinem Geschlecht. Ich krieche zum ersten Mal unter die Steppdecke. Die Wärme zwischen den Beinen verschwindet schnell; die neue Bettwäsche sticht, und ich mache die ganze Nacht kaum ein Auge zu.

14

Teun und Ronald bündeln die Weidenzweige. Sie legen ein Stück Kordel auf den Boden, werfen beide einen Armvoll Zweige darauf und verknoten die Schnur. Die Bündel tragen sie durch den Vorgarten auf den Hof. Jedesmal, wenn sie an einem der beiden Fenster vorbeikommen, winken sie mir zu. Vor mir auf dem Küchentisch liegen eine Telefonrechnung und ein Brief mit handgeschriebener Adresse. Ada hat mir beides gebracht; kurz bevor sie mit dem kleinen Anhänger am Wagen auf den Hof kam, fuhr der Briefträger weg. Es ist Samstag.

Ich würde den Brief gern öffnen, aber Ada steht immer noch auf der Schwelle meines Schlafzimmers. Gerade hat sie den Bettbezug befühlt. »Bezüge muß man erst waschen!« ruft sie mir zu. »Neu sind die immer dermaßen steif!« Ich nicke Ronald zu, der winkend am Vorderfenster vorbeigeht. Ich folge ihm in Gedanken, und genau in dem Augenblick, in dem er das Seitenfenster erreichen müßte, taucht er dort auf. Wieder winkt er. Er trägt eine Mütze, und ein bißchen Rotz läuft ihm aus seiner roten Nase. Er ist fröhlich, er ist immer fröhlich, auch wenn er kalte Finger hat und – wie jetzt – im Gemüsegarten über einen Grünkohl stolpert.

»Wirklich schön.«

Ich schrecke auf.

Ada steht in der Tür und hält den Kopf ein bißchen schief, als würde sie horchen. »Irgend etwas fehlt«, sagt sie. »Im Wohnzimmer.«

»Sessel?«

»Nein.« Sie denkt nach. »Ein Geräusch.«

»Die Uhr?«

»Ja, die Uhr. Wo ist die geblieben? Die hast du doch nicht auf den Holzhaufen geworfen?«

»Nein. Sie steht oben bei Vater.«

»Aha«, sagt Ada. Sie schaut auf meine Hände. »Von wem ist der Brief?«

»Ich weiß nicht, ich muß ihn erst aufmachen.«

»Alles in Ordnung mit deinem Vater?«

»Unverändert.«

»Kommt er ab und zu noch runter?«

»Manchmal. Er schläft viel.«

»Ja, ja.« Sie schaut mich von der Seite an, den Kopf ein bißchen schief, aber diesmal nicht, als würde sie horchen. »Dann werd ich jetzt mal den Anhänger beladen.« Sie dreht sich um und geht in den Flur. Ich warte auf das Zuschlagen der Waschküchentür, statt dessen erscheint ihr Kopf in der Küchentür. »Zwei Kissen, Helmer«, sagt sie. »Zwei Kissen.« Ada sieht witzig aus mit ihrer Hasenscharte, wenn sie einen vielsagend anschaut. Jetzt geht sie wirklich. Ich drehe den Brief wieder und wieder um. Es steht kein Name auf der Rückseite.

Hallo Helmer,
nicht erschrecken, ich weiß, daß Du zuerst nach dem Absender geschaut hast, das mache ich auch immer, wenn ich einen Brief bekomme, aber es gibt keinen Grund, vor meinem Namen zu erschrecken. Vielleicht

weißt Du ja nicht einmal mehr, wer ich bin! Wir haben uns mehr als drei Jahrzehnte nicht gesehen oder gesprochen, und das macht es natürlich nicht gerade einfach, diesen Brief zu schreiben.

Ich will gleich ehrlich sagen, daß ich Dir jetzt schreibe, weil ich annehme, daß Dein Vater mittlerweile nicht mehr lebt. Habe ich recht? Euer Vater war immer das größte Hindernis, wenn es darum ging, mit Dir Verbindung aufzunehmen. Ich meine das nicht böse, und vielleicht tue ich Dir ja auch weh, weil der (mögliche) Tod Deines Vaters Dir Kummer bereitet.

Soll ich Dir nun wirklich alles schreiben, was in meinem Leben passiert ist? Also, in Kürze: Ich bin nach Brabant zu Verwandten gezogen und habe dort bald einen Schweinebauern geheiratet. Wir haben zwei Töchter und viel später noch einen Sohn bekommen. Meine Töchter sind schon lange aus dem Haus. Mein Mann (er hieß Wien, ja, ein etwas seltsamer Name) ist voriges Jahr gestorben. Mein Sohn wohnt noch zu Hause, er ist vor kurzem achtzehn geworden.

Ich will auch ehrlich sagen, daß ich schon vor diesem Brief versucht habe, mit Dir in Verbindung zu treten. Einmal bin ich mit dem Rad mitten in der Nacht zum Hof gefahren und eine Weile davor stehengeblieben. Ich habe Dich oben am Fenster gesehen (von Deinem Vater keine Spur). Ich war bei meiner Tante in Monnickendam zu Besuch (ja, die lebt noch, sie ist jetzt dreiundachtzig. Kennst Du sie? Sie kennt Dich nicht), die ich bestimmt fünfzehn Jahre nicht gesehen hatte. Sie wußte gar nicht, welchem Umstand sie diese Ehre zu verdanken hatte. Später habe ich einmal an der Tür geklingelt, aber dann habe ich es plötzlich mit der Angst zu tun bekommen und bin schnell weggefahren. Außerdem habe ich Dich angerufen, und als ich dann Deine Stim-

me hörte, war ich so feige, daß ich aufgelegt habe. Aber Du verstehst sicher, daß es für mich nicht leicht ist, Dich zu sehen oder zu hören. Als ich Deine Stimme hörte, sah ich Henk bei Euch im Flur stehen.

Ein Brief erschien mir doch als das Einfachste, aber jetzt beim Schreiben merke ich, daß es mir schwerfällt. Darf ich Dir noch einmal schreiben? Oder sollen wir telefonieren? Ich schreibe Dir unten meine Telefonnummer auf.

Also, Helmer, ganz viele Grüße von Riet.

PS: Ich möchte Dich eigentlich etwas fragen.

Der Brief ist, wie die Adresse auf dem Umschlag, mit der Hand geschrieben. Keine Anschrift, nur eine Telefonnummer. Ich mache den Rechnungsumschlag nicht auf.

Mittags kommt ein Lastwagen mit Hubsteiger von der Gemeinde – und das am Wochenende. Ein Mann steuert das Ungetüm vom Boden aus, ein zweiter macht sich am Schirm der Straßenlampe zu schaffen. Ich stehe hinter der Jalousie im Wohnzimmer und schaue ihnen bei der Arbeit zu, ich glaube nicht, daß die Männer mich sehen können. Erst als sie fertig sind, verlasse ich meinen Platz am Fenster. Ich lege mich auf das neue Bett. Unruhig bin ich, es ist das gleiche Gefühl wie an dem Tag, als ich den Schwarm mit den verschiedenen Vögeln sah und meine Schafe mich wie Angehörige eines Erschießungskommandos anstarrten. An Schlaf ist nicht zu denken, alles mögliche schwirrt mir durch den Kopf, nichts davon bleibt hängen. Die Renovierung von Wohnzimmer und Schlafzimmer, das Kappen der Weiden, Jarno Koper in Dänemark, die Beerdigung des alten Milchfahrers, die Nebelkrähe in der Esche. Der Kauf des neuen Betts, auf dem ich jetzt liege, und das müßte doch einschläfernd wirken, aber meine Unruhe ist zu groß.

Ein Brief von Riet.

15

Am 19. April 1967 war ich mitten im dritten Trimester meines ersten Studienjahrs im Fach Niederländische Sprach- und Literaturwissenschaft. Ich glaube, ich war der eifrigste Student meines Jahrgangs, nicht weil ich von Natur aus arbeitswütig und ehrgeizig gewesen wäre, sondern weil ich Vater etwas beweisen wollte. Ich bekam keine Beihilfe, weil sein Vermögen zu groß war. »Vermögen«, das stand im Ablehnungsbescheid des Ministeriums für Bildung und Wissenschaft, Abteilung Studienbeihilfen, und er und ich wußten, woraus dieses Vermögen bestand: Land, Gebäude, Kühe und Maschinen. »Soll ich vielleicht Kühe verkaufen, damit du studieren kannst?« fragte Vater, als ich ihm den Brief zeigte. Er wartete meine Antwort nicht ab, sagte nichts weiter, zerknüllte den Brief und warf ihn, weil er nicht in der Nähe des Mülleimers stand, in die Spüle. Hätte er ein Feuerzeug oder Streichhölzer bei sich gehabt, hätte er den Brief verbrannt. Henk stand auch in der Küche, und seine Augen unter den dunklen Brauen sahen mich unsicher an. Mutter nahm den Brief aus der Spüle und versuchte ihn glattzustreichen, bevor sie ihn dann doch in den Mülleimer warf.

Also wohnte ich zu Hause, fuhr mit dem Rad nach Amsterdam, besuchte meine Lehrveranstaltungen und hatte nebenher allerlei Jobs, um mein Studium bezahlen zu können. Manchmal, wenn ich morgens mit verquollenen Augen am Küchentisch saß, weil ich am Vorabend spät heimgekommen war – nach dem Abladen von Ware für ein großes Kaufhaus zum Beispiel –, erkundigte sich Mutter nach meinem Treiben in Amsterdam. Amsterdam, der Stadt, der man besser fernblieb. Im Grunde wußte sie gar nicht, was sie mich fragen sollte, aber sie versuchte es wenigstens. Vater hatte mich bis zu jenem 19. April vielleicht dreimal gefragt, wie viele Wörter ich in der Zwischenzeit wieder dazugelernt hätte (ohne auf Antwort zu warten), bevor er sein Gespräch mit Henk fortsetzte. Ein Gespräch über Kühe, die trockenstanden; über Jungrinder, die auf eine andere Weide gebracht werden sollten; über die Bauern in der Nachbarschaft. Über Dinge, die wirklich von Bedeutung waren. Für ihn und Henk.

Henk war der Bauer, Henk war Vaters Junge. Was er mit mir anfangen sollte oder was ich mit mir selbst anfangen sollte, darüber machte Vater sich weiter keine Gedanken.

Und Henk hatte Riet. Bis er ihr im Dezember 1965 in einer Kneipe in Monnickendam begegnet war, hatte Henk mir gehört, und ich Henk. Ich war auch in dieser Kneipe gewesen, und das hatte Riet ziemlich durcheinandergebracht. Es war Heiligabend, *der* Ausgehabend für die, die nicht zur Mitternachtsmesse gingen. Henk war mit ihr ins Gespräch gekommen, und im Laufe des Abends rückten die beiden immer weiter von der Gruppe weg, mit der dieser Abend begonnen hatte, der Gruppe von Bauernsöhnen, bei denen ich hängenblieb. Henk stand so, daß er mir den Rücken zuwandte, und ich konnte an seinem Hinterkopf sehen, daß er lebhaft sprach, während Riet immer wieder über seine Schulter zu mir hinschaute, manchmal mit einem leicht verstörten Blick. Ich hatte noch nie ein so hübsches Mädchen gesehen. Er sprach, ich schwieg, es war ein typischer

Henk-und-Helmer-Abend: Henk und Helmer, nicht umgekehrt. Wir waren achtzehn und sahen uns noch immer ähnlich wie zwei Lämmer, wenn auch von zwei verschiedenen Mutterschafen, und nach diesem Heiligabend blieb ich allein zurück.

Anfang April hatte Riet ihre Fahrprüfung bestanden. Am 19. April wollte sie Henk zeigen, daß sie den Führerschein nicht für ihr reizendes Lächeln bekommen hatte, wie er glaubte – wie so viele Männer. Ich hatte am Nachmittag eine Vorlesung zur historischen Sprachwissenschaft gehabt und fuhr mit dem Rad nach Hause. Der Wind wehte von Südwesten, so daß ich ihn im Rükken hatte, ich fuhr mit offener Jacke.

Mutter saß in der Küche, allein. »Henk ist tot«, sagte sie.

Am Moordenaarsbraak, zwischen Edam und Warder, war Riet von der schmalen Deichstraße abgekommen, weil ein entgegenkommendes Auto nicht an den Rand gefahren war. Der Wagen war den Deich hinuntergerutscht, hatte sich überschlagen und war dann – richtig mit den Rädern nach unten – im IJsselmeer gelandet. Henk hatte das Bewußtsein verloren, die Beifahrertür war verzogen und das Dach auf seiner Seite etwas eingedrückt. Ausgerechnet hier war das Wasser tiefer als an anderen Stellen, vielleicht eine Folge des Deichbruchs, bei dem an der Landseite des Deichs der Moordenaarsbraak entstanden war. Obwohl die andere Autofahrerin, die nicht an den Rand gefahren war, ihr zu Hilfe kam, hatte Riet ihn nicht befreien können. Der Wagen, der noch bis zum nächsten Tag im IJsselmeer liegenblieb, war Vaters dunkelblauer Simca.

Jeden der Tage, an denen Henk im Wohnzimmer aufgebahrt war, verbrachte Riet bei uns. Frühmorgens kam sie, spätabends fuhr sie nach Hause. Weil Henk ertrunken war, mußte der Sarg bald geschlossen werden. In der Nacht vom 19. auf den 20. April war es deutlich kälter geworden, und die beiden Schiebefenster standen einen Spalt offen. Mutter und Riet saßen den ganzen Tag in der Küche, ohne etwas zu tun. Hin und wieder kam jemand zu Besuch, hauptsächlich die Großeltern, von denen 1967 noch drei lebten. Vater und ich gingen uns aus dem Weg und sorgten dafür, daß wir möglichst selten ins Haus mußten. Im Haus zu sein war unerträglich. Die beiden Frauen saßen einfach nur da, meistens schweigend, Henk lag im kalten Wohnzimmer, und nachts konnte ich nicht schlafen, weil ich Angst hatte, daß ich ihn riechen könnte. Zwei Tage nach dem Unfall bin ich für ein paar Vorlesungen nach Amsterdam gefahren. Auf dem Hinweg habe ich sehr lange am höchsten Punkt der Schellingwouder Brücke gestanden und zu den Oranjeschleusen hinübergestarrt. Daß ich am 19. eine Vorlesung zur historischen Sprachwissenschaft hatte, weiß ich noch genau, weil Mutter bei meiner Rückkehr zu mir sagte, daß Henk tot sei. An die Vorlesungen, die ich vor oder nach diesem Datum hatte, kann ich mich beim besten Willen nicht erinnern. Auf dem Rückweg habe ich wieder sehr lange am höchsten Punkt der Schellingwouder Brücke gestanden und vor mich hingestarrt, diesmal übers Buiten-IJ; ich konnte mich nicht dazu aufraffen, wieder in die Pedale zu treten. In diesem Jahr wurde das zehnjährige Bestehen der Brücke gefeiert. Ich wußte, daß man mich vergessen würde, Vater und Mutter waren die Eltern, Riet die Beinahefrau, ich war nur der Bruder.

Seit diesem Tag führen fast alle meine Wege nach

Norden, weiter Richtung Süden als bis zum Dorf fahre ich nicht mehr.

Nach der Beerdigung zitterte Riet immer noch, schon seit Tagen durchfroren vom eiskalten IJsselmeerwasser und vom Schuldgefühl. Die Trauergäste waren gegangen, wir saßen zu viert in der Küche, Riet auf Henks Platz, mit dem Licht des Seitenfensters im Rücken. Vater hob seine leere Kaffeetasse und schüttelte sie, so daß der Löffel darin klapperte; dabei starrte er hartnäckig auf die Tischplatte. Mutter stand auf und goß ihm schweigend Kaffee ein. Henk hatte das auch manchmal getan, den Löffel in seiner Tasse springen lassen, aber er hatte mich dabei lächelnd angesehen und sich bei Mutter bedankt, wenn sie ihm eingegossen hatte. Ich sah, daß Riet Vater anschaute. Er rührte einen Fetzen Milchhaut durch seinen Kaffee. Dann blickte sie mich an. In ihren Augen sah ich etwas von dem verstörten Ausdruck, mit dem sie in der Kneipe zu mir hingeschaut hatte, an dem Abend, als sie Henk begegnet war. Ich kann mich nicht erinnern, daß wir gesprochen hätten. Wenn sie sprach, dann mit Mutter. Es war eine Woche des Schweigens.

Sie wird wohl irgendeine Arbeit gehabt haben, ich habe es vergessen. Drei Tage später war sie immer noch bei uns, sie schien nicht zu wissen, wie es mit ihr weitergehen sollte. Mutter ließ sich von ihr anstecken. Zusammen wanderten sie draußen herum, oft zog es sie zur Bosman-Mühle, als wüßten sie beide, daß dort eine wichtige Henk-Stelle war. Sie aß mit uns, und das war selbstverständlich. Jedenfalls für Mutter und mich. Nicht für Vater. An dem entscheidenden Abend, wenn ich richtig rechne, muß es der 26. April gewesen sein, schwieg er beim Essen stur vor sich hin. Dann, kurz nachdem er sich mit der Gabel ein großes Stück Kartoffel in den Mund geschoben hatte, sagte er etwas zu Riet; sonst hatte er in dieser Woche des Schweigens kaum ein Wort an sie gerichtet. »Ich möchte, daß du weggehst und nie wiederkommst.«

Sie legte ihr Messer und ihre Gabel – Riet war die einzige, die mit Gabel *und* Messer aß – ordentlich neben ihren halb geleerten Teller, schob ihren Stuhl zurück und stand auf. »Gut«, sagte sie ruhig, als hätte sie das erwartet – als hätte sie nur darauf gewartet. Dann ging sie in den Flur, zog ihren Mantel an und verließ das Haus durch die Vordertür. Mutter fing an zu weinen. Ich stand auf und ging zum Fenster. Ich sah sie auf die Straße einbiegen, auf ihrem Rad. So habe ich Riet in Erinnerung: mit dem leicht gebeugten Rücken (sie hatte Gegenwind), mit ihrem flatternden blonden Haar, eine Radfahrerin auf einer schmalen, leeren Straße, die zum Deich hin immer leerer wurde. Sie verschwand, wie im November das rote Rücklicht, hinter der Fensterlaibung.

Vater hatte noch mehr zu sagen. »Und du bist fertig da unten in Amsterdam.«

Ich wurde Vaters Junge. Mutter weinte.

16

Auf dem Eis. Nach vier Frostnächten ist das Groote Meer bis auf eine längliche Wake in der Mitte zugefroren. Wenn ich die Enten, Teichhühner und Bläßhühner im Auge behalte, werde ich nicht einbrechen. Noch sind keine Amsterdamer da, sie wissen nicht, daß es schon so weit ist. Während der letzten richtigen Frostperiode vor etlichen Jahren habe ich mir Rennschlittschuhe gekauft, weil ich Kurven laufen wollte. Mit Holzschlittschuhen kann man keine Kurven laufen. Jetzt laufe ich Kurven, immer schneller, immer weiter. Versuche die steifen Knie noch stärker zu beugen. Je schneller ich laufe, desto weniger Risse bilden sich im stellenweise schwarzen Eis. Vor Weihnachten auf dem Eis, das ist lange her. Ein knappes Dutzend Shetlandponys starrt mich dümmlich an, sie sehen kein Eis, sie sehen nur spiegelglattes Wasser. Als meine Knie und mein Kreuz nicht mehr können, muß ich auch schon bremsen, weil ich sonst ins strohtrockene Dickicht am Ostufer des Sees krachen würde. Wenn es weiter so friert, kann ich in ein paar Tagen nach Monnickendam laufen und vielleicht sogar eine Runde über Watergang oder Ilpendam machen.

Ich habe ohne Henk und ohne Vater Schlittschuhlaufen gelernt. Vater hat Angst vor gefrorenem Wasser, obwohl er das nie zugeben würde. Alles machten wir zusammen, Henk und ich, außer Schlittschuhlaufen. Der Knecht brachte es mir bei, Mutter ermutigte mich. Sie lief mit Kunstlaufschlittschuhen, drehte elegante kleine Runden, lief Achter und rief immer wieder »Gut so!« Der Knecht *zog* mich nicht, wie es meines Wissens üblich ist, wenn man jemandem Schlittschuhlaufen beibringt, er schob mich. Seine großen Hände lagen auf meinem Gesäß wie die Sitzfläche eines Stuhls, er lief mit stark gebeugten Knien. Wenn ich »Halt« rief, bremste er und hielt mich fest, indem er mir die Hände um die Hüften legte. In meiner Erinnerung ist er stundenlang so mit mir hin und her gelaufen. Auch noch, als Mutter längst mit ihren Achtern fertig war. Aber wahrscheinlich war es anders. Wahrscheinlich ist Vater nach einiger Zeit angestiefelt gekommen, um ihn in scharfem Ton daran zu erinnern, daß es wohl Wichtigeres zu tun gäbe, als sich auf dem Eis zu amüsieren. Außerdem wird er mich – einen Knirps von sechs oder sieben Jahren – mahnend angeschaut haben, weil Henk gerade das Jungvieh versorgte. Oder Eier einsammelte oder vielleicht Kuhschwänze trimmte. Mutter wird bedrückt in der Küche hantiert haben, weil sogar sie eins aufs Dach bekommen hatte. Schlittschuhlaufen mit dem Knecht, was fiel ihr ein?

Es ist denkbar, daß Vater an diesem Tag – schlicht und einfach, weil ich mich mit etwas anderem amüsierte – stillschweigend entschieden hat, daß Henk Bauer werden sollte. Obwohl ich der Ältere bin, wenn auch nur mit ein paar Minuten Vorsprung. Henk half Vater, ich ging Eislaufen und tat so, als wäre der Knecht meinesgleichen. Vielleicht war das auch nur ein Vorfall in einer ganzen Reihe von Vorfällen, die Vater zu der Überzeugung brachten, daß ich nicht zu seinem Nachfolger taugte. Als Henk starb, mußte Vater mit mir vorliebnehmen, aber in seinen Augen bin ich immer zweite Wahl geblieben.

Mit wenigen weit ausholenden Schritten laufe ich zu der Stelle im Schilf, an der meine Klompen stehen. Ich ziehe die Schlittschuhe aus und beobachte dabei die Wasservögel. Vater nennt Teichhühner und Bläßhühner »Wasserhühner«, weil er sie nicht auseinanderhalten kann. Ich werde im Laufe des Tages mal nachschauen, wie die Eisblumen auf seinen Fensterscheiben gedeihen.

Eisblumen erinnern mich an Henk, an sein warmes Bett.

Noch bevor ich die Straße erreiche, sehe ich den kleinen Lastwagen des Viehhändlers auf den Hof einbiegen. Ich beeile mich nicht. Er wird mich suchen gehen, und bis er überall gewesen ist, bin ich zu Hause. Meine Gedanken bleiben an dem Wort »überall« hängen, und sofort sehe ich den Viehhändler mit zappelnden Zehen auf dem blauen Teppichboden vor Vaters Bett stehen, die Mütze in der Hand, ernst und schweigend. Vater schweigt nicht, der quasselt und quackelt und hört nicht auf, bis ich ins Zimmer komme. Ich beeile mich, das bereifte Gras knistert unter meinen Klompen. Halb springend, halb kletternd schwinge ich mich über den letzten Zaun und renne auf den Hof.

Der Viehhändler kommt aus dem Anbau, in dem das Jungvieh steht. Als er mich sieht, will er die Mütze vom Kopf ziehen, überlegt es sich dann aber anders. »Du hast da ein paar feine Kälber«, sagt er.

»Ja«, antworte ich, noch außer Atem.

»Kalt geworden«, sagt er dann.

»Ja.«

»Warst du auf dem Eis?«

»Ja. Das Groote Meer ist schon zu.«

»Ich hab deine Schafe verkauft.«

»Das ging schnell.«

»Ach, ein Hobbybauer. Hat hundertvierzig pro Stück gezahlt.«

»So.«

Er holt seine Brieftasche hervor, ein riesiges Ding, das mit einer Kette an seinem Gürtel befestigt ist. Dann leckt er Daumen und Zeigefinger an und zieht sechs Fünfziger aus einem der Fächer. Er nimmt dreißig Prozent, unabhängig von der Höhe des Erlöses. Diesmal rundet er auf.

»Danke«, sage ich. »Gibst du's an?«

»Nein.«

»Schön.«

Er geht zu seinem Lastwagen, der mitten auf dem Hof steht. Bevor er ins Fahrerhaus steigt, sagt er: »Schöne Weihnachten.« Er hat einen redseligen Tag.

Ich stelle den Wagen am Anfang von ’t Prooyen ab, ich glaube mich zu erinnern, daß es dort eine Kunsthandlung gibt. Richtig, Simmie’s heißt das Geschäft, Ecke Zuidereinder Molensteeg. Ich merke, daß ich nervös bin, und öffne die Ladentür, ohne durch die Fenster geschaut zu haben. Eine große Frau in weiten Kleidern kommt auf mich zu, offenbar die Künstlerin selbst. Ob ich eine Frage habe? Nein, ich möchte mich nur kurz umschauen. Damit bin ich sehr schnell fertig; wenn diese bunten Kleckse Kunst sind, bin ich ein reicher Großbauer aus Groningen. Als ich wieder auf die Straße komme, steigt mir Holzfeuergeruch von der nächsten Fischräucherei in die Nase. Ich kaufe ein Pfund Aal, das der Fischverkäufer in Zeitungspapier einwickelt und in eine Plastiktüte steckt. Dann gehe ich ein Stück am Wasser entlang. In der Gegend der Engelse Hoek gibt es eine Galerie. Auf Wandbrettern stehen Specksteinskulpturen, die ich sehr schön finde, vor allem für die Finger, aber ich hatte an ein Gemälde gedacht. Übers Noordeinde kehre ich ins Zentrum zurück. Überall hängen Transparente, auf denen FEUERWERK steht. Bei De Waegh hat man unter der Terrassenüberdachung eine Weihnachtskrippe mit lebensgroßen Kühen und Eseln aufgebaut. Ein Kind faßt einem der Esel an die Nase und fällt vor Schreck fast von dem erhöhten Bretterboden der Krippe, weil der Kopf des Esels hin und her zu schaukeln beginnt. Auf einem Prahm im alten Hafen steht ein riesiger Weihnachtsbaum mit eingeschalteten Lichtern. Der Prahm steckt im Eis fest.

Auf dem Rückweg zum Auto komme ich an einem

Antiquitätenladen vorbei. Ich gehe hinein, obwohl ich gar kein altes Gerümpel suche, das habe ich schließlich gerade auf den Holzhaufen geworfen oder in Henks Zimmer verstaut. In einer dunklen Ecke sitzt ein alter Mann; er hebt den Blick, sagt oder fragt aber nichts. Ich lege die Plastiktüte mit dem Aal auf einen Stuhl an der Tür und schaue mich um. Auf einem Eichentisch liegt ein Stapel alter Karten. Was ich mit einer alten Karte soll, weiß ich nicht, sehe den Stapel aber trotzdem durch. Nordholland, die Polder, irgend etwas, das ich nicht gleich erkenne, Marken, der Beemster. Ich lasse eine Karte nach der anderen auf den Tisch fallen, bis ich wieder bei dem angekommen bin, was ich nicht erkannt habe. Ich ziehe die Karte aus dem Stapel. Es ist Dänemark, ein altes Dänemark, überwiegend grün, mit drei Nebenkarten, Island, Bornholm und den Färöern. Island und die Färöer haben braune Farbtöne. Die Karte ist tadellos erhalten, nur der Rand ist leicht angegilbt. Ich kaufe sie und bekomme auf den Fünfziger, den ich dem alten Mann gebe, sogar noch Geld zurück. Anschließend überquere ich die Straße und gehe ins Rahmengeschäft. Ich finde einen breiten, klar lackierten Holzrahmen in der passenden Größe. Außer mir ist kein Kunde im Laden, der Rahmenmacher hat Zeit, mir ein Stück entspiegeltes Glas zuzuschneiden. Er packt den Rahmen und das Glas getrennt ein. Auf die fünf Fünfziger, die ich ihm gebe, bekomme ich kein Wechselgeld heraus. Bevor ich mich auf den Weg zum Auto mache, gehe ich noch einmal in den Antiquitätenladen. Ich hatte in der Aufregung meinen Räucheraal liegen lassen.

Auf der Heimfahrt denke ich an Jarno Koper. In Jütland.

Ich esse rasch ein paar Scheiben Brot und gehe dann zum zweiten Mal an diesem Tag über die Weiden zum Groote Meer. Das Licht ist anders als heute morgen, und bei der Wake hat sich eine Schar Gänse niedergelassen. Ich ziehe meine Schlittschuhe an und gehe aufs Eis. Als ich den See zweimal umrundet habe, bin ich so schnell, daß ich keine geraden Stücke mehr zu laufen brauche. Ich laufe eine einzige große Kurve, eine Kurve ohne Ende. So lange, bis ich nicht mehr kann.

Nach dem Melken esse ich die Hälfte des Aals mit etwas Brot. Dazu trinke ich ein Glas Milch. Als ich fertig bin, bringe ich einen Apfel nach oben. Ich mache das Licht in seinem Zimmer an. Er liegt auf dem Rücken, die Augen weit geöffnet; die Decke hat er bis zur Nase hochgezogen. Er strahlt kaum Wärme ab, die Fensterscheiben sind unten mit Eisblumen bedeckt. Vielleicht erfriert er ja diese Nacht.

»Ich hab einen Apfel für dich«, sage ich.

»Kalt«, sagt er.

»Ja, es friert.« Ich lege den Apfel auf seinen Nachttisch und verlasse das Zimmer. Erst auf der Treppe fällt mir ein, daß ich nicht an ein Messer gedacht habe. Ich gehe nicht noch einmal hinauf, weder um ihm ein Messer zu bringen noch um das Licht auszumachen.

Der Rahmenmacher hat ein Papiertütchen mit kleinen Nägeln aufs Glas geklebt. Als alles auf dem Küchentisch liegt, sehe ich, daß etwas fehlt. Eine Rückseite. Ich messe den Rahmen und gehe mit Bleistift und Bandmaß in die Scheune. Zwischen Holzresten finde ich ein Stück Sperrholz, nicht allzu dick, das ich auf der Werkbank unter dem silbergrauen Totenkopfschränkchen zurechtsäge. Die Arbeit hält mich warm. Ins Sperrholz schlage ich zwei kleine Nägel und mache daran dünnen Eisendraht zum Aufhängen fest.

In der Küche lege ich den Rahmen mit der Vorderseite nach unten auf den Tisch, in den Rahmen das Glas, darauf die Karte (die so genau paßt, daß die angegilbten Ränder zum größten Teil hinter den Kanten des Rahmens verschwinden) und zum Schluß das Stück Sperrholz. Ich habe es so zugeschnitten, daß es keinen Millimeter Spielraum hat, vier Nägelchen reichen, um es sicher im Rahmen zu befestigen. Dann trage ich die Karte ins Wohnzimmer und halte sie hier und da an die Wand. Zwischen den Fenstern kommt sie nicht zur Geltung; links oder rechts vom Kamin kann man sie nicht aufhängen, weil dann die andere Seite so leer wirkt. Es bleibt nur das Schlafzimmer. Ich schlage einen großen Nagel in die Wand neben der Tür und hänge die Karte auf. So kann ich sie vom Bett aus gut sehen.

Die Esel erwarten mich schon, obwohl ich nicht jeden Abend zu ihnen komme. Ich habe die Lampe angelassen, ein breiter Streifen Licht fällt auf den Hof. Meine eigene Weihnachtskrippe. Sie schnauben, als ich hereinkomme. Ich gebe ihnen ein paar Wintermöhren und eine Schaufel Hafer. Ihr Atem steigt in Wölkchen aus dem Futtertrog auf. Ich setze mich auf einen Heuballen und bleibe, bis sie mit Fressen fertig sind. Aus dem Hühnerhaus neben dem Eselstall dringt leises Gegacker. Seltsam.

Vom Sitzen ist mir kalt geworden. Als ich mich in der Waschküche ausziehe, lasse ich mir Zeit, damit mir noch kälter wird. Im Badezimmer warte ich fröstelnd ab, bis das Wasser warm ist. Unter der Dusche wasche ich mir die Haare und falte die Hände im Nacken zu einer Schale, die ich dann immer wieder so kippe, daß mir ein Schwall heißes Wasser über Rücken und Schultern läuft. Nach dem Abtrocknen gehe ich schnell ins Wohnzimmer, mache alle Lampen aus und drehe den Ofen auf eine niedrigere Stufe. Dann richte ich mich auf und betrachte mich bei dem Licht, das aus dem Schlafzimmer hereinfällt, im Spiegel. Dies sind jetzt meine eigenen vier Wände, ich kann nackt vor dem Spiegel stehen, wann immer mir danach ist. Die Glut des Ofens brennt auf meinem Geschlecht, die Muskeln in meinen Beinen und im Hintern fühlen sich wohlig müde und kräftig an. Ich glaube die Hände des Knechts auf meinem Hintern zu spüren. Die Empfindung ist so stark, daß ich meine eigenen Hände auf die Pobacken legen muß, damit die eingebildeten Hände verschwinden. Der Brief von Riet liegt auf dem Kaminsims. Ich nehme ihn mit ins Schlafzimmer, und als ich im Bett liege (unter dem anderen Bettbezug, den ich erst gewaschen habe), lese ich ihn zum x-ten Mal durch. Bevor ich das Licht ausmache, werfe ich noch einen Blick auf die Dänemarkkarte. Da hängen drei Schafe, denke ich, während ich mich im Dunkeln auf die linke Seite drehe und die Knie hochziehe.

17

Ich habe einen zweiten Brief bekommen:

Lieber Helmer,
Brabant ist fürchterlich. Ich weiß nicht, ob Du schon mal hier warst, aber Du kannst es mir glauben: Es ist furchtbar. Nur Schweine und Geselligkeit, aber eine ganz andere Art von Geselligkeit als früher bei uns in

Nordholland. Karneval zum Beispiel, kannst Du Dir Karneval vorstellen? Kannst Du Dir mich in Narrenkleidung vorstellen, im Clownskostüm mit Maske? Und alle lachen dauernd, als ob es etwas zu lachen gäbe.

Unsere beiden Töchter sind typische Brabanterinnen, aber weil sie unsere Töchter sind, mit denen ich mich sehr gut verstehe, stört mich das nicht so. Sie sind sehr lieb und haben beide einen netten Mann und kleine Kinder (ja, ich bin Oma!). Sie wohnen nur einen Steinwurf entfernt, ich kann also jederzeit zu ihnen, wenn ich möchte.

Unser Sohn (jetzt sehe ich erst, daß ich »unser« schreibe, obwohl Wien fast schon ein Jahr tot ist) ist weniger typisch für hier. Ich weiß nicht, wie das kommt, vielleicht hat er mehr von mir als von Wien. Nach Wiens Tod habe ich alles verkauft, und jetzt wohne ich im Dorf, mit meinem Sohn. Das ist schon seltsam: Mann gestorben, Umzug, kaum noch etwas zu tun.

Ich schreibe diesen Brief, weil Du mir nicht geschrieben oder mich angerufen hast. Ich bin neugierig, wie es Dir ergangen ist. Ich weiß nicht einmal, ob Du verheiratet bist, aber ich glaube nicht, denn meine Mutter hat mir noch kurz vor ihrem Tod erzählt, daß Du nicht geheiratet hast. Ja, Du merkst schon, daß ich Dich im Auge behalten habe, soweit das möglich war. Und ich möchte Dich etwas fragen, aber das würde ich lieber nicht in einem Brief. Schreibst Du mir mal oder rufst mich an?

Warum soll ich es Dir nicht schreiben: Ich würde Dich sehr gern besuchen. Dich, aber auch den Hof, auf dem ich doch oft gewesen bin (und auf dem ich, wenn alles anders gelaufen wäre, jetzt selbst wohnen würde). Aber dann müßte die Frage hinsichtlich Deines

Vaters (die ich in meinem vorigen Brief erwähnt habe) geklärt sein.

Ich hoffe von Dir zu hören,
ganz viele Grüße
Riet.

Diesmal steht eine Adresse auf der Rückseite des Umschlags. Der Name des Dorfs sagt mir nichts. Mir ist nicht klar, was sie von mir will. Ein ziemlich wirrer Brief, wie der vorige. Beim ersten Mal war ich einfach »Helmer«, jetzt bin ich »lieber Helmer«. Ich habe das Gefühl, daß sie mich neugierig machen will. Was sie mich fragen möchte – wie sie schon im ersten Brief geschrieben hatte –, ist das nur, ob sie mich besuchen darf? Oder etwas anderes? Der Zusatz »und auf dem ich, wenn alles anders gelaufen wäre, jetzt selbst wohnen würde« ärgert mich, auch weil er in Klammern steht, wie irgendeine gleichgültige Bemerkung. Was sie am Schluß schreibt, ist wohl so zu verstehen, daß ich ihr Vaters Ableben melden soll, sonst kommt sie nicht.

Unbeständiges Tauwetter. Manchmal steigt die Temperatur für kurze Zeit über den Gefrierpunkt, es ist neblig, und ab und zu regnet es, obwohl es auch tagsüber die meiste Zeit friert. Aber das Eis ist von einer Schicht Wasser bedeckt, und die weißgelben Eissäume an den Grabenrändern, wo das Grundwasser austritt, werden immer breiter. Das mit dem Nebel ist seltsam, bei Nebel erwartet man warme Luft. Meine Runde Monnickendam-Watergang kann ich wohl vergessen, ich habe die Schlittschuhe schon weggeräumt. Die Esel bleiben im Stall. Die Hühner legen kaum noch. In Vaters Zimmer sind die Eisblumen von den Scheiben gerutscht, auf der Fensterbank hat sich eine kleine Pfütze gebildet. Er hat den Apfel gegessen. Wie er das geschafft hat, ist mir ein Rätsel. Er muß ordentlich Hunger gehabt haben.

Zwanzig Kühe. Ein Anbindestall mit Grüppe, aus der Vorkriegszeit. Ein paar Kälber und eine Handvoll Jungrinder. Dreiundzwanzig Schafe. Nein, zwanzig. Ich bin noch weniger als ein Kleinbauer. Aber der Anstrich ist tadellos in Ordnung, und kein Dachziegel hängt schief.

Am Nachmittag kommt der junge Milchfahrer. Ich gehe nicht in die Milchkammer. Durch das Stallfenster, das beim Anbau der Milchkammer von der Außenwand des Stalls in die Wand zwischen Milchkammer und Waschküche versetzt wurde, kann ich ihn sehen. Es ist dunkel in der Waschküche; wenn die Türen zum Stall, zum Flur und zur Milchkammer geschlossen sind, kommt nur durch dieses Stallfenster Licht. Nebelschwaden scheinen an den riesigen Flanken des Wagens vorbei in die Milchkammer zu kriechen. Der Milchfahrer lächelt, obwohl es eine ziemlich kümmerliche Menge Milch ist, die durch den Schlauch in seinen Wagen fließt. Wieder habe ich seinen Namen vergessen, und je mehr ich mich bemühe, ihn an die Oberfläche zu holen, desto tiefer sinkt er; etwas mit einem O, das weiß ich noch. Er bohrt den kleinen Finger in die Nase, eigentlich möchte ich mich abwenden. Ich habe nicht den Eindruck, daß er auf mich wartet, es scheint ihm egal zu sein, ob ich ein paar Worte mit ihm wechsle oder nicht.

Genügt es, daß der Anstrich tadellos in Ordnung ist und kein Dachziegel schief hängt? Daß die Weiden sorgfältig gekappt sind und die Esel warm und wohlgenährt in ihrem Stall stehen?

Natürlich bin ich neugierig auf Riet. Natürlich möchte ich, daß etwas geschieht. Ich möchte wissen, was aus dem hübschen Mädchen mit den langen blonden Haaren – der Frau, die meinen Bruder heiraten wollte – geworden ist, ich möchte hören, was sie zu erzählen hat, ich möchte sehen, was ihre Augen sagen. Ich warte, bis der junge Milchfahrer elastisch wie immer ins Fahrerhaus gesprungen ist, bevor ich in die Milchkammer gehe und anfange, den Milchtank auszuspülen. Das heiße Wasser treibt den kalten Nebel ins Freie.

Nach dem Melken ziehe ich im Gemüsegarten ein paar Köpfe Grünkohl aus der Erde. Sie haben mehr als genug Frost gehabt. Ich richte mich auf und schaue bei mir selbst zum Küchenfenster hinein. Die Lampen in der Küche und im Wohnzimmer sind an. Ganz weit hinten – ich kann es sehen, weil alle Türen offen sind – steht das neue Bett wie ein Thron in einem Saal. Morgen ist Weihnachten, und in sieben Tagen beginnt das neue Jahr.

II

18

»Schweinebauern gibt es nicht.«

»Wie meinst du das?«

»Schweine*mäster*, ja, aber das sind keine Bauern.«

»Wieso nicht?«

»Hatte dein Mann Land?«

»Ja.«

»Wieviel Hektar?«

»Ein Stück zwischen den Ställen und daneben.«

»Genau das meine ich. Ein Bauer hat Land, und er macht etwas aus diesem Land. Schweinemäster mästen Schweine, in großen Ställen, bis sie schlachtreif sind, und das hat nichts mit dem zu tun, was ein Bauer macht …«

»Auf dem einen hing die Wäscheleine und auf einem anderen war die Maismiete.«

»… das hat nur was mit Geldverdienen zu tun.« Ich stehe im Flur und schaue durchs Küchenfenster nach draußen. Es regnet. Das unbeständige Tauwetter ist endlich in richtiges Tauwetter übergegangen, und die Gräben, die noch nicht ganz eisfrei sind, dampfen jetzt. Seltsamerweise hat es heute nacht wieder etwas gefroren, nachdem es gestern den ganzen Tag sonnig war. Ich habe nicht die geringste Ahnung, was Riet gerade sieht. Dieses Telefongespräch verläuft nicht ganz so, wie es sollte. Riet (die sich mit dem Namen ihres verstorbenen Mannes meldete) ließ das Wort Schweinebauern fallen, und ich konnte mir nicht verkneifen, etwas dazu zu sagen. Am liebsten würde ich auflegen.

»Komm, Helmer, laß uns von was anderem reden.«

»Ja«, sage ich.

»Darf ich mal kommen?«

»Deshalb rufe ich an.«

»Wie ... Ist dein Vater ... «

»Tot.« Mir wird schon irgendeine Lösung einfallen.

»Ach«, sagt Riet, als ob es ihr plötzlich leid täte.

»Schon gut.«

Einen Augenblick bleibt es still, irgendwo dort unten in Brabant. »Hattest du ein schönes Weihnachtsfest?«

»Doch, ja.«

»Und letzte Nacht?«

»Ich hab ein Neujahrsfeuer gemacht.«

»Wie früher!«

»Ja. Die beiden kleinen Söhne von meinen Nachbarn sind gekommen, die wollten zusehen. Und helfen natürlich.«

»Schön.«

»Ja. Nur hat der jüngere, Ronald, sich ein bißchen die Hand verbrannt.«

»Ach ...«

»Nicht schlimm. Er mußte selbst lachen, und er fand sich auch tapfer. Zum Glück war seine Mutter dabei.«

»Wann soll ich kommen? Ich kann jederzeit.«

Ich kann jederzeit. Mein halbes Leben lang habe ich an nichts gedacht. Ich habe mich unter die Kühe gebückt, jeden Tag wieder. Manchmal könnte ich sie verfluchen, die Kühe. Andererseits, ihre Wärme und Ruhe, wenn man sich mit der Stirn auf ihre Flanken stützt und ihnen das Melkzeug anhängt – das hat auch etwas. Nichts wirkt so beruhigend, so friedlich wie ein Stall voll gleichmäßig atmender Kühe an einem Winterabend. Kühe, tagaus, tagein, Sommer, Herbst, Winter, Frühling.

Riet sagt »ich kann jederzeit«, und diese drei Wörter entziehen allem den Boden. Ich sehe die Leere ihres Daseins vor mir, und mit ihrer Leere sehe ich meine.

Wenn ich die Kühe verfluchen möchte, meine ich natürlich Vater, die Kühe trifft keine Schuld, die jetzigen schon gar nicht.

»Helmer?«

»Ja«, sage ich. »Ich bin noch da.«

»Wann soll ich kommen?«

»Wann du möchtest.«

An diesem Nachmittag sitze ich lange bei den Eseln, ich habe ihnen eine zerschnittene Futterrübe gegeben. Es regnet nicht mehr, aber es ist immer noch grau. Das Licht im Eselstall brennt. Ich habe ihre Stimme wiedererkannt.

Gestern nacht, bevor ich den Scheiterhaufen mit Dieselöl übergossen habe, sind Ada, Teun, Ronald und ich auch ein Weilchen bei den Eseln geblieben. Kalte Sterne glänzten über dem Stall. Adas Mann war nicht mitgekommen, er wollte eine Kuh im Auge behalten, die kurz vor dem Kalben war. Außerdem – sagte Ada – hat er für »die Feiertage« nicht viel übrig. Ich hatte Ölkrapfen gebacken; nach Mutters Tod habe ich diese Aufgabe übernommen. Vater saß kurz auf seinem alten Platz am Küchentisch. Er hielt sich mühsam mit aufgestützten Ellbogen aufrecht und aß zwei Ölkrapfen. Ich saß auf Mutters Stuhl und sah ihm starr ins Gesicht, während Ada mit ihm sprach. Teun und Ronald teilten sich einen Küchenstuhl. Ronald sah Vater ein bißchen ängstlich an und bekam seine Krapfen nur schwer herunter. Nicht weniger als dreimal sagte Vater zu Ada, er wolle zum Arzt. Ich hob bedeutungsvoll die Augenbrauen, als sie mich nach dem dritten Mal fragend anschaute.

»Gute Besserung, Herr van Wonderen«, sagte sie, als ich ihn aus der Küche trug.

»Ist oben denn geheizt?« fragte sie besorgt, als ich wieder unten war.

»Nein«, sagte ich. »Aber er ist zäh. Nur schade, daß er nicht mehr ganz klar ist. Es geht rapide bergab mit ihm.«

»Stirbt er bald?« fragte Ronald, der, jetzt ganz unbeschwert, schnell noch einen Ölkrapfen aß.

»Ronald!« sagte Ada.

»Und wann machen wir nun Feuer?« fragte Teun.

Dann die Esel, dann das Neujahrsfeuer, dann ein glühendes Brett (von meinem alten Bettgestell) auf Ronalds Hand. Er hatte etwas zu eifrig mit einem dicken Zweig im Feuer gestochert.

»Fertig!« ruft Vater. Das Wasser der Spülung gurgelt dumpf, als wäre der Deckel zu.

Ich stehe schon geraume Zeit im Flur, vor der Toilettentür. Die Ölkrapfen haben seinen Darm in Schwung gebracht. Ich ziehe die Nasenflügel zusammen, öffne die Tür und helfe ihm auf. Er zerrt selbst seine Schlafanzughose hoch. »Hände waschen«, sage ich.

Er nimmt das Stück Seife vom Beckenrand, ich drehe den Wasserhahn auf.

Als ich ihn nach oben trage, frage ich: »Weißt du eigentlich, welcher Tag heute ist?«

»Weihnachten?« fragt er.

»Neujahr. Du bist nicht mehr ganz klar.«

»Ach nein?«

»Nein.«

»Du bist selbst nicht ganz klar. Ich bin nicht verblödet.«

»Wie du meinst«, antworte ich, während ich ihn ins Bett lege.

»Ada war gestern abend hier«, ergänzt er.

»Ja, das stimmt.« Ich setze mich auf den Stuhl am Fenster. Vielleicht muß ich doch einen elektrischen Radiator kaufen, es ist feucht hier drin; nicht daß Vater noch irgendwelche fürchterlichen Pilze bekommt. Ich lege meine Ellbogen auf die Armlehnen und reibe mir die Hände. Die Wand mit Fotos, Sticklappen und Bildern ist ein großes Rechteck mit kleinen Rechtecken und Quadraten darin, mehr nicht. Ich stehe auf und schalte die Lampe an. Dann gehe ich wie ein Museumsbesucher, Hände auf dem Rücken, ganz langsam an der Wand entlang, bevor ich mich wieder hinsetze. »Warum hat deine Mutter zu unserer Geburt eigentlich zwei Lappen bestickt statt einen?«

»Das mußt du sie selbst fragen«, sagt Vater ärgerlich.

»Das geht nicht.«

»Nein, das geht nicht«, sagt er mit einem Seufzen.

»Weil sie dachte, daß einer von uns nicht überleben würde?«

»Ich weiß es nicht.«

»Daß man dann einen wegwerfen könnte?«

»Mußt du nicht melken?«

»Gleich, die Kühe laufen nicht weg.«

»Na ...«

»Ökonomisch gedacht, das muß man zugeben«, sage ich. »Nein, nicht ökonomisch, praktisch.«

»Ja, praktisch«, stimmt Vater zu.

»Aber wenn jemand neunzehn ist, wenn er stirbt, dann nimmt man seinen Sticklappen nicht mehr von der Wand.«

»Nein.«

Ich rede, aber ich weiß kaum, was ich sage. Das Telefongespräch mit Riet geht mir nicht aus dem Kopf. Das ist es, wovon ich sprechen will, damit wollte ich ihn ärgern, statt dessen ärgere ich ihn mit unseren Sticklappen. Bis vor fünf Minuten hatte ich mich noch nie gefragt, warum Großmutter van Wonderen zwei einzelne Lappen bestickt hat. Einer muß schon ein schönes Stück Arbeit gewesen sein. Wußte Mutter überhaupt, daß sie Zwillinge bekommen würde? Ich seufze und schließe die Augen. Ich habe gar keine Lust, Vater zu ärgern. Es ist Neujahr.

»Was hast du?« fragt Vater.

Ich öffne die Augen. »Nichts.« Ich stehe auf und gehe zur Tür, dann ziehe ich die Gewichte der Standuhr hoch. »Heute abend Grünkohl?«

»Lecker«, sagt Vater. Die Freude ist ihm anzusehen. Es ist unerträglich.

»Licht an?«

»Ja.«

»Vorhänge zu?«

»Ja.«

Ich gehe noch einmal zum Fenster und schließe die Vorhänge. Die Straßenlampe vor dem Hof ist schon an. Seit sie repariert ist, kann niemand mehr ungesehen ins Haus starren.

Von unten dringt schwaches Licht aus der Waschküche herauf. Die Tür des neuen Zimmerchens steht offen. Einladend offen: Komm und fülle mich. Ich schaue den Schlüssel an, der im Schloß der Schlafzimmertür steckt. Ich schaue ihn an, drehe ihn aber nicht um. Schnell gehe ich die Treppe hinunter.

Ich rufe Ada an, um zu fragen, wie es Ronalds Hand geht.

»Gut«, sagt sie, »war alles halb so wild.«

Da bin ich froh. Es war mein Feuer.

19

Mutter war nicht nur unerhört häßlich. Sie war auch unerhört gutmütig. Ihre Augen waren immer ein bißchen wäßrig, ein bißchen feucht, vielleicht hing das mit dem leichten Vorquellen zusammen. Ihre Schilddrüse war nicht ganz in Ordnung, und mit diesen feuchten Augen schaute sie sanft in die Welt. Vater prügelte und schimpfte, Mutter brauchte Henk und mich nur anzublicken, und alles war wieder gut. Sie hat uns sehr oft angeblickt.

Henk war Vaters Junge, ich war nicht Mutters Junge. Sie machte keinen Unterschied zwischen uns; obwohl es mir in der Zeit, als Riet bei uns am Tisch saß, schon auffiel, daß Mutter öfter mich anblickte als Henk. Das war kein »Gutblicken«, es war eine Art Vorwärtsblikken, vorwärts im Sinne von »na los!«. Mutter verstand sich sehr gut mit Riet, aber ihre Anwesenheit stürzte sie auch in einen Zwiespalt: Ihre Jungen waren nun, ganz unabhängig von ihrer Einstellung zu uns, nicht mehr gleich. Vater hatte solche Sorgen nicht, der hatte schon lange vorher seine Wahl getroffen.

Als sie starb (nicht an dieser überproduktiven Schilddrüse, sondern an einem Herzinfarkt), konnte Vater nicht den Löffel in seiner Kaffeetasse springen lassen, wie nach Henks Tod, es war ja niemand da, der darauf reagiert hätte. Gut, ich war da, aber mich derartig zu reizen, hätte er sich dann doch nicht getraut. Wir tranken einfach keinen Kaffee, oder jeder trank für sich allein Kaffee. Ada wohnte noch nicht nebenan, sie hat Mutter nicht gekannt.

Sie bekam den Herzinfarkt, als sie unter der Dusche stand. Es war also an einem Samstag. Ich war nicht im Haus, Vater kam nicht auf die Idee, mal nach ihr zu schauen, obwohl sie viel länger als gewöhnlich im Badezimmer blieb. Es gibt Menschen, die einen Herzinfarkt bekommen und einfach weitergehen, und es gibt Menschen, die zusammenbrechen und nie mehr aufstehen. Mutter stand nie mehr auf.

Ich habe es ihr nicht übelgenommen, daß sie damals geschwiegen hatte, an dem Tag, als Vater Riet wegschickte und zu mir sagte, ich sei »fertig da unten in Amsterdam«. Angenommen, sie *hätte*, statt zu weinen, etwas gesagt, um mir ein Leben unter den Kühen zu ersparen – hätte ich mich entsprechend verhalten? Hätte ich ihre Vorlage ausgenutzt, um meine Haut zu retten? Ich glaube nicht. Ich war neunzehn, ich war schon ein Mann, ich hätte für mich selbst sprechen können. Das tat ich nicht, ich schwieg, wie Mutter. Lange nachdem Riet hinter der Fensterlaibung verschwunden war (das heißt, als sie bestimmt schon auf dem Deich war und ich mehr als genug Zeit gehabt hatte, auf die Weiden hinauszustarren und mir eine Stelle zu merken, an der ich vielleicht ein Nest mit Kiebitzeiern finden könnte), drehte ich mich um. Links von Vaters Rücken sah ich Riets halb geleerten Teller mit dem ordentlich abgelegten Besteck daneben. Rechts von Vaters Rücken sah ich Mutter, die mich mit noch feuchterem Blick anschaute als sonst. In diesem Augenblick schlossen wir ein Bündnis. Worin genau dieses Bündnis bestand, könnte ich nicht einmal sagen; was es auf jeden Fall einschloß, war ein Wir-schlagen-uns-gemeinsam-durch. Ich setzte mich wieder an den Tisch, und wir beendeten schweigend unsere Mahlzeit. Am nächsten Morgen molk ich mit Vater zusammen die Kühe. Nach dem Melken stopfte ich alle meine Lehrbücher in einen Karton und stellte ihn in den Einbauschrank in Henks Zimmer. Wochen später erst kam ein Brief von meinem Tutor, in dem er mich fragte, wo ich abgeblieben sei und ob ich vorhätte, noch einmal wiederzukommen. Ich habe den Brief zu den Büchern getan, ohne ihn zu beantworten. Seitdem habe ich keinen Gedanken mehr an den Karton verschwendet.

Unser Bündnis hatte bis zu ihrem Tod Bestand. Es war ein Bündnis der Blicke, nicht der Worte. Mutter und ich blickten uns an, wenn er ins Schlafzimmer verschwand, nachdem er sie als romantische Seele bezeichnet hatte; wenn er knurrend Sehnen aus einem Stück Schmorfleisch herausschnitt; wenn er brüllend herumstiefelte, während wir die Jungrinder oder die Schafe auf eine andere Weide brachten; wenn er zu Silvester um zehn Uhr ins Bett ging; wenn er mir frühmorgens meine Aufgaben für den Tag zuschnauzte (als wäre ich ein fünfzehnjähriger Junge, nicht ein erwachsener Mann von vierzig Jahren); wenn er bei jeder Diskussion, egal, worüber, »davon will ich nichts hören« sagte und anschließend wie versteinert in seinem Wohnzimmersessel saß.

Nur ganz selten vermied sie es, mich anzublicken, und das war fast immer dann, wenn Vater mich fragte, ob ich mir nicht langsam mal eine Frau suchen wolle. Ich schloß daraus, daß sie in diesem Punkt einer Meinung mit ihm war.

Nach ihrem Tod hatte ich niemanden mehr zum Anblicken, zum *Mit*blicken, das war das Schlimmste für mich. Das Bündnis war einseitig gelöst worden. Ich konnte – und kann – Vater kaum in die Augen schauen. In Mutters Augen hatte ich immer Henks Schatten gesehen, und ich hatte angenommen, daß sie in meinen

Augen dasselbe sah. (In mir als ganzer Person sah sie natürlich auch Henk, in meinen Augen sah sie ihn doppelt.) In Vaters Augen las ich nichts, nach Mutters Tod fehlte sogar ihr Schatten.

20

Für Riet mache ich eine Ausnahme: Ich fahre nach Süden. Südwesten, um genau zu sein. Zur Fähre in Amsterdam-Noord. Wir haben eine Zeit ausgemacht, und schon lange vor dieser Zeit warte ich im Wagen vor einer Frittenbude direkt am IJ. Futuristische Fähren gleiten hin und her, strenglinige blauweiße Butterdosen ohne die geringste Ähnlichkeit mit den hellgrünen Booten von 1967. Damals wurden auch noch Autos übergesetzt, die Fähren waren schwimmende Autobahnen. Ich sehe die Aufschrift »Gemeentepont N° 15« vor mir, und die schmalen überdachten Rad- und Mopedstreifen. Hellgrün waren sie nur innen, außen schmutzigweiß. Das hatte ich vergessen.

In Gedanken versuche ich weiterzugehen, in die Stadt. Aber Gesichter oder Namen von Kommilitonen kommen nicht an die Oberfläche; nicht einmal das Gebäude, in dem ich meine Lehrveranstaltungen hatte, kann ich mir vorstellen. Alles da drüben auf der anderen Seite des Wassers ist weg.

Ich habe ihr den Opel Kadett beschrieben, aber seit ich hier bin und die Ströme von Fußgängern und Radfahrern sehe, werde ich immer unruhiger. Wer wird wen entdecken? Bleibe ich im Wagen sitzen, oder stelle ich mich besser daneben?

Als ich heute morgen mit Vater auf den Armen mitten auf dem Hof stand und er mich lippenzitternd und zähneklappernd fragte, wo ich ihn hinbrächte, beschloß ich, ihn wieder in sein Schlafzimmer zurückzutragen. Ich hatte ihn auf den Heuboden über dem Jungviehstall legen wollen. Seine Frage und die neugierigen Blicke der Esel reichten, um mich davon abzubringen (einer der Esel stimmte ein lautes Geschrei an, das wiederum die Hühner aus ihrem Vormittagsschläfchen riß). Wie hätte ich ihn auch die Leiter hinaufbefördern sollen? Der Rückzug verlief ohne Probleme, alle Türen standen noch offen. Ich legte ihn ins Bett, das noch warm war, und wollte wortlos das Zimmer verlassen. An der Tür überlegte ich es mir anders.

»Gleich hole ich Riet ab«, sagte ich.

Er schaute mich ausdruckslos an.

»Von der Fähre in Amsterdam. Sie kommt zu Besuch.«

»Riet?« Er klang heiser, als er den Namen aussprach, und wurde ein bißchen blaß.

»Ja, Riet. Und du bist tot.«

»Tot?«

»Ich hab ihr gesagt, daß du tot bist.«

»Warum?«

Jetzt versuchte ich ihn ausdruckslos anzuschauen. »Kannst du dir die Frage nicht selbst beantworten?«

Er dachte nach.

»An deiner Stelle würde ich mich ruhig verhalten«, sagte ich drohend. »Sonst könnte es passieren, daß sie raufkommt.«

»Warum?«

»Um mit dir abzurechnen.«

»Na ...«

»Und du bist nicht mehr ganz klar, erinnerst du dich?«

»Na...«

»Ich bin jetzt weg.«

Que sera, sera, würde Doris Day sagen, dachte ich auf der Treppe. *Whatever will be, will be.*

Ich bin alt, dachte ich auf dem Weg durch die Waschküche.

Alle sechs Minuten trifft eine Fähre ein, fünf waren es schon, seit ich hier sitze. Ziemlich viele Frauen in den Fünfzigern kommen von der Anlegestelle; zum Glück kann ich die mit Fahrrad ausschließen. Sie haben alle dicke Mäntel an und Schals um. Einen Winter wie diesen habe ich schon seit vielen Jahren nicht mehr erlebt, es friert wieder, wir haben sogar etwas Schnee. Die sechste Fähre nähert sich. Ich schaue auf die Uhr, dies wird die Fähre sein, die sie bei mir abliefert. Wo fahren all diese Leute bloß hin, an einem normalen Werktag? Riet ist unter den letzten, die das Boot verlassen. Mir wird ein bißchen schwindlig, ich hatte eine Frau erwartet, die Ada ähneln würde (warum, ist mir schleierhaft), aber es ist Riet, wie sie vor dreieinhalb Jahrzehnten auf ihrem Fahrrad davonfuhr. Nur ohne die langen blonden Haare, etwas dicker und mit verändertem Gang. Ich sitze stocksteif hinter dem Lenkrad, das ich unwillkürlich umklammert habe, mit beiden Händen. Sie kommt geradewegs auf den Wagen zu, etwas in mir möchte sich seitwärts fallen lassen, unter das Armaturenbrett kriechen, den Rückwärtsgang einlegen und den Wagen mit dem Heck voran ins IJ steuern – wenn es sein muß, durch die Frittenbude durch. Vielleicht versucht sie mich ja zu retten.

Sie bleibt vor dem Auto stehen und schaut durch die Windschutzscheibe herein. Einen Augenblick zögere ich noch, dann öffne ich die Tür. Sie kommt mit ausgestreckten Armen auf mich zu.

»Hallo Helmer«, sagt sie.

»Hallo Riet«, sage ich.

Sehr alte Wut kommt hoch, eine Wut, an die ich mich nicht erinnern kann, von der ich nicht wußte, daß sie irgendwo in mir steckte. Riet, das sehe ich, hat nicht mit Wut, sondern mit Verwirrung und Rührung zu kämpfen. Je länger Henk tot ist, desto ähnlicher werde ich ihm, ganz einfach, weil es keine Vergleichsmöglichkeit mehr gibt.

Nein, Wut ist ein zu großes Wort, es ist eher Groll.

Wie ist das, wenn man etwas mit einem Zwilling hat, der einen Hälfte eines Doppelpacks? Ich weiß es nicht; von Kindereien in der Grundschule abgesehen, ist so etwas bei mir nie vorgekommen. Auf den Heiligabend war ein Weihnachtstag gefolgt, an dem Henk meistens abwesend vor sich hin summte, teilweise sogar während des Essens. Bei Roastbeef mit Blumenkohl und Béchamelsoße beantwortete er alle Fragen der Großeltern mit einer Ausführlichkeit, die Vater offensichtlich verblüffte und Mutter dazu brachte, mich so anzublicken, wie es ihr erst später, zur Zeit unseres Bündnisses, zur Gewohnheit werden sollte. An Silvester war er zu Hause, zwei Minuten nach Mitternacht war er verschwunden, ohne mir zu sagen, wo er hinging. Spät in der Nacht sah ich sie, als ich mit der Gruppe von Bauernsöhnen, der wir bis vor einer Woche beide angehört hatten, die Brücke bei De Waegh überquerte. Sie saßen im Nieselregen auf einer Bank und hielten sich bei den Händen. Ich versuchte mich hinter dem breitesten Bauernsohn zu verstecken und sah in zwei, drei Schritten Entfernung einen rotzblauen VW-Käfer stehen, zu dem ich es vielleicht ungesehen schaffen konnte. Der breiteste Bauernsohn war auch derjenige, der am meisten getrunken hatte, und so drängelte er sich zur Bank vor und sprach Henk an, wobei er mich ungedeckt zurückließ. Diesen rotzblauen Käfer sehe ich noch ganz deutlich vor mir; was geredet wurde, habe ich vergessen. Zwei weitere Dinge gibt es, die ich *nicht* vergessen habe. Nummer eins: Henk bemerkte mich hinten in der Gruppe, und während er mit dem betrunkenen Jungen redete und dabei Riets Hand nicht einen einzigen Augenblick losließ, wich er meinem Blick möglichst aus. Das war noch nie vorgekommen. Nummer zwei: Etwas später entdeckte mich auch Riet, und ich sah, daß sie mich einfach nicht sehen *wollte*; sie wollte nicht wissen, daß dort jemand war, der Henk glich wie ein Ei dem andern. Ich löste mich von der Gruppe und schlüpfte hinter dem Käfer in eine Gasse, zum Glück gibt es in Monnikkendam jede Menge Gassen. Nach etwa hundert Metern stützte ich mich mit der Hand an eine feuchte Mauer, beugte mich vor und gab alle Ölkrapfen und alles Bier wieder von mir. Dann machte ich mich auf die Suche nach meinem Rad und fand es schließlich, wo wir unsere Kneipentour begonnen hatten. Irgend jemand hatte mit Gewalt dicke Böller zwischen die Speichen des Hinterrads gezwängt, und entsprechend sah die Felge aus. Ich hängte mir das Fahrrad über die Schulter und ging zu Fuß nach Hause, wobei ich das Rad abwechselnd auf der rechten und auf der linken Schulter trug. Unterwegs leckte ich Tropfen von der Fahrradklingel, um den fiesen Geschmack im Mund loszuwerden. Spät in der Nacht ging in früh am Morgen über. Nieselregen ist kaum mehr als Nebel mit Größenwahn, trotzdem war ich durchweicht, als ich zu Hause ankam.

Es dauerte noch Monate, bis Henk Riet mitbrachte. Als sie das erste Mal zu uns kam, zeigte sich das Land gerade wieder von seiner schönsten Seite. Es war die Zeit, in der sich die Lämmer auf der Koppel gierig unter die Mutterschafe ducken, Kiebitze beim Verteidigen ihrer Nester ihren eigenen Namen rufen, die Kopfweiden schon austreiben und die krumme Esche im Vorgarten kurz davor ist. Hellgrüner Frühling, in dem sogar ein Misthaufen frisch aussehen kann. Vater hielt Abstand, Mutter hieß Riet mit offenen Armen und feuchten Augen willkommen.

Ich hatte sie inzwischen ein paarmal gesehen und war befangen und unsicher in ihrer Gegenwart. Sie war ungeschickt und still in meiner Gegenwart. Nun kam sie zu uns, und ich wußte gar nicht mehr, wie ich mich verhalten sollte. Gleich bei diesem ersten Mal nahm Henk sie zur Bosman-Mühle mit, zu *unserer* Mühle. Sie kamen mit einem Kiebitzei zurück, und mein Verhältnis zu Riet war danach nie ganz ungetrübt.

Schlimmer war, daß auch mein Verhältnis zu Henk nie mehr ungetrübt war.

Einige Zeit später sollte Riet zum ersten Mal bei uns übernachten; das wird irgendwann im August gewesen sein.

»Böckchen und Zicklein getrennt«, sagte Mutter eines Abends am Küchentisch. Am Abend vor Riets Ankunft.

»Hm?« machte Henk.

»Böckchen und Zicklein getrennt.«

Henk mußte erst kurz überlegen. »Ihr seid doch auch ein Böckchen und ein Zicklein?« sagte er dann so harmlos wie möglich, mit einer Handbewegung Richtung Vater.

Vater schnauzte ihn an.

Riet schlief in Henks Zimmer, Henk schlief bei mir.

Auf einer Matratze auf dem Boden. Ich wußte nicht, was ich sagen sollte, ich atmete mühsam, was ich der drückenden Hitze zuschrieb. Das Fenster stand weit offen, die Vorhänge waren nicht zugezogen, das Licht des Vollmonds fiel ungehindert ins Zimmer. Henk war nur halb mit einem Laken zugedeckt, sein Oberkörper bläulich entblößt. Er war schön, so schön. Nach langem Schweigen, fast so drückend wie die Schwüle, flüsterte er etwas, das ich nicht verstand.

»Was?«

»Leise!«

»Was hast du gesagt?« flüsterte ich.

»Ich geh nach nebenan.«

»Zu Riet?« fragte ich matt.

»Zu wem sonst?« Er richtete sich langsam auf und streifte das Laken ab. Dann zog er die Knie an, stand auf, ging wie auf Eiern zur Tür und öffnete sie Zentimeter für Zentimeter. Es dauerte sehr lange, bis sein nur mit einer großen weißen Unterhose bekleideter Körper aus meinem Zimmer geschlüpft und die Tür wieder geschlossen war.

Seit dieser Nacht hasse ich Mondnächte. Das bläuliche Licht, das auch durch Vorhänge oder Jalousien ins Zimmer dringt, das man einfach nicht aussperren kann, ist immer kalt, auch im Sommer.

Nein, lieber sind mir die Bläßhühner, die höre ich gerne nachts. Ihr Gekläff vertreibt die Leere, und im nächsten Jahr werden sie wieder kläffen, wenn auch nicht dieselben natürlich, und in zehn Jahren immer noch. Bläßhühner werden immer dasein.

21

Riet sitzt am Küchentisch, auf Henks altem Platz. An ihrem Gesicht ist nicht abzulesen, ob sie sich bewußt dort hingesetzt hat. Sie starrt ein Foto auf der Titelseite der Zeitung an; es zeigt eine Gruppe Koniks auf einem von Waalwasser umgebenen Streifen Land. Hier friert es, dort regnet es, überall werden Kais und Deichvorland überschwemmt.

»Polnische Pferde«, sagt sie, mehr zu der Zeitung als zu mir.

»Kaffee?« frage ich.

Erst jetzt hebt sie den Blick. »Ja, bitte.«

Die Sonne scheint, eine tiefstehende Sonne, kalt trotz ihres warmen Gelbtons. Ich bin nie in Österreich oder der Schweiz gewesen, aber so stelle ich mir die Skiurlaubssonne vor. Die Kaffeemaschine steht voll im Licht, und mir fällt auf, daß ich sie mal wieder mit einem feuchten Lappen abwischen könnte. Ich lasse mir Zeit; solange ich Riet den Rücken zuwende, ist es egal, was für ein Gesicht ich mache. Aus den Augenwinkeln sehe ich etwas am Vorderfenster vorbeihuschen.

»Eine Nebelkrähe!« ruft Riet.

Ich drehe mich um. Sie ist zurückgekommen. Sie sitzt auf ihrem alten Platz in der Esche und ordnet ihr Gefieder. Ich sehe meine Knöchel am Henkel der Kaffeekanne weiß werden. Das ist *der* Augenblick für Lautäußerungen von oben. Es bleibt still.

»Hast du schon mal eine Nebelkrähe gesehen?« frage ich, während ich die Kanne mit mehr Lärm als nötig unter den Filter schiebe.

»O ja, ziemlich oft. In Dänemark. Da sieht man fast nur Nebelkrähen.«

»Du warst mal in Dänemark?«

»Dreimal, glaube ich. Im Urlaub.« Sie denkt nach. »Nein, viermal.«

»Wie ist es da?«

»Wie es ist, weiß ich nicht. Nur wie es war. Wir waren vor etwa acht Jahren zum letzten Mal da. Ohne die Mädchen, die machten damals schon längst alleine Urlaub. Wir waren zu dritt.«

Ich setze mich, verschränke die Arme und warte ruhig ab, was kommt.

Riet schaut nach draußen. »Erinnerst du dich noch an die hölzernen Strommasten hier?«

»Ja, natürlich.« Ärger kribbelt auf meinen Unterarmen.

»Solche Masten gibt's da immer noch, nur aus Beton. In diesen Dingen sind sie ein bißchen rückständig.« Sie starrt aus dem Fenster, ohne etwas zu sehen. Die Kaffeemaschine gurgelt und spuckt. »Wir waren im August da, mit dem Auto. Bauern verbrannten Stroh, und auf den Stromdrähten saßen Schwalben.«

»Schwalben.«

»Ja. Wien verstand einfach nicht, wie man das machen konnte. ›Wie kann man Stroh verbrennen!‹ meinte er. ›Eine Schande!‹ sagte er noch.«

»Da ist was dran.«

»Von so was versteh ich ja nichts. Ich fand die Schwalben so schön. Die Stromdrähte bogen sich durch.« Sie fängt lautlos an zu weinen.

»Was ist denn?«

»Ach, ich schwätze so vor mich hin, und eigentlich ist mir hier ganz komisch.« Sie verbirgt ihr Gesicht hinter den Händen.

»Immer mit der Ruhe. Erst mal Kaffee.« Ich stehe auf und nehme die guten Tassen aus einem der Hängeschränkchen. Nicht die Becher, die guten Tassen. Das hätte Mutter auch gemacht. Das Milchkännchen und die Zuckerdose dazu habe ich heute morgen schon auf den Tisch gestellt. Ich gieße Kaffee ein und lege silberne Löffelchen auf die Untertassen. Sorgfältig ordne ich ein paar Brezeln auf einer Platte an und stelle Tassen und Platte auf den Tisch. Wenn wir keinen Frost hätten, würde ich das Seitenfenster öffnen. Staubteilchen schweben durch die Küche.

»Mir ist auch komisch«, sage ich, als ich mich wieder hinsetze.

Riet lächelt. »Uns ist beiden komisch.«

Schwindlig. Das Ganze ist so unwirklich. Vater zum Beispiel war immer so, wie er jetzt ist. Ich habe ihn mein Leben lang jeden Tag gesehen, er ist jeden Tag älter geworden. Aber weil wir uns zusammen verändert haben, ist die Veränderung allmählich verlaufen. Wenn ich ein Foto von Vater als jungem Mann sehe – wie das, das oben im Zimmer an der Wand hängt –, weiß ich, daß er es ist, aber der Vater von heute hat damit nichts zu tun. Ich habe ihn nicht gekannt, als er jung war, weil ich selbst zu der Zeit noch viel jünger war. Älter werden, ohne es zu merken. Riet habe ich mehr als dreieinhalb Jahrzehnte nicht gesehen. Es ist ein Schock, es ist wie ein schlechter Traum.

Das denke *ich*, was denkt sie? Am liebsten würde ich wie sie mein Gesicht in den Händen vergraben. »Wen siehst du, wenn du mich ansiehst?« frage ich.

»Henk«, sagt sie.

»Ich bin Helmer.«

»Das weiß ich. Aber ich sehe Henk.«

Bevor wir in der Küche gelandet sind, habe ich ihr das neue Wohnzimmer gezeigt. Es gefiel ihr nicht. »Wie kahl es hier geworden ist«, meinte sie. »Wo sind all die Fotos geblieben?« Die Tür zum Schlafzimmer war geschlossen, und ich hatte nicht vor, sie für Riet zu öffnen. »Und die Vorhänge, und das Büfett und das Schränkchen mit den Büchern deiner Mutter?« Sie betrachtete sich in dem großen Spiegel über dem Kaminsims, faßte mit beiden Händen unter ihr Haar und hob es etwas in die Höhe.

»Ach, die Kühe«, sagt sie, als wir durch den Stall gehen. Sie trägt Jeans. Ihr Haar ist immer noch blond, und selbst in der sonnigen Küche habe ich nicht erkennen können, ob es gefärbt ist. Jedenfalls hat sie keine Dauerwelle wie die meisten Frauen Mitte Fünfzig. Sie geht ein bißchen steif. Unmöglich kann ich sie hier als Hausherrin sehen, wie sie hinter Schafen oder Jungrindern herrennt, sich nachts im Bett an Henk anschmiegt, am Samstagvormittag ihre Kinder zu Besuch hat, und ein Enkelkind, das in der Esche im Vorgarten herumklettert, während sie Frikadellen macht.

»Vor vielen Jahren hab ich mir ein Bein gebrochen«, sagt sie, als sie merkt, daß mir ihr Gang auffällt. »Wenn es kalt ist, hab ich schnell so ein Ziehen in dem Bein.«

Wintersport? Fahrradunfall? Ein Rost im Schweinestall?

»Ich hab die Decke in der Küche abgewaschen, und dabei ist die Trittleiter weggerutscht.«

Durch die rechteckigen Stallfenster fällt Sonnenlicht herein, eine Kuh ächzt, eine von den ewig verschleimten Katzen huscht weg. Ich kann mich nicht erinnern, diese Katze schon einmal gesehen zu haben. Ob es eine ist, die Vaters motorisierter Katzenknüppelei vom letzten Frühjahr entkommen konnte?

»Was für Tiere sind Schweine eigentlich?« frage ich.

»Auf jeden Fall keine Kühe.« Sie greift mit der Hand in das Bindfadenbündel, das an einem riesigen Nagel hängt. »Ferkel sind süß, aber wenn sie älter werden, sind sie weniger angenehm.«

»Und dann werden sie geschlachtet.«

»Ja, dann werden sie geschlachtet.«

»Und dein Mann?«

»Wie, mein Mann?«

»Was war er für ein Mann?«

Sie überlegt einen Moment. »Er war brav. Ein braver Mann.«

»Brav?«

»Ja.«

Wir gehen auf den Hof. Riet hält sich den Mantelkragen zu. »Und meine Töchter sind brave Frauen. Vielleicht ist das typisch für Brabant, diese Bravheit.«

Und der Sohn?

»Was ist das denn!« ruft Riet, als sie den Eselstall bemerkt. Sie steuert darauf zu. »Das stand aber damals noch nicht hier, oder?«

»Nein«, sage ich. »Die Esel sind neu.«

»Esel!«

Sie haben uns gehört und stehen mit neugierig erhobenen Köpfen am Eingang ihrer Box. Als sie uns sehen, schüttelt der eine den Kopf. Das Licht hat die ganze Nacht gebrannt.

»Möchtest du sie füttern?« frage ich.

»Ja, gerne.«

Ich nehme ein paar große Wintermöhren aus der Kiste auf einem der Heuballen und gebe sie Riet, die zwei auf einmal zwischen den Brettern durchreicht. Mit trockenem Knacken verschwinden sie in den Eselmäulern. Ich kitzle die beiden an den Ohren. Einen Augenblick sind alle glücklich. Ihre Feststellung eben in der Küche, daß uns beiden komisch ist, macht alles schon irgendwie leichter.

Vom Eselstall geht Riet zum Hühnerhaus. Dabei zeigt sie mit wedelnder Hand, ein bißchen ungeduldig, auf die Kopfweiden, womit sie vielleicht sagen will: Ich sehe, daß die vor kurzem gekappt worden sind; das hätte Henk auch gemacht, wenn alles anders gelaufen wäre. »Früher waren hier braune Hühner«, sagt sie, als sie durch das Drahtgeflecht späht.

»Ja, Barnevelder.«

»Und diese?«

»Dies sind Lakenvelder.«

»Schön sind die. Legen sie gut?«

»Ganz ordentlich, weniger gut als die Barnevelder.«

Auf das Hühnerhaus folgt unweigerlich der Zaun. Sie lehnt sich mit den Unterarmen aufs Gatter und starrt über die Weiden. Wegen der dünnen Schneeschicht auf dem Gras ist es unglaublich hell. Von den Gräben steigt etwas Dampf auf. »Die Mühle«, sagt sie leise.

Danach steht mir nun gar nicht der Sinn. Ich drehe mich um und mache mich auf den Weg zur Milchkammer. Nach kurzem Zögern kommt sie mir nach, ich höre ihre unregelmäßigen Schritte auf dem frostharten Boden. Diesmal mache ich eine Armbewegung, nach links Richtung Eselkoppel. »Da sind sie bei gutem Wetter«, sage ich. Wir kommen durch die Milchkammer in die Waschküche. Ich gehe direkt weiter zur Flurtür, Riet bleibt vor der Tür zur Treppe stehen.

»Kommst du?« frage ich.

Sie schweigt.

»Ich habe mir überlegt«, füge ich schnell hinzu, »wenn wir zeitig essen, können wir anschließend zum Friedhof gehen.«

Sie schweigt.

Ich gebe nicht auf. »Dann kann ich dich rechtzeitig wieder zur Fähre bringen, vor dem Melken.«

Sie schweigt.
»Was ist denn?« frage ich.
»Ich möchte nach oben.«
»In Henks Zimmer?«
»Ja.«
Ich steige vor ihr die Treppe hinauf. Dann öffne ich die Tür von Henks Zimmer. Riet schlüpft neugierig hinein. Ich bleibe in der Tür stehen, das Zimmer ist so voll, daß man sich nicht zu zweit darin aufhalten kann. Sie schaut sich um; nach einer Weile setzt sie sich aufs Bett.

Dann sehe ich sie nicht mehr, sie ist ganz unter Henk verschwunden, und statt Januarsonnenlicht füllt Augustmondschein das Zimmer. Henks weiße Unterhose ist bis zu den Knien heruntergeschoben, und sein Unterleib wippt auf und ab, eine Bewegung, die kaum zu seinem Alter paßt. Ich kann ihn fast riechen. Er atmet so flach wie möglich, das Grübchen oberhalb seiner Gesäßspalte ist feucht, tiefer und tiefer drückt er Riet in die alte Matratze, seine Achillessehnen sind an dem Auf und Ab beteiligt, als wäre das eine Welle, die von seinen Zehen ausgeht.

»... sein Bett?«
»Wie?«
»Ist dies das Bett, in dem Henk geschlafen hat?«
Ich blinzle ein paarmal, es dauert einen Moment, bis die warme Augustnacht wieder ein Januarvormittag ist. »Ja.«
»Ich wußte es nicht mehr. Es steht so viel Zeug hier.« Sie legt die Hände neben sich auf die Decke, als hätte sie nicht vor, sich jemals wieder zu erheben, und schaut aus dem Fenster. »Die Nebelkrähe sitzt immer noch da.«

»Komm«, sage ich.

Sie steht auf und verläßt das Zimmer.

»Mein altes Zimmer«, sage ich beiläufig und ziemlich laut, als wir an der zweiten Tür vorbeikommen. Ich sehe den Schlüssel stecken und überlege, ob die Tür abgeschlossen ist. »Ist auch voll Gerümpel.« Ich gehe schnell weiter ins neue Zimmerchen, dessen Tür weit offensteht. Riet folgt mir.

Sie lehnt mit dem Rücken an einer Wand, die Knie leicht gebeugt, so daß ihr Pullover an den Schultern hochgerutscht ist. »Sein Gesicht«, sagt sie. »Sein Gesicht in dem kalten Wasser. Seine Haare schwammen wie Algen hin und her.«

22

»Hier ist alles unverändert«, sagt sie.

»Es darf nicht gebaut werden.«

»Warum nicht?«

»Denkmalschutz.«

Wir gehen durchs Dorf zum Friedhof. Vor zehn Minuten hat Ada ganz zufällig an ihrem Küchenfenster gestanden und die Pflanzen gegossen. Die Sonne ist gerade erst über den höchsten Punkt hinaus, trotzdem sind unsere Schatten viermal so lang wie wir selbst. »Du solltest im Spätsommer noch mal wiederkommen«, sage ich. »Hier findet schon seit Jahren eine Art Wettbewerb statt.«

»Was für ein Wettbewerb?«

»Wer die meisten Hortensien im Vorgarten hat. Möglichst in vielen verschiedenen Farben. Überall Hortensien, eine Hecke aus Hortensien, einen halben Kilometer lang. Wenn man keine Hortensien hat, gehört man nicht dazu.«

»Ich mag keine Hortensien.«

In einiger Entfernung, am westlichen Dorfrand, sieht man die weiße Kirche. Ich habe keine Lust mehr zu reden. Das letzte Stück Weg legen wir schweigend zurück. Als wir da sind, läßt Riet die Kirche rechts liegen und geht zwischen den Pappeln hindurch ans Ufer der Aa.

»Hier sind wir Schlittschuh gelaufen, im Winter 1966«, sagt sie.

»1967«, berichtige ich. »Januar 1967.«

»Ja gut, in dem Winter eben, der Winter geht immer von einem ins andere Jahr über.«

Da hat sie recht. Der Winter ist eine Jahreszeit, die sich nicht um unser Jahr mit seinen zwölf Monaten kümmert, weniger eine Jahreszeit als eine Jahrezeit. Diesmal gibt es hier kein Eis, abgesehen von einem dünnen Häutchen im Schilf. Zwei Enten, beides Erpel, rudern im Eiltempo auf uns zu. Wie Pinguine springen sie ans Ufer. Riet starrt die Enten unbeteiligt an. Dann dreht sie sich um, überquert die Straße und zieht an dem niedrigen Gittertor. Zieht und zieht, bis ich neben ihr stehe, den Riegel an der Rückseite öffne, mich nach vorn beuge und das Tor vor ihr aufschwinge. Wortlos betritt sie den Friedhof.

Als wir am Grab stehen, sage ich: »Jetzt bist du Vater vermutlich dankbar.«

»Wieso denn das?«

»Er ist derjenige, der alle zehn Jahre das Grabrecht hat verlängern lassen.«

»Hm«, macht sie.

Fast erwarte ich, daß sie ihre Finger über die Buchstaben gleiten läßt, sie scheint mir der Typ dafür zu sein.

Sie tut es nicht. Statt dessen setzt sie sich auf eine grüngestrichene Bank auf dem Muschelpfad neben der Kirche. Ich gehe die paar Schritte bis zur Kirche und lehne mich mit dem Rücken an die kalte Mauer. Ich stecke die Hände in die Taschen.

»Ich war nicht wütend auf deinen Vater«, sagt sie. »Ich fühlte mich gedemütigt. Später ja. Später wurde ich wütend und blieb wütend.«

Wir sind im Schatten der Kirche. Erst jetzt spüre ich, daß die Sonne gewärmt hat.

»Er war lieb, Helmer.«

»Ich weiß«, sage ich.

»Und hübsch. Ein hübscher Junge war er.«

Wenn ich ihr zustimme, bin ich unbescheiden.

Riet sieht mich an, sie sieht Henk. »Du bist ein hübscher Mann«, sagt sie.

»Ach.«

»Es ist so. Glaub mir.«

»Na gut«, sage ich.

Mutter wurde bei Henk beerdigt. Ich war gespannt, was ich zu sehen bekommen würde. Ich sah nichts. Doch, eine weiße Platte, Hartfaser vermutlich, auf dem Boden der Grube, der nicht der Boden war. Während der Beerdigung goß es wie aus Eimern, ein sommerlicher Schauer; auf dem Sarg spritzte das Wasser zwanzig Zentimeter hoch, der Blumenschmuck sank in sich zusammen.

Auf diesem Friedhof werden bis zu drei Tote übereinander begraben, es ist also noch Platz für eine Person. Ich frage mich, *wen* Riet für einen hübschen Mann hält, mich oder den Jungen, den sie in mir sieht. Außerdem frage ich mich, ob ihr an dem Grabstein nichts auffällt.

»Wovon habt ihr gesprochen, als es passierte?«

»Als Henk sah, daß uns ein Wagen entgegenkam,

sagte er: ›Fahr langsamer.‹ Ich bin auch langsamer gefahren, aber nicht viel. Mein Fahrlehrer hat gern den harten Mann gespielt, er hat mir immer gesagt, Entgegenkommende muß man zwingen, an den Rand zu fahren. ›Man muß es erzwingen, durch sein Verhalten und durch Blicke.‹« Sie rutscht auf der Bank hin und her. »Aber *sie* war besser im Erzwingen.«

»Was war das Letzte, das er gesagt hat?«

»Oh oh oh.«

»Oh oh oh?«

»Ja. So von wegen: Dumme Gans, da sieht man, daß du noch nicht lange den Führerschein hast.«

Ich kann hören, wie er es sagt, es paßt genau ins Henk-und-Helmer-Schema.

»Dieser Fahrlehrer wollte bei mir auch gewisse Dinge erzwingen, durch die Art, wie er mich ansah. Er trug ein Toupet. Ich bin natürlich nie drauf eingegangen.«

»Natürlich nicht«, sage ich.

»Machst du dich über mich lustig?«

»Nein, nein.«

»Für den Simca hat dein Vater doch wohl Geld von der Versicherung bekommen?«

»Ja.«

»Ein Glück.«

Ich lehne mich an eine kalte Kirchenmauer, aber ich sehe mich auf der Schellingwouder Brücke stehen. Das kommt daher, daß ich mich vergessen fühle. Damals hatte ich mich auch vergessen gefühlt. Riet war die Beinahefrau, ich war nur der Bruder. Jetzt ist sie diejenige, die Erinnerungen auskramt und ihre Geschichte erzählt. Mich fragt sie nichts.

Ich höre die Enten schnattern, die vorhin aus dem Wasser gesprungen sind; sie müssen auf der anderen Seite der Kirche sein, vielleicht vor dem geschlossenen

Tor. Im Sommer sitzen so viele Menschen im Gras unter den Pappeln – Radler aus Amsterdam, Kanufahrer, Gruppen von Kindern aus der Segelschule in Broek –, daß die Enten gar keine Angst mehr haben. Für ein Stück Brot tun sie alles. Ab und zu fährt ein Auto vorbei. Einmal scheint eins zu bremsen, beschleunigt dann aber wieder.

»Kommst du oft her?« fragt Riet.

»An den Geburtstagen und Todestagen. Viermal im Jahr.«

»Ich hätte natürlich auch kommen können. Zuerst bin ich nicht gekommen, weil man mich weggeschickt hatte und weil ich immer dachte: Glaubt bloß nicht, daß ihr mich jemals wiederseht. Kindisch. Später bin ich nicht gekommen, weil ich Wien hatte und die Kinder, und weil ich nicht an die Zeit davor erinnert werden wollte. Ich wollte jemand anders werden.«

»Man kann nie jemand anders werden.«

»Natürlich kann man das.«

Diesmal juckt der Ärger an meinen Schultern, es fehlt nicht viel, und ich scheuere mich wie ein altes, mottengeplagtes Schaf an der Kirchenmauer.

Will sie etwas? Was will sie? Will sie, daß ich sie küsse? Soll ich so tun, als ob ich Henk wäre? Soll ich ihr sagen, daß sie immer noch eine hübsche Frau ist? Soll ich sie fragen, ob sie mich heiraten will? Will sie, daß ich ihr verzeihe?

Sie *ist* immer noch eine hübsche Frau. Keine von den Hunderttausenden Frauen mittleren Alters, die alle in den gleichen Blusen und halblangen Hosen herumlaufen, das Haar chemisch in Form gehalten, die Rücken schon leicht gebeugt, Herbst im Blick. Im Sommer kann man sie neben ihren Männern am Hof vorbeifahren sehen, immer mit kleinen Schlenkern, auf soliden, guten, aber auch nicht allzu teuren Rädern. So verschieden ihre Blusen und Jäckchen auch sein mögen, es sind immer die gleichen Blusen und Jäckchen.

Riet ist fast so groß wie ich, und ihr Gesicht ist eine etwas weichere, etwas tiefergerutschte Version ihres Mädchengesichts; ganz deutlich erkenne ich darin die junge Frau wieder, die ich vor so vielen Jahren in der Kneipe in Monnickendam gesehen habe, halb von Henk verdeckt. Die ich an dem Abend schon denken sah: Mein Gott, er hat einen Zwillingsbruder, da gibt es einen, der ist genau wie er, wie soll ich mich zu dem bloß verhalten? In den knapp anderthalb Jahren bis zu Henks Tod hat sie keine Antwort darauf gefunden. Sie hielt Abstand, ungeschickt und still, vermied es möglichst, mich anzusehen, sorgte dafür, daß wir kaum miteinander allein waren.

Am 5. Dezember 1966 bekam ich von ihr ein kleines Geschenkpäckchen mit einem Gedicht; es war so nichtssagend, daß ich vor Selbstmitleid fast geheult hätte. Wie ein kleines Kind saß ich da mit dem Päckchen auf dem Schoß und konnte die Tränen kaum zurückhalten, als ich das Gedicht vorlas. Vater merkte etwas und setzte noch eins drauf – weil er Nikolaus ja so gemütlich findet. Er zwinkerte Riet übertrieben zu und sagte, ich wäre eben ganz anderes gewöhnt, »da unten in Amsterdam« würde ich Gedichte schreiben lernen, die nur aus schönen, schwierigen Wörtern bestünden. Er hat niemals irgend etwas begriffen. Riet blickte auf ihre Schuhe.

»Allmählich wird mir kalt«, sagt sie.

»Dann gehn wir nach Haus.«

Sie schaut noch einmal auf den Grabstein. Jetzt sehe ich auf ihrem Gesicht die Frage ankommen, die ich schon längst erwartet hatte. »Wo liegt dein Vater eigentlich?«

»Der ist eingeäschert worden.« Die Frostluft kühlt mein warmes Gesicht. »Und die Asche verstreut.«

Vor dem Tor steht nur noch eine der Enten. Die andere ist totgefahren worden, der warme Körper auf der Straße dampft noch ein wenig. So geht das, gerade ist man noch springlebendig und wünscht sich ein Stück Brot, und im nächsten Augenblick ist man mausetot. Riet schaudert, als sie über den toten Erpel steigt. Ich schiebe ihn mit dem Schuh an den Straßenrand. Der übriggebliebene Erpel watschelt laut schnatternd zum Wasser. Als wir auf dem Rückweg an der Schule vorbeikommen, höre ich eine der Klassen singen. Ein gutes Dutzend Kindergesichter blickt mit höchster Konzentration zur Lehrerin auf. Ich kenne das Lied nicht und bleibe stehen, weil ich einen Moment zuhören möchte. Riet geht weiter, ohne sich umzusehen. Ich muß fast rennen, um sie noch vor der Kurve einzuholen.

Wenn Riet mit uns aß, mußte ein Stuhl aus dem Elternschlafzimmer geholt werden. Der wurde dann neben Mutters Stuhl an die Längsseite des Küchentischs gestellt. Bewußt oder unbewußt hat Riet jetzt ihren Stuhl vor dem Hinsetzen etwas verschoben, so daß sie fast an der Ecke des Tisches gelandet ist. Die Küchenuhr summt. »Wie still es hier ist«, sagt sie.

Wir trinken Tee. Bald wird es Zeit, sie zurückzufahren. Stellt sie sich jetzt die Küche voller Leben vor? Kinder oder Enkel, Kinderstühlchen, eine andere Tapete, eine moderne Anrichte?

»Du warst doch der Ältere?« fragt sie.

»Ja.«

»Erst später, als er tot war und ich weggezogen war, habe ich mich manchmal gefragt, warum ...«

»Was?«

»Warum ich mir Henk ausgesucht habe. Ich meine, warum entwickeln sich die Dinge so und nicht anders?«

»Henk hat *dich* ausgesucht.« Schon wieder ärgert sie mich. Sie wird doch wohl nach bald vier Jahrzehnten nicht so tun wollen, als ob *sie* damals das Heft in der Hand gehabt hätte?

Sie schaut mich an und hebt ihre Teetasse. Eine gute Porzellantasse. »Und noch später habe ich gedacht: Warum war Henk der Bauer? Wenn du der Ältere warst?«

»Ich bin lieber mit Mutter und dem Knecht aufs Eis gegangen, während Henk das Jungvieh versorgte.«

»Hm?«

»Ich weiß nicht, wie es kam, aber bei allem hat immer Henk die Initiative ergriffen. Er war schneller als ich, und ich glaube, er konnte besser mit den Tieren umgehen, obwohl wir alle Arbeit zusammen machten. Vater hat das gemerkt, und deshalb war Henk sein Junge, schon sehr früh.«

»Aber wolltest du denn nicht Bauer werden?«

»Ich weiß es nicht. Ich hab den Dingen immer ihren Lauf gelassen.« Jetzt hat sie mich endlich etwas gefragt, und ich merke, daß ich nur widerwillig antworte. Trotzdem füge ich noch etwas hinzu. »Jedenfalls hab ich nie etwas gesagt. Nie Einspruch erhoben.«

»Und als er starb, mußtest du ran.«

»Ja, da mußte ich ran.«

»Euer Knecht war damals doch schon weg?«

»Ja. Schon ein halbes Jahr.«

»Und?«

»Was?«

»Wie hat es dir gefallen?«

Jetzt reicht's aber. Genausogut könnte sie mich fragen, wie mein Leben gewesen ist. Als wäre ich ihr Rechenschaft schuldig, über ein Leben, das sie mit Henk zusammen hätte leben sollen. Gleich fragt sie noch, ob sie mal die Buchhaltungsunterlagen einsehen kann. Mein Leben geht sie überhaupt nichts an, schon gar nicht, was mir gefallen hat und was nicht. Warum ist sie gekommen? Was hofft sie hier zu finden? »Sehr gut«, sage ich knapp.

Sie stellt die Teetasse vorsichtig auf die Untertasse zurück. »Fein«, sagt sie. Ihre Augen füllen sich langsam wieder mit Tränen, sie wendet den Kopf ab. Lange schaut sie durchs Seitenfenster zum Hof von Ada und Wim hinüber. Dann seufzt sie tief und steht auf. Offenbar ist sie hier fertig.

Wir wollen gerade in den Opel Kadett steigen, als Ronald angerannt kommt, die erhobene Hand vorgestreckt wie einen Fußballpokal. »Wartet!« ruft er.

Wir warten.

»Ich wollte dir meine Hand zeigen«, sagt er, ohne Riet anzusehen.

»Dann laß mal sehen«, antworte ich.

»Du siehst sie doch?!«

»Aus der Nähe.«

Ronald streckt mir die Hand fast ins Gesicht. An der Seite unterhalb des kleinen Fingers ist die Haut hellrosa und gespannt.

»Tut's noch weh?«

»Nöö«, sagt er, als ob er so etwas wie Schmerz gar nicht kennt. »Es ist kein Verband mehr drum, weil die Kälte guttut.«

»Hat deine Mutter das gesagt?«

»Ja.« Er wirft einen kurzen Blick an mir vorbei zur anderen Seite des Wagens, wo Riet wartet. »Wer ist das?« fragt er.

»Das ist Riet.«

»Wo kommt sie her?«

»Aus Brabant.«

»Brobent?«

»Brabant. Sehr weit weg.«

»Was will sie hier?«

»Frag sie ruhig, sie beißt nicht.«

Er schaut mich mit einem Hundeblick an.

»Ich bin früher mal sehr oft hier gewesen«, sagt Riet. »Und jetzt wollte ich noch mal vorbeischauen.«

»Ah«, sagt Ronald; er starrt auf meinen Bauch.

»Ich hatte den Bruder von Herrn van Wonderen heiraten wollen.«

»Von wem?«

»Das bin ich«, erkläre ich.

»Hast du einen Bruder?« fragt er verblüfft.

»Nein, nicht mehr.«

»Ah.«

»Aber jetzt fahre ich wieder nach Hause. Mit dem Zug.«

»Bringst du sie jetzt weg?«

»Ja«, antworte ich. »Zur Fähre in Amsterdam.«

»Kommt sie noch mal wieder?«

»Das weiß ich nicht. Kommst du noch mal wieder?«

»Vielleicht«, sagt Riet. Sie steigt in den Wagen und macht die Tür zu.

»Wir fahren jetzt«, sage ich zu Ronald.

»Okay.« Er macht sich auf den Rückweg. Als er fast schon beim Damm ist, dreht er sich um. Jetzt wird er Teun nachahmen, das sehe ich ihm an. »Wo ist dein Vater?« schreit er.

»Oben«, sage ich und zeige mit dem Finger in die Luft.

23

»Oben«, sagt Riet, als wir vor der Frittenbude im Wagen sitzen.

»Ja«, sage ich.

»Herrlich, ein Kind zu sein.«

»Ja.«

»Er ist wohl noch nicht lange tot?«

»Nein, nicht lange.«

Wir warten schon geraume Zeit vor der Frittenbude. Die Sonne ist noch nicht untergegangen, aber es müßte jeden Augenblick soweit sein. Ich kann sie nicht sehen, sie hängt hinter dem Bahnhofsgebäude. An der Anlegestelle herrscht noch viel mehr Betrieb als heute morgen. Viele Leute sind auf dem Heimweg, in beiden Richtungen. Wenn die Fähren nicht fahren würden und auch keine Binnenschiffe und Rundfahrtboote, wäre das Wasser des IJ ganz still. In größerer Entfernung sehe ich hohe Gebäude an einer Stelle, an der in meiner Erinnerung nichts war. Sie macht mir angst, die andere Seite. Diese Seite weniger, weil ich genau weiß, wie ich fahren muß, um so schnell wie möglich wegzukommen. Riet macht keinerlei Anstalten auszusteigen. Die Tasche auf ihrem Schoß paßt eigentlich auch nicht zu Frauen ihres Alters. Ihre Art, sie mit beiden Händen zu umklammern, allerdings schon.

»Mit Henk ist es nicht so einfach«, sagt Riet.

Ist?

»Er tut nichts. Schon seit einem halben Jahr hockt er zu Hause. Freunde hat er nicht.«

Tut? Hockt? Hat?

»Manchmal liegt er nur im Bett, und auf einmal ist er dann wieder verschwunden, und ich habe keine Ahnung, wo er steckt.«

»Riet, wovon redest du?«
»Henk.«
»Von welchem Henk?«
»Meinem Sohn.«
»Heißt dein Sohn Henk?«
»Ja. Wußtest du das nicht?«
»Woher hätte ich das wissen sollen?«
»Vor allem dieses Rumliegen finde ich fürchterlich.«
»Henk? Du hast deinen Sohn Henk genannt?«
»Wieso nicht?«
»Was meinte dein Mann dazu?«
»Nichts. Wien gefiel der Name. In seiner Familie gab es auch einen Henk. Kurz und markant, hat er gesagt.«
Ein Radfahrer streift den Außenspiegel, dreht sich halb um und hebt zur Entschuldigung kurz die Hand.
»Und nun hatte ich mir überlegt: Könnte er nicht für eine Weile zu dir kommen? Zum Arbeiten, meine ich.«
Ist es das, was sie mich fragen wollte?
»Zu mir?«
»Ja. Du hast Tiere. Kühe, Schafe, Hühner. Ich glaube, Tiere wären gut für ihn. Und du bist ganz allein, vielleicht kannst du doch jemanden gebrauchen. Eine Art Knecht.«
Eine Art Knecht. Sie hat vergessen, die Esel zu erwähnen.
»Das würde ihm guttun. Arbeiten. Früh aufstehen, früh schlafen gehen, die Regelmäßigkeit. Frische Luft, obwohl er davon natürlich auch zu Hause genug hat.«
»Na«, sage ich, »bei den vielen Schweinemastbetrieben ...«
»Das stimmt«, sagt Riet. »Hier riecht es besser.«
»Was hält er selbst davon?«
»Er weiß nichts davon.«
»Wann hast du dir das überlegt?«

»Ach, vor einem Monat etwa.«

Nirgends ist jetzt noch ein Widerschein des Sonnenlichts zu sehen, nicht auf dem Wasser, nicht auf den Fensterscheiben der höheren Gebäude. Über dem Bahnhof färbt sich der Himmel orange, es wird schnell dunkel. Riet läßt ihre Tasche los, damit sie die Tür öffnen kann.

»Denkst du mal drüber nach?« fragt sie.

»Ja, sicher«, antworte ich.

Sie blickt sich über ihre Schulter nach Fußgängern um und öffnet die Tür. Sie zögert. »Er hat sich mir völlig entzogen«, sagt sie. »Wenn er mich überhaupt mal eines Blickes würdigt, ist es, als ob ich eine Fremde für ihn wäre.« Sie beugt sich nach rechts, um auszusteigen. Kalte Luft kommt in den Wagen. Dann beugt sie sich nach links und küßt mich auf die Wange. »Danke«, sagt sie.

Ich schaue ihr hinterher; sie zieht das eine Bein leicht nach. Als Ronald sie auf dem Umweg über mich verhörte, hatte ich gedacht, ich würde sie noch öfter sehen. Jetzt glaube ich, daß ich sie nie wiedersehen werde. Ohne sich noch einmal umzublicken, verschwindet sie zwischen den Fußgängern und Radfahrern. Gleich fährt sie übers Wasser und verschwindet im Gewühl der anderen Seite. Hunderte von Menschen, jeder mit einem anderen Reiseziel. Tausende von Menschen, die gleichzeitig in verschiedenen Zügen durchs Land fahren. Draußen gibt es nichts mehr zu sehen, es ist dunkel. Was wird sie unterwegs tun? Lesen? Still dasitzen und nachdenken? Mit Leuten auf den Plätzen gegenüber reden? Ich weiß es nicht. Bevor ich den Motor anlasse, streiche ich mit der Hand über meine rechte Wange und betrachte danach meine Finger.

Beim Melken lasse ich die Stirn öfter als sonst auf den warmen Kuhflanken ruhen, auch wenn das Melkzeug schon angehängt ist und die Milch in diesem beruhigenden Rhythmus zur Leitung gesaugt wird. Nie werde ich mit Kunststoffschürze in der weißgekachelten Melkgrube eines Melkstands stehen, in dem zehn oder zwölf Kühe gleichzeitig gemolken werden; hier wird es nie einen großen Liegeboxenstall geben, in dem man statt Stroh Sägemehl einstreut; hier werden immer die Schubstangen des Entmisters langsam hin und her pendeln, und der Misthaufen wird jeden Tag ein Stück höher werden, bis ich den Mist mit meinem klapprigen Dungwagen ausfahre; hier wird nie eine Frau Tag für Tag in der Küche hantieren oder ein paarmal in der Woche auf dem Grasstreifen beim Gemüsegarten die Wäsche auf die Leine hängen. Hier bin ich sicher, hier kann ich mich geborgen fühlen, wenn mein Kopf sich zu den Atemzügen der Kuh hebt und senkt. Aber leer ist es hier auch.

Ich denke an Stromdrähte, die sich unter dem Gewicht Hunderter von Schwalben durchbiegen. Mehlschwalben oder Rauchschwalben. Ich denke an Dänemark, aber zum ersten Mal nicht an Jarno Koper. Ich denke an einen Knecht, der in Dänemark die Schwalben gesehen hat.

»Gerümpel«, sagt Vater empört, als ich ihm nach dem Melken sein Essen bringe.

»Stimmt das etwa nicht?« frage ich und zeige auf die Standuhr, auf die Fotos an der Wand und auf ihn.

»Die Krähe sitzt wieder in der Esche.«

»Ich hab sie gesehen.«

»Wie war's?«

»Das weiß ich noch nicht.«

»Das weißt du noch nicht?«

»Nein.«

»Was habt ihr im neuen Zimmerchen gemacht?«

»Geredet.«

»Über was?«

»War das nicht zu verstehen?«

»Nein.«

Es ist lange her, daß er so viele Fragen gestellt hat. Riets Besuch beschäftigt ihn, vielleicht hat er den ganzen Tag an früher gedacht. Ich sehe ihn vor mir, wie er mäuschenstill hier gelegen hat, wie er ausgeatmet hat, wenn wir vor seiner Tür sprachen, und die Ohren gespitzt, wenn weiter weg etwas gesagt wurde. Ist er einsam? Ich schüttle den Kopf, so etwas will ich nicht denken. Trotzdem, auf einmal empfinde ich den Tag im nachhinein als einen Wettkampf, bei dem einer der Spieler verdeckt geblieben ist; die van Wonderens gegen Riet.

Ich ziehe die Vorhänge zu. »Ach ja«, sage ich so beiläufig wie möglich, »du bist eingeäschert worden. Und die Asche ist verstreut worden.«

Darüber muß er lachen. »Ihr wart auf dem Friedhof«, gluckst er.

»Ja. Und da fehlte dein Name.« Habe ich ihm gegenüber schon jemals so einen Scherz gemacht? Ich starre das Motiv auf dem Vorhang an und kann mich an keinen erinnern.

Aus seinem Lachen wird Ernst. »Ich bin schmutzig.«

»Wir schauen bald mal.«

»Wo hast du meine Asche verstreut?«

»Was weiß ich, auf den Weiden, hinter dem Hühnerhaus, unter der Esche.«

Ich lasse die Vorhangfalten los und drehe mich um. Seine Augen sind feucht vom Lachen. Glaube ich. Er müßte dringend mal rasiert werden. Der weiße Kissenbezug ist angegraut.

»Warum ist sie gekommen?«

»Darum.« Ich gehe zur Tür. Als ich das Licht ausmache, fällt mir eine bessere Antwort ein. »Nein«, sage ich, »nicht darum. Zu einem Bewerbungsgespräch.«

Lächelnd gehe ich die Treppe hinunter.

24

Ich bin der letzte van Wonderen. Natürlich gibt es noch viele andere, aber nicht in meinem Zweig. Auf der Sportseite der Zeitung bin ich ab und zu auf den Namen Kees van Wonderen gestoßen; ein Fußballer, ich glaube, bei Feyenoord. Einmal war auch ein Foto dabei. Ich fand, daß ich ihm ähnlich sah, obwohl er wahrscheinlich dreißig Jahre jünger war. Großvater van Wonderen hatte vier Schwestern. Die haben alle geheiratet und Kinder bekommen. Vater hat oder hatte ziemlich viele Tanten. Ich habe oder hatte genauso viele Großtanten und noch viel mehr Tanten und Onkel, die keine sind oder waren, und Vettern und Kusinen zweiten oder dritten Grades. Keiner von ihnen heißt van Wonderen. Ich kenne sie nicht. Vater war ein Einzelkind. Henk – der den Namen von Großvater van Wonderen trug – ist tot. Ich bin nicht verheiratet. Mit mir sterben wir aus.

Es regnet. Die zweite Frostperiode hat nicht sehr lange angehalten, und in der Zeitung habe ich von mindestens drei ertrunkenen Eisläufern gelesen. Ich bin mit den Schlittschuhen in der Hand zum Groote Meer gegangen, nur um festzustellen, daß es zur Hälfte noch offen war. Ich habe die zugefrorene Hälfte nicht ausprobiert, es ist noch zu früh zum Aussterben. Vor zwei Tagen hatte der junge Milchfahrer ein großes rundes Pflaster auf dem linken Auge. Er hatte zu Hause renoviert und beim Abschleifen eines Fensterrahmens einen Holzsplitter ins Auge bekommen. Auch das vertrieb sein Lächeln nicht, es wirkte nur ein bißchen verzerrt. Ich verließ die Milchkammer schneller als ursprünglich beabsichtigt, weil sein Anblick mir die Kehle zuschnürte und ich fürchtete, daß man mir das anhören könnte. Gestern kam der Viehhändler. Er hat ein paar Minuten füßereibend in der Küche gestanden und ist dann wieder gefahren, weil ich nichts für ihn hatte. Der Tierarzt hat nach einer kranken Färse geschaut. Er hat zwei riesige Spritzen in eine Hinterbacke geleert und gesagt, das werde schon wieder. Ich habe die Färse von den anderen getrennt.

Schon seit ein paar Tagen sehe ich mich immer wieder in der Küche um und überlege, ob ich nicht auch hier renovieren soll. Ich sehe mich um, und dann bleibt mein Blick an der Nebelkrähe in der Esche hängen, und dann denke ich an den Knecht. »Kleiner Henk« habe ich ihn in Gedanken genannt. Riet hat angerufen und gefragt, ob ich schon nachgedacht hätte. Ja, habe ich geantwortet, aber noch nicht genug. Ich habe noch nie einen Knecht gehabt. Ich war selbst Knecht, Vaters Knecht. Hin und wieder sehe ich die Krähe wegfliegen; jedesmal gleitet sie zuerst schräg nach unten (wie um ihre Flügel zu testen), bevor sie richtig losfliegt.

Ada sitzt heute zum ersten Mal wieder in der Küche, fünf Tage nach Riets Besuch. Samstag. Teun und Ronald sind auf dem Fußballplatz, die Winterpause der Jugendmannschaften ist schon vorbei.

»Helmer! Das ist ja toll! Wie war's?«

»Seltsam«, sage ich.

»Was ist das nun wieder für eine Antwort! Deine Schwägerin!«

»Nein, meine künftige Schwägerin.«

»Na ja.« Ada tut gerade so, als hätte Ronald ihr nichts erzählt. »Ich hab euch gesehen und noch gedacht: was für eine attraktive Frau.«

»Ja, attraktiv ist sie immer noch.«

»War dein Vater auch aufgeregt?«

»Ziemlich aufgeregt.«

»Was hat er gesagt?«

»Nicht viel.«

»Ach, was bist du maulfaul heute. Ich seh dir doch an, daß du dich gefreut hast!«

»Er hat gelacht«, sage ich. Ich schaue Ada in die Augen, und schon nach ein paar Sekunden wendet sie ihr Gesicht ab. Sie wirkt unruhiger als sonst, gehetzt.

»Wovon habt ihr denn so gesprochen?«

»Na, von früher halt, von ihrem Mann, der voriges Jahr gestorben ist, von ihren Töchtern, von Henk und wie lieb er doch gewesen ist, von den Eseln und den Hühnern.«

»Kommt sie noch mal?« Auch ihre Sprechweise ist anders, abgehackt. Ich kann fast die Ausrufezeichen sehen.

»Vielleicht, hat sie zu Ronald gesagt, bevor sie ins Auto gestiegen ist.«

Ada wird rot. Es sieht anders aus, als wenn Eile oder die Anstrengung beim Frühjahrsputz ihr die Wangen färbt. »Fein«, sagt sie.

Zwischen dem Seitenfenster und den Oberschränkchen hängt eine alte elektrische Uhr. Das Zifferblatt ist braun, der breite Rand orangefarben, die Zeiger weiß. Die Uhr summt leise, fast unhörbar. Neulich, als Riet hier war, habe ich sie auch summen hören. Ich kann mich nicht erinnern, sie vorher schon einmal gehört zu haben. Jetzt summt sie lauter als je zuvor. Vielleicht geht sie allmählich kaputt.

»Sie war nicht in eigener Sache hier«, sage ich.

»Was?«

»Als wir bei der Fähre gewartet haben, stieg sie nicht aus, sondern fing an, von ihrem Sohn zu erzählen.«

»Ihrem Sohn.«

»Ihrem Sohn, Henk. Ob der nicht zu mir kommen könnte, zum Arbeiten.«

»Warum?« Ihr Gesicht hat jetzt wieder seine normale Farbe. Die Wolken verziehen sich.

»Zu Hause tut er nichts. Er arbeitet nicht, liegt oft nur im Bett, manchmal ist er eine Weile verschwunden.«

»Warum?«

»Was weiß ich. Ob er nicht Knecht bei mir werden könnte, meinte Riet.«

»Großartig!« ruft Ada.

»Großartig?«

»Ja! Du bist hier völlig auf dich selbst gestellt, seit dein Vater krank ist.«

»Ich komme gut allein zurecht, es gäbe hier gar nichts für ihn zu tun.«

»Aber wäre es nicht schöner, jemanden zu haben? Und natürlich gäbe es was für ihn zu tun! Der Jungviehstall zum Beispiel, der könnte mal einen neuen Schutzanstrich vertragen. Ihr würdet zu zweit melken, in ein paar Monaten gibt's viel Arbeit mit den Schafen...«

»Ich habe zwanzig Schafe.«

»Wenn schon. Und wenn du dem Jungen auf diese Weise *hilfst*... Und Riet?« Sie spricht den Namen aus, als würde sie die dazugehörige Frau schon seit Jahren kennen.

»Hm«, sage ich.

»Machst du's?«

»Ich muß noch mal drüber nachdenken.«

»Will sie dann auch hier wohnen?« Sie gibt sich alle Mühe, die Frage gleichgültig klingen zu lassen.

»Nein, meinst du?«

»Das frage ich *dich.*«

»Nein, ich glaube nicht, davon hat sie nichts gesagt.«

Ada dreht sich um und schaut auf die Küchenuhr. Sie steht auf. »Ich muß die Jungs vom Fußball abholen.«

»Ist ihr großes Vorbild schon auf und davon?«

Sie schaut mich verständnislos an.

»Jarno Koper? Ist er schon außer Landes?«

»Ach so, Jarno Koper. Ja, der ist weg.«

Ich begleite sie noch in die Waschküche.

»Sie muß deinen Bruder sehr geliebt haben«, sagt sie, als sie die Tür zur Milchkammer öffnet.

»Weil sie ihren Sohn Henk genannt hat.«

»Ja.«

»Es gibt noch andere Henks.«

»Tschüs, Helmer. Bestellst du deinem Vater Grüße von mir?«

»Mach ich.«

Ich schaue ihr nach, während sie am Kühltank vorbei die Milchkammer verläßt. Ihr Rücken hat etwas Altes an sich, das mir vorher nie aufgefallen war.

Das erste, was ich in Vaters Zimmer mache, ist, daß ich ihm Adas Grüße ausrichte. Dann fangen wir mit der großen Wäsche an. Nachdem ich ihn auf die Toilette gesetzt habe, frage ich ihn, ob er sich vor oder nach dem Duschen rasieren will. Vorher, sagt er, und er will es selbst machen. Ich hole den kleinen Spiegel von der Wand im Flur und stelle ihn so aufs Waschbecken, daß Vater sich darin sehen kann, wenn er auf dem Plastikhocker sitzt. Es dauert lange, seine Hände zittern leicht, und es fällt ihm schwer, gleichzeitig die Falten am Hals glattzuziehen und die Rasierklinge zu führen. Ich wasche ihm nicht nur den Körper, ich schäume ihm auch die Haare gründlich ein. Als er sauber ist, frage ich, ob er noch einen Moment auf dem Hocker sitzen bleiben kann. Ja, das kann er, wenn er die Hände fest auf die Knie drückt und sich an die gekachelte Wand lehnt. Ich gehe die Treppe hinauf, entferne die schmutzige Bettwäsche und beziehe alles neu. Während ich das tue, ertappe ich mich beim Pfeifen. Bevor ich wieder hinuntergehe, stelle ich mich kurz ans Fenster und schaue die Nebelkrähe an. »Ja, behalte alles im Auge«, sage ich, als sie mich bemerkt. Kurz darauf liegt Vater, mit frisch riechenden und gekämmten Haaren, wieder im Bett.

»Ich möchte Arme Ritter essen«, sagt er.

»Du weißt, daß du dich öfter mal umdrehen mußt?«

»Umdrehen? Wieso das?«

»Wenn du immer nur auf dem Rücken liegst, liegst du dich wund, und wenn das passiert, mußt du ins Krankenhaus, und wenn du da einmal bist, kommst du nicht mehr zurück.«

»Na ...«

»Glaub mir.«

»Nach Purmerend?«

»Was ist in Purmerend?«

»Das Krankenhaus.«

»Wie du meinst.«

»Unsinn«, sagt er und schließt die Augen.

Kurz bevor ich die Tür zuziehe, höre ich die frischen Laken knistern.

25

Merkwürdig: auf einmal so ein Aufhebens davon zu machen, daß ich der letzte van Wonderen bin. Ich erwarte bei mir keine Eigen-Fleisch-und-Blut-Gefühle; ohne Frau, ohne Kinder und mit einem verbrauchten Vater, der meines Wissens nie ein Wort über die Familie verloren hat. Ist es der Hof? Unser Hof, mit allem, was dazugehört, Gebäuden, Tieren, Land – etwas, das ich nicht hatte haben wollen, das mir aufgezwungen wurde, mit dem ich dann vielleicht aber im Lauf der Zeit doch verwachsen bin?

Neben der Eselkoppel hat früher ein Häuschen gestanden, das Henks und Riets Zuhause werden sollte, nach ihrer Hochzeit. Zuerst mußte der Knecht das Feld räumen; dann sollten Henk und Riet Kinder bekommen, irgendwann wäre die junge Familie aus dem Häuschen herausgewachsen und schließlich ins große Haus hinübergewechselt. Das stand alles im voraus fest; Mutter hatte sich in Gedanken schon mit der Einrichtung des Häuschens beschäftigt. Nach dem Auszug des Knechts und nach Henks Tod war es dann an Leute aus Amsterdam vermietet worden, die es nur an den Wochenenden und im Urlaub bewohnten. Als ich dreißig war, wollte Vater das Knechtshaus verkaufen. Mutter war nicht einverstanden. »Man kann nie wissen«, sagte sie mit einem Seitenblick auf mich. Im Herbst 1987 ist es abgebrannt, in einer Sonntagnacht, nachdem die Amsterdamer ihr Wochenende darin verbracht hatten, rund acht Monate vor Mutters Tod. Alle Jahre wieder ist es ein seltsames Gefühl, im Frühling die knorrige Magnolie in dem sonst völlig verwilderten Garten blühen zu sehen. Eine halbe Seitenmauer hält noch stand, aber sicher nicht mehr lange.

Die Naturschutzleute von Staatsbosbeheer möchten das Grundstück kaufen.

Jetzt tut es mir leid, daß mein Bett im Neujahrsfeuer verbrannt ist. »Schon wieder ein Bett?« fragte der joviale Verkäufer gestern, als ich meinen Wunsch nach einem preiswerten Fichtenholzbett äußerte. »Ja«, sagte ich, »schon wieder ein Bett.« Ob ich keine Matratze dazu haben wollte? Nein, eine Matratze brauchte ich nicht. In dem anderen Geschäft bediente mich diesmal nicht das junge Ding mit den schwarzen Zöpfen, sondern eine ältere, müde Frau. Ich habe eine schmale Steppdecke, zwei Bezüge und zwei weiße Spannbettücher gekauft, alles Ausverkaufsartikel. Farbe oder Muster waren mir egal. Weil ich mit meinen Einkäufen zufrieden war, habe ich mir anschließend bei der Fischräucherei ein Pfund Aal geholt. Die langen Seitenbretter des Betts habe ich dann so ins Auto geschoben, daß sie ein Stückchen durch die Fenster der Beifahrertür und der linken Hintertür ragten. Auf dem Heimweg habe ich mich bemüht, in gleichmäßigem Tempo zu fahren, ohne starkes Beschleunigen oder Bremsen.

Bevor ich mich an die Arbeit mache, öffne ich das Kippfenster ein Stückchen und lege auf dem blauen Teppichboden Zeitungen aus. Ich habe das Transistorradio aus der Küche mit nach oben genommen. Mit dem Radio macht Anstreichen Spaß. Wenn ich im Sommer draußen streiche, höre ich immer Radio Tour de France. Wer gewinnt oder verliert, interessiert mich nicht, es geht mir um die Berichte als solche. Mit der Decke fange ich an, die ist schon weiß, also reicht eine Schicht. Die Tapete an den Wänden hat ein Muster, ein Sechziger-Jahre-Muster. Bei Reeuwijk ist ein Tankwagen umgekippt, vier Männer in gelben Schutzanzügen sind dabei, das Kalziumhydroxid zu beseitigen. Anwohner in der unmittelbaren Umgebung sollen Türen und Fenster geschlossen halten. Die Latexfarbe trocknet schnell, und von dem Muster ist immer weniger zu sehen. Eigentlich hatte ich nur Wände und Decke streichen wollen, aber jetzt stört mich der klarlackierte Holzrahmen des Kippfensters. Thom de Graaf von D66 erklärt, welche Vorteile eine Direktwahl des Ministerpräsidenten hätte. Ob wir dann einen Premier mit knackigem Hintern bekämen, will der Reporter wissen. Die Frage bringt de Graaf nicht aus dem Konzept. Ich höre immer nur Journalisten von knackigen Hintern reden, sagt er. Ich starre das Radio an, ich kann nicht glauben, daß ich höre, was ich höre. Die Tür ist glänzend weiß. Als ich mit der ersten Schicht Wandfarbe fertig bin, gehe ich in die Scheune und nehme die blaugraue Grundfarbe aus dem Giftschränkchen. Ich wiege die Dose in der Hand und stelle fest, daß noch genug für die Tür und das Fenster übrig ist. Mit der Grundfarbe, einem Blatt Schmirgelpapier und einem Pinsel steige ich die Treppe wieder hinauf. Ich schmirgle das Holz ganz vorsichtig ab, die Wandfarbe ist noch nicht trocken. Im indonesischen Wörterbuch kommt das Wort »Schlittschuhlaufen« nicht vor, aber in einem Einkaufszentrum in Jakarta läuft man jetzt auf einer Kunsteisbahn Schlittschuh. In Indonesien gibt es angeblich keine Wirtschaftskrise, trotzdem ist die Bevölkerung sehr unzufrieden mit Präsidentin Megawati. Als ich das Holz mit der Grundfarbe gestrichen habe, kommen die Wände ein zweites Mal an die Reihe. Die Rolle bringt das Muster wieder zum Vorschein. Heute abend noch mal nachschauen, wie gut die zweite Lage wirklich gedeckt hat. Örtlich fällt schon etwas Regen, später kommt von Westen her überall

Regen auf. Morgen zunächst starke Bewölkung, im Laufe des Tages Aufheiterungen.

Ich schalte das Licht in Henks Zimmer an. Um an den Nachttisch heranzukommen, muß ich erst allerlei Krempel zur Seite schieben. Ich trage den Nachttisch ins neue Zimmerchen und streiche ihn ebenfalls mit der Grundfarbe. Anschließend schaue ich bei Vater vorbei.

Er schnüffelt. »Streichst du?«

»Ja.«

»Was denn jetzt wieder.«

»Das neue Zimmerchen.«

»Warum?«

»Für den Knecht.«

»Den Knecht?«

»Ja. Hatte ich das noch nicht erzählt?«

»Ich liege hier immer nur, ich weiß von nichts.«

»Ich hab es dir erzählt, du hast es vergessen.«

»Ich vergesse nichts.«

»Wie du meinst. Ich hab Aal gekauft, möchtest du nachher was davon haben?«

»Lecker«, sagt er. Er freut sich. Es bleibt unerträglich, aber es ist nicht so schlimm wie sonst.

Am Abend stehe ich lange unter der Dusche. Ich möchte naß sein, warm und naß. Solange ich dusche, ist das Abtrocknen etwas, woran ich nicht einmal denken will. Die Wände des neuen Zimmerchens sind fertig, das Sechziger-Jahre-Muster ist spurlos verschwunden. Morgen früh noch einmal das Kippfenster, die Tür und den Nachttisch. Morgen abend das Bett zusammensetzen, meine alte Matratze drauflegen und den Nachttisch neben das Bett stellen. Als ich sehe, daß meine Fingerspitzen faltig werden, drehe ich die Hähne zu. Ich trockne mich eilig ab und gehe schnell durch die Waschküche. Vor dem großen Spiegel über dem Kaminsims kämme ich mir die Haare. Die Glut des Ofens brennt auf meinen Beinen und meinem Unterleib. Ich drehe den Schalter von Stufe 4 auf Stufe 1 und gehe zur Schlafzimmertür.

»Kgrra«, tönt es von draußen. Und danach noch viermal. Ich lasse die Schlafzimmertür offen; als ich ins Bett steige, spüre ich ein leichtes Zittern in dem Bein, das noch auf dem Boden steht. Ich lege mich hin und horche. Es wird ein gespanntes Horchen auf Stille, die Nebelkrähe läßt es bei fünf Rufen.

26

Halb elf am Vormittag. Es regnet aus niedriger Wolkendecke. Wie üblich haben die Wetterfrösche gestern falsch gelegen. In der Küche brennt Licht. Die krumme Esche glänzt vor Nässe, die Nebelkrähe sitzt zusammengekauert auf ihrem Ast. Hin und wieder schüttelt sie ihr Gefieder ein bißchen auf, ohne die Flügel zu spreizen. Dann ähnelt sie einem Sperling, der ein Bad in einer Pfütze auf dem Hof nimmt. Einem Riesensperling. Ich warte. Die Zeitung liegt vor mir auf dem Tisch, aber ich kann nicht lesen. Ich sitze da und starre aus dem Fenster. Die Uhr summt, oben ist alles still, in meinem Becher sind noch ein paar Schlucke kalter Kaffee. Nicht nur oben ist es still, es ist überall still, der Regen klopft leise aufs Fensterbrett, die Straße ist naß und leer. Ich bin allein, habe niemanden zum Anschmiegen.

Im Februar 1963 fuhr Vater, mit Henk und mir auf dem Rücksitz, mehrere Runden über die Gouwzee. »So was erleben wir kein zweites Mal«, meinte er und schmunzelte in sich hinein. Henk und ich waren weit auseinandergerückt, wir klebten an den Fenstern. Mutter war in Monnickendam geblieben, sie hatte sich nicht getraut. Als wir in den Hafen zurückkehrten, stand sie noch an genau derselben Stelle; an ihren Wimpern hatten sich winzige Eiszapfen gebildet. Bei der dritten oder vierten Runde war Vater an der Spitze des Damms eine Rechts- statt einer Linkskurve gefahren. Nach ungefähr fünfzig Metern hatte er angehalten. Der kilometerlange Damm, der von Marken Richtung Volendam führt, endet ja ein Stück vor Volendam, als wäre er kurz vor der Fertigstellung von den Dammbauern vergessen worden, so daß Dorf und Insel auf ewig getrennt bleiben müssen. Vater beugte sich übers Lenkrad und starrte auf die Spitze des Damms, das Tor zum IJsselmeer. Er seufzte. Die Sonne schien; es kam einem so vor, als hätte schon den ganzen langen Winter über die Sonne geschienen. Schnee schob sich übers Eis wie Sand über einen nassen Strand. Henk und ich wußten, was Vater vorhatte. Wir brauchten uns nicht mit Blicken zu verständigen. Wir lösten uns von unseren Fenstern und rückten zusammen. Wir waren fünfzehn Jahre alt. Im Rückspiegel sahen wir einen anderen Wagen vorbeifahren, zu hören war er nicht. Vater seufzte noch einmal. Der Motor hatte ausgesetzt, es war still. »Das Eis ist bestimmt achtzig Zentimeter dick«, hatte im Hafen jemand zu Vater gesagt. Das war unvorstellbar dick. Vater hatte diese Dicke grob mit den Händen angedeutet, nur für sich selbst, und er hatte es gewagt. Durch achtzig Zentimeter Eis brach nicht mal ein Lastwagen. Es war nicht einfach nur still, es war grauenerregend still. Vater wußte nicht, wie dick das Eis jenseits des Damms war. Während er vor sich hin seufzte, rutschten wir hinten noch näher zusammen, bis wir wie siamesische Zwillinge von den kleinen Zehen und Fersen bis zu den Schultern eins waren. Sollte Vater das große Abenteuer wagen, den Motor anlassen und der weiten, reifenspurenfreien Schneefläche entgegenfahren – wir würden alles wie *ein* Mann über uns ergehen lassen, ohne Angst, schweigend. Vater ließ den Motor an, was erst beim dritten oder vierten Versuch gelang. Ich wußte nichts mehr von eigener Haut, eigenen Muskeln, eigenen Knochen. Er hätte ruhig vorwärtsfahren können. Aber er fuhr rückwärts, sehr langsam, als würde er sich Zeit für eine Entscheidung nehmen. Henk und ich sahen die vier Schneehügelchen, die sich an den Reifen gebildet hatten, allmählich kleiner werden. Dann fuhr Vater in rasendem Tempo noch eine vierte oder fünfte Runde, bei der das Auto ab und zu aus der Kurve flog und wir kurz, ganz kurz nur, aus unserem siamesischen Zustand herausgerissen wurden. Erst als wir sahen, daß Mutter uns sah, kurz bevor Vater den Wagen auf den Holzsteg im Hafen lenkte, lösten wir uns voneinander, wurden wir wieder Henk und Helmer. Mutter brachte kein Wort heraus, ihr Unterkiefer verweigerte jede Bewegung, ihre Lippen waren zwei Streifen erstarrtes Fleisch.

Bevor ich losfahre, erledige ich Dinge, die ich auch später erledigen könnte. Ich lasse die kranke Färse, die jetzt nicht mehr krank ist, wieder zu den anderen. Im Hühnerhaus nehme ich den Deckel vom Futterbehälter und schütte einen Sack Hühnerfutter aus. Die Esel bekommen ein paar Handvoll Heu; heute morgen hatte ich ihnen schon eine zerschnittene Futterrübe gegeben. Es bleibt düster, regnet aber nicht mehr. Als ich an Zunderdorp vorbei bin, liegt die Stadt wie eine Ebene voll grauer Quader vor mir.

27

Vor der Frittenbude. Die Stelle kennen Riet und ich ja nun beide. Aber als ich ankomme, sehe ich, daß die Frittenbude verschwunden ist, und der Platz vor der verschwundenen Frittenbude ist schon besetzt. Ich parke den Opel Kadett hinter dem anderen Wagen, einem teuren, glänzenden, in dem zwei Männer sitzen.

Bei unserem Telefongespräch hatte Riet sehr nüchtern geklungen, mein Ja schien sie gar nicht zu überraschen. Henk wußte inzwischen Bescheid und hatte auch ja gesagt. Nein, sie komme nicht mit, »darauf würde er sicher keinen Wert legen, eine Mutter, die ihn an seinem Reiseziel abliefert«. Auf meine Frage, woran ich ihn erkennen könnte, hatte sie geantwortet, ich solle auf seine Ohren achten, und sie werde ihm *mich* beschreiben. Kurz bevor wir auflegten, hatte sie noch erwähnt, wie Henk sein Einverständnis ausgedrückt hatte: Der genaue Wortlaut war »was spielt das alles schon für 'ne Rolle«.

Ich steige aus. Weiter vorne kommt jetzt die Fußgängerfähre an, und das Boot bringt die Erinnerung an den Namen wieder, den diese Fähren Ende der Sechziger hatten, die Adler, wegen des Adelaarsweg, bei dem die Anlegestelle früher lag. Die beiden Männer in dem teuren Wagen rauchen. Sie tragen Anzüge. Ein Wagen und Männer, wie man sie nur in der Stadt sieht. Es fängt wieder an zu regnen, und ich frage mich, welches Benehmen wohl zu »was spielt das alles schon für 'ne Rolle« gehört.

»Meine Mutter hatte mir gesagt, daß Sie diesen Pullover anhaben würden.«

Der Junge mit den kurzen Haaren und den großen

Ohren hat mir die Hand gegeben. Er hat *mich* gefunden, ich hatte mich auf einen anderen Jungen konzentriert, der schräg hinter ihm von der Fähre kam. Ich habe meinen guten Pullover an. Den blauen mit schwarzen Streifen, den ich auch bei Riets Besuch, zu Silvester und bei der Beerdigung des alten Milchfahrers anhatte. Der andere Junge, der schräg hinter ihm ging, ähnelte Riet. Er hatte die gleiche Haarfarbe und blickte sich scheu um. Ich war mir ganz sicher, daß dieser Junge Henk sein müßte; so sicher, daß ich einen Schritt zur Seite machte, um an jemand anderem vorbeisehen zu können, der nah vor mir stehenblieb und deshalb im Weg war.

»Herr van Wonderen?« fragte dieser andere.

»Ja?« sagte ich, ohne ihn anzusehen.

»Hier bin ich.« Er streckte mir die Hand entgegen, und ich ergriff diese Hand. »Meine Mutter hatte mir gesagt, daß Sie diesen Pullover anhaben würden.«

»Steig ein«, sage ich.

»Wo soll ich ...«

»Leg ihn einfach auf den Rücksitz.«

Während er seinen Rucksack abnimmt, sehe ich dem Jungen nach, der so große Ähnlichkeit mit Riet hat. Er hat sich auf den Gepäckträger eines Fahrrads geschwungen und klammert sich an der Taille eines Mädchens fest. Jetzt schmiegt er sogar seinen Kopf an ihren Rücken.

»Steig ein«, sage ich noch einmal.

Wir öffnen gleichzeitig die Türen, aber noch bevor er richtig sitzt, habe ich den Motor angelassen. Kurz darauf überhole ich die Radfahrerin. Der Junge spricht mit ihrem Rücken und schaut mich einen winzigen Moment an. So, wie man sich im Vorbeigehen anschaut, kurz, gleichgültig, während man mit den Gedanken woanders ist. Und immer noch denke ich: Henk, warum bist du nicht zu mir in den Wagen gestiegen?

Bei Zunderdorp biege ich nicht nach rechts ab, sondern fahre geradeaus weiter. Auf dem Volgermeerpolder reißen schwere Maschinen kleine verkümmerte Bäume aus der Erde. Man hat endlich angefangen, den Chemiedreck zu beseitigen. Auf der schnurgeraden Straße über den Belmermeerpolder sagt der Junge neben mir etwas.

»Was für ein Sauwetter.«

Ich blicke kurz zur Seite, die Straße ist schmal, und ein Wagen kommt uns entgegen. Er muß diesem Wien nachschlagen, denke ich, während ich den Wagen an den Rand lenke. Seine träge Sprechweise paßt nicht so ganz zu dem kurzen fuchsroten Haar. Vielleicht hat Riet ihn gestern zum Friseur geschickt, und als er den Friseur nach Kamm und Schere greifen sah, hat er dann »nein, bitte mit der Haarschneidemaschine« gesagt, in der Hoffnung, daß Riet bei seiner Heimkehr einen ordentlichen Schreck bekommen würde. Ich habe immer noch das seltsame Gefühl, daß irgendwem ein Irrtum unterlaufen ist.

Nach Hause zu kommen hilft nicht wirklich dagegen; nach Hause zu kommen, wenn man an einem ganz anderen Ort gewesen ist, hat immer etwas Seltsames. Liegt das daran, daß zu Hause alles noch genauso ist, wie man es zurückgelassen hat? Während man selbst ja etwas erlebt hat, so unbedeutend es auch gewesen sein mag, und älter geworden ist, wenn auch vielleicht nur um ein paar Stunden? Ich sehe den Hof mit seinen Augen: nasse Gebäude in einer nassen Umgebung, triefende, kahle Bäume, vom Frost arg mitgenommenes Gras, mickrige Grünkohlköpfe, leeres Land, und in einem Zimmer oben eine brennende Lampe. Habe ich das Licht angemacht, oder hat Vater das selbst fertiggebracht?

»Wir sind da«, sage ich.

»Ja«, sagt Henk.

Weil es regnet, stelle ich den Wagen in die Scheune. Ohne sich umzusehen, nimmt er seinen Rucksack aus dem Auto.

»Kleider?« frage ich.

»Ja«, sagt Henk.

»Ich habe Stiefel und Overalls für dich.«

Er bleibt neben dem Wagen stehen, den Rucksack auf einer Schulter.

Außer mir selbst habe ich nie jemandem Arbeit zugeteilt. Vater teilte *mir* Arbeit zu. Wie macht man das? Erst mal ins Haus. Wenn ich losgehe, kommt er mir bestimmt nach. Hier in der Scheune sehe ich auch wieder alles mit seinen Augen. Säcke mit Kraft- und Beifutter, das Heu und Stroh in der dämmrigen Höhe des Heubodens, die Weideegge, die aufgehängten Arbeitsgeräte – Schaufeln und Spaten, eine Mistgabel, Heugabeln, Stoßhacken –, der Dieseltank auf seinen kurzen Beinen, die Werkbank mit ihrem Durcheinander (Schraubenzieher, Meißel und Hämmer liegen auf der Arbeitsplatte, während die Holzplatte mit den Nägeln zum Aufhängen und den Bleistiftumrissen leer ist), das silbergraue Giftschränkchen. Neben der Werkbank hängt Vaters Fahrrad an der Wand. Die Reifen sind leer, das hintere Schutzblech ist lose, die Kette rostig. Die Spinnweben sind alt und grau. Durch die Führungsnut des kleinen Schiebefensters über dem Rad sickert Regenwasser herein.

»Hast du einen Führerschein?« frage ich.

»Nein«, antwortet Henk.

Das Fahrrad. Das wird seine erste Arbeit.

Die Birne in der Deckenlampe muß mindestens fünfundsiebzig Watt haben. Henks Rucksack liegt unter dem Kippfenster auf dem dunkelblauen Teppichboden. Der Regen prasselt auf die Scheibe. Henk selbst sitzt auf dem Bett. Wenn es hier etwas zu sehen gäbe, hätte er sich wohl kurz umgeschaut, vermute ich. Erst jetzt fällt mir auf, daß der Bettbezug ziemlich kindlich wirkt, er ist mit Tieren bedruckt. Mit afrikanischen Tieren: Ich sehe Löwen, Nashörner, Giraffen und ein Tier, das ich nicht erkenne. Die Wände um uns herum sind blendend weiß, die Marmorplatte auf dem petroleumblauen Nachttisch ist leer. Ich möchte etwas sagen, weiß aber nicht, was. Vielleicht möchte Henk auch etwas sagen. Es ist kalt im neuen Zimmerchen. Warum muß ausgerechnet heute so ein Sauwetter sein? Über dem linken Ohr hat er eine Narbe, einen schmalen daumenlangen Streifen haarlose Haut.

»Liest du?« frage ich. »Möchtest du eine Leselampe auf dem Nachttisch haben?«

»Ich hab ein Buch dabei«, sagt er.

»Dann suche ich gleich mal nach einer Leselampe.«

»Gut«, sagt Henk.

»Aber erst essen wir was.«

Ich gehe auf den Flur. Er kommt mir nach und zieht die Tür seines Zimmers fest zu. Aus Vaters Zimmer dringt das träge Ticken der Standuhr.

28

Mit einem Meßbecher schöpfe ich Milch aus dem Kühltank. Henk möchte Milch zum Brot. Ich trinke kaum Milch; wenn ich meine Existenzgrundlage selbst für irgend etwas verwende, dann meistens für Brei. Die Hoftür der Milchkammer steht offen, draußen riecht es nach Frühling. Die Vorstellung, daß die Bäume wieder ausschlagen werden und daß dann um die Stämme herum die Narzissen blühen, rumort in meinem Bauch. Beim Gedanken an Lämmer unter bleicher Frühlingssonne werden mir fast die Arme schlapp, einen Augenblick kann ich kaum den aufgeklappten Deckel des Kühltanks festhalten. Wieder ein Frühling, der allen vergangenen Frühlingen gleichen wird. Ich *denke* das nicht, ich empfinde es so. Bevor ich in die Küche zurückgehe, muß ich durch die geöffnete Tür einen kurzen Blick auf die Bäume am Rand des Hofs werfen. Sie sind kahl und naß. Es regnet und regnet, wir haben Ende Januar, und im Februar kann es noch tüchtig frieren.

Als ich in die Küche zurückkomme, sitzt Henk noch genauso da wie vorhin; auf meinem alten Platz, mit dem Rücken zur Tür. Auf seinem Teller liegt eine Scheibe Brot, ohne Butter, ohne Belag oder Aufstrich. Ich nehme einen Becher aus einem Hängeschrank, fülle ihn mit Milch und stelle ihn neben seinen Teller.

»Danke schön«, sagt Henk.

»Bitte«, sage ich.

Ich setze mich hin. Er hat keinen Schrank in seinem Zimmer, fällt mir ein. Wenn er seine Sachen aus dem Rucksack nimmt, wo soll er sie dann hinlegen? »Hast du keinen Hunger?« frage ich.

»Geht so.« Er sticht mit seinem Messer in die Butter und streicht eine dünne Schicht auf sein Brot. Dann legt er das Messer hin und mustert Belag und Aufstrich: Käse, Erdnußmus, Marmelade, Wurst und Schinken. Er entscheidet sich für die Marmelade.

»Die hat meine Nachbarin gemacht«, sage ich.

»Ah.«

»Brombeermarmelade.«

Bevor er anfängt zu essen, nimmt er einen Schluck Milch.

»Und?«

»Hm?«

»Wie schmeckt die? Frische Kuhmilch?«

Er nimmt noch einen Schluck. »Nach Metall«, sagt er.

Seine Ohren sind gar nicht so riesig, bei genauerem Hinsehen. Sie stehen ein bißchen ab, und deshalb wirken sie groß. Wenn er kaut, bewegen sie sich auf und ab.

»Ich habe zwanzig Milchkühe. Das ist sehr wenig.«

»Riecht gut hier«, meint Henk.

»Findest du?«

»Ja.«

»Ganz anders als Schweine?«

Darauf gibt er keine Antwort. Er wirft mir einen Blick zu, der alles sagt. Die Stalltür steht offen. Ich lasse ihn vor. Er ist nicht viel länger als ich, trotzdem wirkt er ein Stück größer. Er ist kräftiger gebaut. Ich werde auf dem Wagen stehen und die Heuballen stapeln, er wird sie hochwuchten, Teun und Ronald werden sie zum Wagen wälzen. Der Gedanke an den Frühsommer macht mir nichts aus; kein Rumoren im Bauch, keine schlappen Knie.

»Da steht das Jungvieh.«

Die Jungrinder schnauben und schauen sich um, als wir hereinkommen.

»Das einzige, was sie tun, ist Fressen, Schlafen und Scheißen«, sage ich.

»Gibt's hier keinen Entmister?« fragt er.

Er stellt eine Frage, das ist etwas Neues. »Nein«, sage ich.

»Und was macht man da?«

»Ganz einfach: schaufeln und wegkarren.«

»Ah.«

Ich gehe nach draußen und um die Ecke. Bevor ich die Seitentür öffne, zeige ich auf den Misthaufen. »Siehst du das Brett? Da muß man mit der Schubkarre rauf.«

»Bißchen schmal«, meint Henk.

Wir gehen in den Schafstall. Das Holz und die Backsteine sind durchtränkt von dem trockenen Geruch nach Schafen und Mist. Auch wenn ich die Tür und alle Fenster monatelang offenlasse, niemals wird dieser Geruch aus dem Stall verschwinden. Die längste Zeit des Jahres steht er leer. Schafe vertragen alles: Trockenheit, Regen, Schnee; nur daß sie in einem sehr nassen Herbst und Winter leicht die Hinke bekommen.

»In zwei Monaten ungefähr holen wir die Schafe rein.« Wir, sage ich. Unser Rundgang, bei dem ich Henk in den Kuhstall, den Jungviehstall und den Schafstall führe, macht uns anscheinend schon zu Bauer und Knecht.

»Warum?« fragt er.

»Weil sie dann bald ablammen.«

»Was?«

»Ablammen. Lammen.«

»Ach so, ja, lammen.«

»Wie sagt man, wenn Schweine Ferkel bekommen?«

»Ferkeln.«

Er schaut mich an, als ob ich nicht ganz bei Trost wäre.

Die Esel lassen ihn kalt. Der Form halber fragt er, wie sie heißen. Ich antworte, daß sie keine Namen haben. Sie haben die Köpfe begeistert über das Gatter gestreckt, aber Henk ignoriert sie, er schaut starr auf das Wandbrett mit dem Hufwerkzeug. Als ich sage, daß es hoffentlich bald trocken wird, damit sie wieder nach draußen können, verläßt er den Eselstall. Von allen Menschen, die jemals auf dem Hof gewesen sind, ist er der erste, der die Esel nicht angefaßt hat. Sogar der schweigsame Viehhändler geht manchmal zur Eselkoppel, um sie am Kopf zu kraulen, auch wenn ich nichts für ihn habe.

Mitten auf dem nassen Hof hole ich ihn ein.

»Und?« frage ich.

»Was meinen Sie?«

»Wie findest du's?«

Er schaut sich bedrückt um. »Ich find's schon etwas kahl hier.«

»Willst du schon was tun?« frage ich in der Scheune.

»Ja, klar.«

Ich zeige auf das Fahrrad. »Das ist das Rad von meinem Vater, aber der kann schon lange nicht mehr radfahren. Wenn du es in Ordnung bringst, ist es dein Rad.«

Henk geht zu dem Rad und wischt die Spinnweben vom Rahmen. »Wie alt *ist* denn das Ding?«

»Och, so etwa zwanzig Jahre.«

»Mein Gott«, sagt er.

»Auf der Werkbank findest du Werkzeug und Flickzeug.«

Er sieht sich um. »Luftpumpe?«

Ich hole die Luftpumpe, die auch schon zwanzig Jahre alt sein könnte, unter der Werkbank hervor und stöpsele das Kabel der Neonröhre ein. »Komm«, sage ich. »Ich geb dir einen Overall.«

»Was soll ich tun?« flüstert Vater.

»Nichts Besonderes«, antworte ich.

»Ja, aber...«

»Was?«

»Ich bin doch tot?«

»Nein, jetzt nicht mehr.«

»Die Mutter von dem Jungen ...« Er bringt ihren Namen nicht über die Lippen.

»Ja?«

»Die denkt, daß ich tot bin.«

»Das hatte seine Gründe.« Er tut mir leid. Ich will es nicht – ich will nichts, wenn ich bei ihm im Zimmer bin –, aber ich kann nichts dagegen machen.

»Wo ist er?«

»Er ist in der Scheune und überholt dein Rad.«

Vater ißt eine Scheibe Brot mit Käse, von einem Teller, den er sich mit zitternder Hand unters Kinn zu halten versucht. Ich habe das Licht angemacht. Es ist kurz nach drei, aber die Wolken wollen sich immer noch nicht verziehen. Was hatte ich denn gedacht, als ich ihn nach oben brachte? Daß es der erste Schritt auf dem Weg nach »oben« sein würde, wie Riet es aufgefaßt hat, als ich Ronald auf seine Frage geantwortet habe? Daß er hier, umgeben von den Fotos, Sticklappen und Pilzen, beim Ticken der Uhr, ruhig auf dem Rücken liegen und warten würde? Ich gehe zur Standuhr, öffne die Tür und ziehe die Gewichte hoch.

Ich stelle mir vor, daß Riet in der Küche hantiert und kocht, das Licht brennt schon. Überall tut sich irgend etwas. Vater liegt hier; wo ich bin, weiß ich noch nicht; Henk arbeitet in der Scheune, auch bei Licht; im Stall stehen friedlich und ruhig die Kühe; im Eselstall lassen sich Teun und Ronald Wintermöhren aus den Händen fressen; bei der Bosman-Mühle liegen die zwanzig Schafe. Ada kommt vorbei, trinkt Kaffee mit Riet, fragt sie, ob sie sich morgen ihre gerade vollendete Wallhecke aus Weidenruten ansieht; das Summen der elektrischen Küchenuhr ist schon viel weniger penetrant; der Winter ist noch längst nicht vorbei. Und natürlich weiß ich, wo ich bin: Ich bringe mit Henk zusammen das Fahrrad in Ordnung, und Riet ist eher eine Mutter als eine Frau.

»Die alte Möhre«, sagt Vater.

»Ja, aber noch zu gebrauchen.«

»Wie ist er?«

»Das weiß ich noch nicht.«

»Neulich hast du das auch gesagt.«

»Wie du meinst«, sage ich. Ich nehme ihm den Teller ab und gehe zur Tür. »Licht an?«

»Licht an«, sagt Vater.

»Ich schicke ihn dann heut abend mal zu dir.«

»Na ...«

»Wir können doch nicht so tun, als ob es dich nicht gibt?«

»Nö.«

Das Fahrrad steht umgedreht vor der Werkbank. Henk hockt davor. Er hat einen alten, verschossenen grünen Overall von Vater an, mit großen Flicken auf den Knien, den Kragen hat er hochgeschlagen. Neben dem Rad badet in einem Blechdeckel die Kette, anscheinend in etwas Dieselöl. Die Reifen sind aufgepumpt. Er blickt auf, als ich in die Scheune komme. Auf einer Bakke hat er einen schwarzen Streifen. Jetzt, wo er auf dem Boden hockt, sehe ich, daß er den Mund seiner Mutter hat.

»Hinten muß ein neues Schutzblech dran«, sagt er.

»Ich kann eins kaufen«, antworte ich.

»Und es dauert nicht mehr lange, bis die Reifen zerbröseln.«

»Wenn sie ganz am Ende sind, kann ich die auch neu kaufen.«

»Die Kette hab ich in Dieselöl gelegt.«

»Hast du das aus dem Tank gezapft?«

»Ja.«

Alles, ohne mich zu fragen. Was sagt das? Ich weiß es nicht.

29

Wir essen Grünkohl. Wenn ich einmal mit Grünkohl angefangen habe, esse ich ihn mindestens an zwei Tagen pro Woche. Der Vorrat im Gemüsegarten reicht bis weit in den Winter hinein. Mutter hat die Kartoffeln immer mit einem Würfel Fleischbrühe gekocht, ich koche sie mit Gewürzbrühe. Würste kaufe ich beim Metzger. In der Gefriertruhe ist viel, aber kein Schweinefleisch.

»Haben Sie keinen Wein?« fragt Henk.

»Wein?«

»Rotwein. Schmeckt gut zu Grünkohl.«

»Nein, Wein hab ich nicht. Nur Hochprozentiges.«

Er schaufelt sich eine große Menge Senf auf den Teller. Wenn er eine Ladung Grünkohl auf die Gabel genommen hat, verteilt er mit dem Messer einen Klacks Senf darauf. Die Wurst schiebt er sich ohne Senf in den Mund.

»Hör mal, Henk ...« Bevor ich weiterrede, esse ich schnell noch einen Bissen. Das Aussprechen seines Namens war ein Hindernis.

»Ja?«

»Könntest du nicht *du* zu mir sagen?«

»Doch, natürlich.«

»*Du* und Helmer?«

»Helmer«, sagt er. Er nimmt einen Schluck Wasser. »Schwierig«, sagt er dann.

»Was ist daran schwierig?«

»Das ist ein seltsamer Name. Klingt sehr jung.«

»Für mich ist Henk ein schwieriger Name.«

»Warum?«

»Mein Bruder hieß Henk.«

»Ach so.«

»Du bist nach ihm benannt.«

»Nein.«

»Nein?«

»Ich bin nach einem Onkel von meinem Vater benannt, aber das war ein Onkel noch eine Generation davor.«

»Ein Großonkel.«

»Nennt man so jemand Großonkel?«

»Ja. Wer hat dir das gesagt?«

»Mein Vater.«

»Wußtest du, daß mein Bruder Henk hieß?«

»Ja, meine Mutter hat manchmal von ihm erzählt. Aber nie, als ich noch klein war, erst viel später.« Er denkt kurz nach. »Ich glaube, erst im letzten Jahr.«

»Noch etwas Wurst?«

»Ja.«

Ich schneide ein Stück Wurst ab und lege es ihm auf den Teller. Ein Auto fährt vorbei.

»Warum sind die Vorhänge nicht zu?«

»Wer sollte denn hier reinsehen?«

Henk schaut geradeaus zum Seitenfenster. Ich sehe, daß er sein Spiegelbild anstarrt.

»Mit Fernglas könnte ich den Leuten da drüben problemlos ins Haus sehen.«

»Da wohnt die Nachbarin, von der die Marmelade ist.«

»Hat sie ein Fernglas?«

»Bestimmt.«

Wir essen eine Zeitlang schweigend.

»In Rußland ißt man Esel«, sagt er.

»Was?«

»Esel. Die ißt man in Rußland.«

»Woher weißt du das?«

»Och, das hab ich mal irgendwo gelesen.«

»Russen sind eben Barbaren.«

»Ach.« Er legt sein Besteck auf den Teller und schiebt ihn von sich weg. Dann verschränkt er die Arme und betrachtet sich selbst im Fenster. Ich räume die Teller ab und stelle sie auf die Anrichte. Aus dem Schränkchen unter der Spüle nehme ich die Spülschüssel und lasse sie mit heißem Wasser vollaufen.

»Es ist noch was übrig«, sagt Henk.

»Das ist für meinen Vater.« Weil ich an der Spüle stehe, wende ich ihm den Rücken zu. Er sagt nichts. Ich lasse die Teller und das Besteck in die Spülschüssel gleiten. Hinter mir ist es immer noch still. Ich drehe mich um. Seine Arme sind nicht mehr verschränkt, und er sitzt etwas aufrechter auf seinem Stuhl. Er starrt mich an. Wenn er nicht hier wäre, hätte ich nicht jetzt schon heißes Wasser in die Schüssel laufen lassen.

»Für meinen Vater«, sage ich noch einmal.

»Ist *noch* jemand hier im Haus?«

»Ja.«

»Ihr Vater. Ich dachte ...«

»Was?«

»Als Sie sagten ›der kann nicht mehr radfahren ...‹«

»Ja?«

»Und das Rad ist so alt, ich dachte ...«

»Was dachtest du?«

»Daß er schon lange tot wäre.«

»Nein, ist er nicht.«

»Mein Gott. Wo ist er denn?«

»Oben.«

»Wo das Licht gebrannt hat, als wir hier angekommen sind?«

»Ja.«

»Ist was nicht in Ordnung mit ihm?«

»Er ist alt. Seine Beine wollen nicht mehr.«

»Wie alt?«

»In den Achtzigern. Geistig geht es allmählich auch bergab mit ihm.«

»Mein Gott.«

Ich sehe Riet und Henk in ihrem Dorf in Brabant vor mir. Sie wohnen zusammen, aber ich kann sie in Gedanken nicht in einem Raum zusammenbringen. Wo der eine hereinkommt, ist der andere im Weggehen; wenn sich eine Tür öffnet, schlägt gleichzeitig eine andere zu. Es wird kaum ein Wort gesprochen. Das kommt mir nun sehr gelegen, ich brauche weniger zu erklären als erwartet.

»Bringen wir ihm jetzt erst mal sein Essen«, sage ich, »bevor es kalt wird.«

»Wir?«

»Ja, wir.«

Er sieht mich an, als hätte ich von ihm verlangt, einen Toten zu waschen.

»Zeig mal deine Hände.«

Jetzt muß Henk näher an das Bett heran. Seit er im Zimmer ist, hat er seinen Blick in alle Winkel und über alle Gegenstände an den Wänden wandern lassen, bis er schließlich an dem Gewehr hängenblieb, das seitlich an der Standuhr lehnt. Das starrt er nun schon eine Zeitlang an. Er streckt die Arme aus, mit den Handrücken nach oben, als wollte er einen Kopfsprung ins Wasser machen.

»Nein, innen.«

Henk dreht seine Hände um.

»Hm«, macht Vater.

»Dein Rad fährt wieder«, sage ich.

»Mein Rad, ja. Sei vorsichtig damit«, sagt er zu Henk.

»Ja, das werde ich«, antwortet Henk höflich.

Vater hat den Teller mit Grünkohl auf dem Nachttisch abgestellt. »Hast du Erfahrung mit Kühen?«

»Nein«, sagt Henk.

»Sein Vater hatte Schweine«, erkläre ich.

»Schweine!«

»Ja«, sagt Henk. Fast unmerklich rückt er wieder vom Bett weg.

»Das ist ganz was anderes!« stellt Vater fest. Er schüttelt den Kopf. »Schweine«, wiederholt er leise.

»Henk kommt aus Brabant«, sage ich.

»Ja, das hatte ich schon gehört.«

Ich muß zugeben, daß mir seine Haltung imponiert. Vater liegt nicht wie ein alter, verbrauchter Mann im Bett, sondern wie ein Großgrundbesitzer mit Grippe. Im Frühjahr 1966 hat er den Knecht entlassen. Henk und ich waren achtzehn, die Sache mit Riet sah nach etwas Dauerhaftem aus. Der Knecht bekam ein halbes Jahr Zeit, sich eine neue Anstellung zu suchen. Gemessen daran, wie Vater mit dem Knecht umzugehen pflegte, war das sehr großzügig von ihm.

»Hier hab ich das Sagen, verdammt noch mal! Du tust, was ich dir auftrage!«

Vater und der Knecht standen sich im Stall gegenüber. Ich stand schräg hinter Vater, voll unterdrückter Wut, und als ich einmal kurz aufzublicken wagte, sah ich, daß der

Knecht den Kopf gesenkt hatte, genau wie ich. Ich weiß noch, daß ich mich über das Wort »auftrage« wunderte. So etwas hatte ich aus Vaters Mund noch nie gehört. Was der Knecht falsch gemacht hatte, wußte ich nicht.

»Wer hat hier das Sagen?«

»Sie«, sagte der Knecht, ohne den Blick zu heben, aber ich konnte spüren, wie es in ihm gärte. »Sie haben das Sagen.«

Ich war jung, so jung, daß mir nun die Tränen in die Augen stiegen. Mein Vater war mir zuwider; wie gern hätte ich den Mann, der mir mit seinen eigenen Händen das Schlittschuhlaufen beigebracht hatte, gegen ihn in Schutz genommen. Aber ich war jung und wußte ja nicht einmal, was der Grund für diese Auseinandersetzung war. Allerdings war ich nicht zu jung, um das Zucken der Muskeln am Hals des Knechts zu bemerken. Ein widerspenstiges Zucken, es hatte etwas Herausforderndes an sich. Nach seiner Unterwerfung richtete er sich gerade auf, schaute aber nicht Vater an. Er schaute mich an. In seinen Augen schwelte es noch.

Jetzt versucht Vater wieder in seine alte Rolle zu schlüpfen, die Rolle des Bauern gegenüber dem Knecht. Vielleicht geht das ganz von selbst, vielleicht liegt einem das im Blut. Liegt *ihm* das im Blut.

»Weg«, sagt er. »Dann kann ich in Ruhe essen.«

Henk ist schneller an der Tür als ich. Er ist auch vor mir auf der Treppe.

»Mein Gott«, sagt er, als er durch die Tür zur Waschküche geht.

Henk möchte fernsehen.

»Ich habe keinen Fernseher«, sage ich.

»Was? Ja, was machst du denn abends?«

»Zeitung lesen, Papierkram, nach den Tieren sehen.«

»Papierkram?«

»Ja. Buchführung über Mineraldünger, Gesundheitsbuchführung für den Tierarzt, Hygienebuchführung für die Molkerei ...«

»Verstehe. Und was soll ich machen?«

Darauf weiß ich keine Antwort.

»Man verpaßt doch jede Menge, wenn man keinen Fernseher hat.«

»Ach.« Wir sitzen in der Küche. Henk hat nichts mehr zu sagen. Ich stehe auf und öffne die Tür des Wäscheschranks. »Hier liegen Handtücher. Komm mal mit.« Ich gehe voraus in die Waschküche. »Da steht die Waschmaschine, wenn du schmutzige Wäsche hast, wirf sie einfach in den Korb.« Dann mache ich die Badezimmertür auf. »Das Badezimmer«, erkläre ich. »Warmes Wasser kommt aus einem Boiler. Es ist ein großer Boiler, aber irgendwann ist doch Schluß.« Wir gehen in die Küche zurück. »Kannst du kochen?« frage ich.

»Ich kann Nudelsoßen machen.«

»Gut.«

Er geht gleich weiter zum Wäscheschrank, zieht ein Handtuch vom Stapel und verschwindet im Flur. Man könnte meinen, ich hätte ihm einen Auftrag gegeben. Ich höre ihn auf der Treppe; anschließend ist es einen Augenblick still. Dann kommt er wieder herunter. Kurz darauf läuft im Badezimmer Wasser. Nach zehn Minuten dreht er die Hähne wieder zu. Seit er die Küche verlassen hat, habe ich nichts mehr getan. Ich habe am Tisch gesessen und mich mit gekreuzten Unterarmen auf die Platte gestützt. Die Tür zur Waschküche öffnet sich. »Ich geh ins Bett«, ruft er.

»Gute Nacht«, rufe ich.

»Ja.« Er geht die Treppe hinauf. Oben wird es still.

Er hat die Hälfte der Ablage unter dem Spiegel in Beschlag genommen. Rasierzeug, Zahnbürste, Zahnpasta und Zahnstocher, Duschgel, Shampoo; Deodorant, das teuer aussieht. Sein feuchtes Handtuch hängt über der Stange des Duschvorhangs. Ich wische den beschlagenen Spiegel ab und betrachte mein Spiegelbild. »Wunderbar dichtes Haar«, murmele ich. Schwarzes Haar, immer noch.

Ich bin todmüde, kann aber trotzdem nicht einschlafen. Nicht weit vom Hof schwimmt eine Schar Bläßhühner auf dem Kanal. Die Nebelkrähe ist still, und es trommelt kein Regen mehr auf die Fensterbretter. Bin ich jetzt eine Art Vater? Was bin ich? Kann er in dem Zimmer schlafen? Er hat nicht nur keinen Schrank, er hat nicht einmal einen Stuhl. Nudelsoßen. Ich glaube nicht, daß Vater davon begeistert sein wird. Woran mag Vater denken? Wie es auf einmal lebt und atmet da oben. Zum ersten Mal, seit ich Vaters Schlafzimmer übernommen habe, spüre ich so etwas wie Bedauern über den Wechsel. Kurz bevor ich einschlafe, als ich keinen Gedanken mehr festhalten kann, sehe ich wieder den Jungen, der Riet so ähnlich war, hinten auf dem Rad sitzen. Er hat die Arme fest um das Mädchen geschlungen.

30

Ich gehe durch die Stalltür auf den Hof, und ein kalter Nordwind schlägt mir ins Gesicht. Es wird doch nicht schneien? Hinter dem Hof färbt sich der Himmel allmählich grau. Das Jungvieh versorge ich immer nach dem Melken. Wenn Henk aufgestanden wäre, hätte *er* das Jungvieh versorgen können. Das Licht im Eselstall brennt, die Esel wenden ihre Hinterteile dem Eingang zu. Sie wissen, daß ich später komme. Esel sind nicht dumm. Zuerst bekommen die Jungrinder ihr Kraftfutter. Wenn sie damit beschäftigt sind, ziehe ich den Mist unter ihnen weg und schütte ihnen frisches Stroh auf. Dann bekommen sie Heu. Jungrinder sind viel ungeduldiger als Kühe, sie schnauben und zerren an den Ketten, bis sie zu fressen haben. Es kommt vor, daß morgens drei oder vier gleichzeitig zu brüllen anfangen, und dann ist die Hölle los, bis alle ihr Heu haben. Ich karre den Mist aus der Grüppe weg und kehre zum Schluß den Stallboden. Henk ist nicht aufgestanden, weil ich ihn nicht aus dem Bett geholt habe. Vor zwei Stunden war ich auf dem Weg nach oben, aber auf der viertletzten Stufe habe ich es mir anders überlegt. Vater muß mich gehört haben, er rief nach mir. Ich bin schnell wieder nach unten gegangen.

Der Besen ist ziemlich neu, die roten Nylonborsten sind noch steif, es gibt einen hellen Ton, wenn sie auf den Betonboden treffen. Obwohl ich mir Zeit lasse, geht mir das Kehren zu schnell.

Als ich ins Haus komme, ist alles still. Halb neun. Bevor ich das Radio einschalte, drehe ich die Lautstärke etwas herunter. Ich koche eine Kanne Tee und decke den Tisch. Fahlgelbes Licht über dem Land. Schneelicht. Ich trommle mit den Fingern auf die Tischplatte. Jetzt wird es mir allmählich doch zu dumm. Ich gehe die Treppe hinauf und dann auf Zehenspitzen zur Tür des neuen Zimmerchens. Als ich dort angekommen bin, weiß ich nicht mehr, was ich machen soll. Noch nie im Leben habe ich jemanden aus dem Bett geholt. Ich klopfe mit den Fingerspitzen leicht auf die Tür und warte einen Moment ab. »Henk«, sage ich. Ich klopfe mit den Knöcheln auf die Tür. »Henk!« Nichts tut sich. Zu lange bleibe ich da stehen, ohne etwas zu tun, ohne mich zu bewegen. Ich wage nicht, ins Zimmer zu gehen, und das in meinem eigenen Haus! Mit Ärger im Bauch gehe ich zur Treppe zurück.

»Helmer!« tönt es aus Vaters Zimmer.

»Ja, ja, ja«, murmele ich. »Dich rufe ich doch nicht.«

In der Küche setze ich mich an den Tisch und fange an zu essen. Erst nach einer Weile wird mir bewußt, daß das Radio läuft.

Ich fahre nach Monnickendam. Dort gehe ich nacheinander in den Fahrradladen, in ein Lampen- und ein Elektronikfachgeschäft. Ich bezahle das Schutzblech, die Leselampe und den Fernseher bar. Ob ich eine Parabolantenne mit Decoder bräuchte, möchte der Elektronikverkäufer wissen. »Eine was?« frage ich. Oder ob ich einen Kabelanschluß hätte? Ich denke nach und sehe Arbeiter von der Gemeinde Gräben ausheben, vor den Straßenlampen; ich sehe bunte Kabel; dann sehe ich auch jemanden in einer Ecke des Wohnzimmers knien, einen dicken jungen Mann, dessen Gesäßspalte ein Stück aus dem Hosenbund herausschaut und der ein kleines Kästchen, eigentlich eher eine Art Doppelsteckdose, an der Wand befestigt, nachdem er ein Loch in die Außenwand gebohrt hat. Ich sehe einen schmalen Streifen vergilbten Rasen im Vorgarten. An welcher Straße ich wohne, möchte der Verkäufer wissen. Ich sage es ihm, und er ist sich ganz sicher, daß dort vor ein paar Jahren versuchsweise Kabelanschlüsse gelegt worden sind. Vater sehe ich nicht, er wird an dem fraglichen Tag die vorderen Räume demonstrativ gemieden haben. Da hätte ich ja Glück, fügt der Verkäufer noch hinzu. Ich frage ihn, ob ich den gerade erworbenen Fernseher also einfach ans Kabel anschließen könne. Ja, das sei kein Problem, er werde mir gerade noch ein Anschlußkabel aus dem Lager holen. Später, meint er, würde ich wohl vom Netzbetreiber automatisch eine Rechnung bekommen.

Als ich zum Wagen gehe, fängt es an zu schneien. Der Karton mit dem Fernseher ist nicht übermäßig schwer, aber unbequem zu tragen. Ich komme an einem Wein- und Spirituosengeschäft vorbei. Ich bringe den Fernseher zum Wagen, stelle ihn auf den Rücksitz und kehre zu der Weinhandlung zurück. Der Schnee bleibt nicht an den Schuhen haften, aber er schmilzt auch nicht sofort weg. Auf die Frage des Verkäufers nach meinen Wünschen antworte ich, daß ich gern ein paar Flaschen Rotwein hätte. Und an was ich da gedacht hätte? »Was gut schmeckt«, sage ich knapp. Er verkauft mir sechs Flaschen südafrikanischen Wein zum Preis von fünf.

Als ich zu Hause ankomme, ist der Hof weiß, aber das Weiß ist nicht mehr jungfräulich. Von der Milchkammer führt eine Spur zum Zaun neben dem Hühnerhaus. Auf dem Zaun sitzt Henk. Er raucht. Ich stelle den Wagen in die Scheune und ziehe meine eigene Spur zum Zaun. Schneeflocken wirbeln um seine roten Ohren.

»Wie lange muß ich eigentlich hierbleiben?« fragt er.

»Wie?«

»Wie lange muß ich hierbleiben!«

»Das ist kein Gefängnis hier«, antworte ich.

Er zieht an seiner Zigarette und stößt kurz darauf eine Rauchwolke aus.

»Du rauchst?« frage ich.

»Ich hab vorgestern aufgehört.«

»Und jetzt wieder angefangen.«

»Ja.«

»Ich hab einen Fernseher gekauft«, sage ich. »Und eine Leselampe und ein Schutzblech und Wein.«

»Bekomme ich auch Geld?«

»Wofür?«

»Für die Arbeit, die ich mache.«

»Hast du denn schon irgendwas gemacht?«

Er schaut auf die Zigarette, die er zwischen Daumen und Zeigefinger vor sein Gesicht hält, so daß er ein bißchen schielt. Er hat graue Augen. Dann schnippt er die Zigarette mit dem Zeigefinger weg.

»Kost und Logis«, sage ich. »Und Taschengeld natürlich.«

»Wieviel?«

»Das weiß ich nicht.« Mir wird langsam kalt. Wenn es weiter so schneit, müssen wir die Schafe bald von der Koppel bei der Mühle auf die Koppel hier vorn holen. Und dann ein bißchen Heu über den Zaun werfen.

Henk springt auf den Boden und beginnt meinen Fußspuren zu folgen.

»Wo gehst du hin?« frage ich.

»Ins Bett. Ich mag keinen Schnee.«

»Ins Bett?«

»Wo ist die Leselampe? Dieses grelle Licht macht mich wahnsinnig.«

»Ich hab auch Birnen mit vierzig Watt.«

»Fünfundzwanzig.«

»Sind auch da.« Wir gehen in die Scheune. Unter der Motorhaube tickt es. Ich öffne die Heckklappe und hole die Lampe und das Schutzblech aus dem Kofferraum. Henk nimmt sich nur die Lampe und geht sofort weiter. Er verschwindet in der Milchkammer. Ich bleibe zurück und schaue ungläubig das Schutzblech in meiner linken Hand an.

Er liegt auf der Seite, mit dem Gesicht zur Wand, die Steppdecke mit den afrikanischen Tieren hat er bis zu den Ohren hochgezogen. Die Leselampe steht auf dem Nachttisch, er hat sie eingestöpselt. Hat er danach erst gemerkt, daß keine Birne drin ist? Er rührt sich nicht, als ich ins Zimmer komme. Ich weiß nicht, was ich sagen soll, also sage ich nichts. Ich stelle den Stuhl, den ich aus Henks Zimmer geholt habe, unter die Dekkenlampe. Mit einiger Anstrengung schraube ich die Mattglaskugel los, drehe die Fünfundsiebzig-Watt-Birne aus der Fassung und ersetze sie durch eine Fünfundzwanziger. Neben der Leselampe liegt ein Buch. Der Name des Autors sagt mir nichts. Es ist lange her, daß ich ein Buch gelesen habe. Zwischen den Seiten steckt ein abgerissener Streifen Zeitungspapier. In die Leselampe schraube ich eine Vierzig-Watt-Birne. Henk bleibt liegen, wie er liegt, seinem Atmen ist nicht anzuhören, ob er schläft. Am Vormittag hat er wie ein Mann auf dem Zaun gesessen und geraucht, jetzt liegt er wie ein Kind im Bett. An den Formen unter der Steppdecke kann ich sehen, daß er die Beine angezogen hat. Ich stelle den Stuhl an die Wand neben der Tür und lege seine Kleider auf die Sitzfläche. Nach kurzem Zögern hebe ich auch eine weiße Unterhose vom Boden auf und lasse sie wie einen Klacks Sahne auf die anderen Sachen fallen. Der Rucksack liegt immer noch unter dem Kippfenster, das jetzt fast zur Hälfte von einer dünnen Schneeschicht bedeckt ist. Bevor ich das Zimmer verlasse, schalte ich die Lampe an. Sanftes Licht scheint aufs Bett, die gelben Giraffen schimmern auf.

Ich drehe das Sofa, das dem Ofen gegenübersteht, um neunzig Grad und schiebe es ein Stückchen nach hinten. Jetzt steht es vor der Wand zum Schlafzimmer. Das

Schleifen und Schieben hat den Anstrich des Bodens beschädigt. Das Wohnzimmer war lang, jetzt ist es breit. Bevor ich den Fernseher in seine Ecke trage, hole ich aus der Scheune eine Kartoffelkiste und mache sie mit einer groben Bürste sauber. Ich stelle den Fernseher auf die Kiste, stöpsle das Kabel in eine dafür bestimmte Öffnung am Apparat und das andere Ende in das Kästchen an der Wand, in den Anschluß, über dem TV steht. Es gibt auch einen mit R. Dann schalte ich den Fernseher an. Das Bild ist sofort da, und mit ihm ein Höllenlärm. Weil ich nicht weiß, wie ich die Lautstärke herunterstellen kann, schalte ich gleich wieder aus. Ich nehme die Gebrauchsanweisung, setze mich auf den Holzboden und lese sie komplett durch. Nach einer Stunde habe ich ungefähr zwanzig Sender eingestellt, außerdem weiß ich, wie die Fernbedienung funktioniert, und mein Hintern ist gefühllos. Zum Schluß bessere ich die beschädigten Stellen auf dem Boden aus.

Am Abend sitze ich allein am Küchentisch. Seit ich heute Mittag in seinem Zimmer war, habe ich von Henk nichts mehr gesehen oder gehört. Gleich bringe ich Vater sein Essen. Henk nicht; wenn er Hunger hat, wird er schon auftauchen. Beim Essen habe ich die Zeitung nach Berichten über Dänemark durchforscht. Nichts. Und auch nichts über Schweden, Norwegen oder Finnland. Skandinavien existiert für die Zeitung einfach nicht, als wäre es irgendein noch unentdecktes Nordland. Jetzt ist die Zeitung auf der Fernsehseite aufgeschlagen, obwohl ich weiß, daß ich allein nicht fernsehen werde. Der Apparat ist für Henk. Wenn er fernsieht, kann ich hin und wieder mitsehen.

Der Eselstall sieht wunderschön aus. Es schneit nicht mehr, der Himmel ist jetzt klar, der Mond fast voll. Auf dem Dach des Stalls liegen etwa acht Zentimeter Schnee, an den Rändern schön abgerundet. Es friert leicht, aber ich glaube nicht, daß der Frost bis zum Morgen anhält. Ich stopfe etwas Heu in die Raufe und setze mich auf die Heuballen. In der Lichtbahn der Lampe sehe ich meine eigenen Fußspuren, die von der Tür des Kuhstalls hierherführen. Der Atem der Esel kommt in kleinen Wölkchen aus der Raufe, zwischen den Stäben hindurch. Bis auf ihr geräuschvolles Kauen ist es vollkommen still. Winterstill. Ein fast vergessener Wunsch zu rauchen regt sich wieder. Wie lange dauert es, bis man mit einer Zigarette fertig ist? Fünf Minuten? Zehn Minuten? Zehn Minuten inhalieren und ausatmen, nachdenken im Rhythmus des Rauchens, während sich der Zigarettenrauch mit den Atemwolken der Esel mischt. Wenn Henk morgen nicht im Bett liegen bleibt, lasse ich ihn den Eselstall ausmisten.

31

»Vorgestern hat er den ganzen Tag im Bett gelegen.«

»Siehst du.«

»Was?«

»Daß er das macht, einfach im Bett liegen. Und er spricht auch nicht, stimmt's?«

»Na ja, manchmal sagt er ziemlich viel. Aber als er im Bett lag, nichts mehr.«

»Nein, dann liegt er in einer Art Koma.«

»Das kann man wohl sagen.«

»Als ob er sich ausschalten könnte.«

»Gestern hat er das Jungvieh versorgt und an Vaters altes Rad ein neues Schutzblech montiert.«

»Gut!«

»Aber er hat sich geweigert, den Eselstall auszumisten.«

»Ach?«

»Ja. Mit Eseln will er nichts zu tun haben, hat er gesagt.«

»Das kann ich verstehn.«

»Ich nicht. Alle anderen sind verrückt nach meinen Eseln.«

»Er hat Angst.«

»Aber warum denn bloß? Die Jungs von meinen Nachbarn legen sich glatt *unter* die Esel, wenn sie im Stall stehen.«

»Henk ist mal von einem Esel getreten worden, als er klein war.«

»Nein.«

»Doch. Wien hatte einen Zwergesel gekauft, für die Mädchen war das schön. Er war immer auf dem Stück Wiese zwischen den beiden Schweineställen. Henk ist dann einmal auf Händen und Füßen um ihn herumgekrochen – wieso, weiß ich nicht –, und da hat der Esel nach ihm getreten und ihn seitlich am Kopf getroffen. Er hat eine Woche im Krankenhaus gelegen.«

»Daher die Narbe.«

»Ja. Da war er vier oder fünf.«

»Und der Esel?«

»Gleich verkauft. ›Mach einen großen Topf Leim aus ihm‹, hat Wien zum Viehhändler gesagt.« Riet schweigt einen Augenblick. »Was macht er jetzt?«

»Ich weiß nicht, er ist gerade hinten.« Ich schweige auch einen Augenblick. »Er möchte Geld.«

»Wofür?«

»Für die Arbeit, die er macht.«

»Weißt du, daß ich daran überhaupt nicht gedacht habe?«

»Ich auch nicht.«

»Aber gib ihm nichts.«

»Warum nicht? Er arbeitet doch.«

»Ja, aber er schläft und ißt bei dir. Du schwimmst doch auch nicht im Geld.«

»Ach Riet, ich hab mein Leben lang kaum einen Cent ausgegeben. Und mein Vater auch nicht.«

»Du mußt ihn aber auch kochen lassen.«

»Ja?«

»Er kann ganz gut kochen. Wie findest du ihn überhaupt?«

»Scheint mir eigentlich ein netter Kerl zu sein. Fehlt bloß die Gebrauchsanweisung.«

»Ja, die Gebrauchsanweisung. Ist er... aggressiv?«

»Aggressiv? Nein, gar nicht. Wieso fragst du?«

»Nur so. Wenn er sich ein bißchen eingewöhnt hat, soll ich dann auch kommen? Dann könnte ich eine Zeitlang die Frauenarbeit machen. Kochen, waschen ...«

Höchste Zeit, dieses Telefonat zu beenden. Ich versuche das »Nein, wir kommen sehr gut zurecht« so abschließend wie möglich klingen zu lassen. Schon eine ganze Weile starre ich unruhig auf die Tapete.

»Ich ruf dich wahrscheinlich nächste Woche wieder an.«

»Gut.«

»Tschüs Helmer.«

»Tschüs Riet.« Ich lege auf.

Ich war einmal in Heiloo, bei der Marienkapelle. Mutter wollte sie sich gern ansehen, obwohl sie gar nicht katholisch war. Vor etwa zwanzig Jahren, an einem normalen Wochentag im Mai, habe ich sie hingefahren. »Durch Maria Zu Jesus« stand in großen Buchstaben auf dem Giebel (in Mosaik, glaube ich). Warum fällt mir das jetzt ein? Riet bringt mich durcheinander. Ich höre auf, die Tapete anzustarren, und gehe in die Küche. Draußen ist Februar. Hagel, nasser Schnee und hin und wieder etwas Sonne.

32

Nachdem Henk mich ermahnt hatte, leise zu sein, und in seiner großen weißen Unterhose wie auf Eiern aus dem Zimmer gegangen war, hatte ich mich aufs Kopfende meines Betts gekniet. Dann hatte ich mich mit gekreuzten Unterarmen auf die Fensterbank gestützt, das Kinn auf die Arme gelegt und nach draußen gestarrt. Es roch nach warmem Wasser in den Gräben und nach sonnendurchwärmten alten Dachziegeln. Der Mond schien so hell, daß ich auf dem Stück Land jenseits des Kanals einen Hasen laufen sehen konnte. Der Hase war allein, er schien irgend etwas zu suchen, er lief hin und her und lauschte immer wieder, aufgerichtet und mit hängenden Vorderpfoten. Hinter dem Hasen war das Land bis zum Deich vollkommen leer. Keine Kühe, keine Schafe. Jetzt sind die Böckchen getrennt, dachte ich.

Das Fenster von Henks Zimmer stand auch offen. Sie flüsterten, aber so leise, daß ich kein Wort verstehen konnte. Ich sah mich unter ihrem Fenster kauern, die nackten Füße in der Dachrinne, die Hände um die Rahmen der geöffneten Fensterflügel geklammert, den Kopf so nah wie möglich am Fensterbrett. Mich einfach wieder hinzulegen und das Laken über mich zu ziehen war unmöglich. Ich stieg aus dem Bett, ging zur Tür, zog sie vorsichtig auf und schlüpfte auf den Flur. Ich wartete einen Moment, bis meine Augen sich an die Dunkelheit gewöhnt hatten. Dann machte ich die paar Schritte bis zu Henks Tür und kniete mich hin. Es sind alte gestemmte Rahmentüren, mit übertrieben großen Schlüssellöchern. Erst sah ich nur Bewegung, langsam bekam sie Formen. Von Riet waren nur die Unterschenkel zu sehen. Henk füllte das Schlüsselloch fast aus. Nur das eine meiner Knie lag auf dem Boden, das andere hatte ich an den Oberkörper gezogen. Ich ließ eine Hand in meine Unterhose gleiten. Große, weiße Unterhosen mit kräftigem Gummiband trugen wir damals. Immer frisch; es konnte ja sein – sagte Mutter –, daß man plötzlich ins Krankenhaus mußte. Ich hatte so angestrengt gespäht, daß mich das warme Pulsieren meines Geschlechts an meinem Bauch überraschte. Ich begann Henks Bewegungen zu folgen, mit den Augen und der Hand. Bis ich einen Krampf in dem angezogenen Bein bekam. Ich mußte aufstehen. Während ich das tat, schaute ich zu dem kleinen Dachfenster am Ende des Flurs. Ich sah die Pappeln im Mondlicht, und ich sah mich selbst, wie ich mich aufrichtete, vor einer geschlossenen Tür, die Hand noch immer in der Unterhose. Als ich die Zehen hochzog, löste sich der Krampf in meiner Wade.

Irgend etwas hinderte mich daran, in mein Zimmer zurückzugehen. Vielleicht, daß ich sie da hören könnte und sie deshalb auch vor mir sehen würde. Ich schlich auf Zehenspitzen zu der wie immer offenen Tür des kleinen Zimmers, ging hinein und streckte mich auf dem blauen Teppichboden aus, unter dem Kippfenster. Ich schlief ein und wachte sehr früh am Morgen auf.

Erst dann legte ich mich wieder in mein Bett. Henk war noch nicht wieder da.

August 1966, bald vier Jahrzehnte ist das her. Manchmal begreife ich nicht, wie ich so alt werden konnte. Wenn ich vor dem Spiegel stehe, sehe ich durch mein verwittertes Gesicht hindurch immer einen Jungen von achtzehn, neunzehn Jahren. Und immer noch frage ich mich, wen ich in jener Nacht eigentlich gesehen habe.

33

»Wo kommst du her?« fragt Ronald.

»Aus Brabant«, antwortet Henk.

»Ah«, sagt Ronald und schaut mich an, »da kam die Frau auch her!«

»Ja«, sage ich. »Die Frau war Henks Mutter.«

»Arbeitest du hier?« fragt Teun.

»Ja.«

»Wo schläfst du denn?«

»Oben.«

»Ist die Mutter auch hier?«

»Nein, Ronald«, sage ich. »Nur Henk ist hier.«

»Dürfen wir da mal rein?« fragt Teun Henk.

»Ja, sicher.«

Teun und Ronald springen sofort auf. Ich kann mich nicht erinnern, daß sie schon einmal oben gewesen wären. Das ist die Gelegenheit für sie. Ronald läßt dafür sogar ein halbes Mandeltörtchen liegen.

»Kommt«, sagt Henk. Er wirkt auf einmal sehr groß. Oder wirken Teun und Ronald kleiner? Sie verlassen die Küche. »Soo 'ne steile Treppe!« höre ich Ronald kurz danach rufen.

Ich gehe zum Seitenfenster und versuche bei Ada ins Haus zu sehen. Ihr Küchenfenster ist eine Idee zu weit weg. Dann tue ich etwas, das ich noch nie getan habe. Ich gehe zum Schreibtisch und hole das Fernglas heraus. Von oben sind Henk, Teun und Ronald zu hören; zu verstehen sind sie nicht. Ich stelle mich wieder ans Fenster, diesmal mit dem Fernglas. Durchs Küchenfenster des gut fünfhundert Meter entfernten Hofs schaut Ada mit ihrem Fernglas zu mir herüber.

Unser einziger Vorteil ist, daß wir beide etwas vor den Augen haben, uns also nicht direkt ansehen können. Sonst sind nur Nachteile zu erkennen. Ich weiß nicht, was ich tun soll, Ada weiß auch nicht, was sie tun soll. Wir sind durch zwei Gebilde aus Kunststoff und Linsen aneinander festgekettet. Wer zuerst das Fernglas absetzt, hat verloren und weiß, daß sein Rückzug vom anderen beobachtet wird. Jetzt hebt Ada die Hand und beginnt vorsichtig zu winken. Ich winke zurück, wenn auch widerwillig. »Laßt mich vor«, höre ich Henk oben an der Treppe sagen. Ich denke nicht mehr über Sieg, Niederlage oder Rückzug nach, sondern setze das Fernglas ab, gehe schnell zum Schreibtisch und stelle das Ding an seinen Platz zurück.

»Ich durfte Henks Walkman aufsetzen!« ruft Ronald.

»Und?« frage ich, während ich so tue, als ob ich am Schreibtisch mit irgend etwas beschäftigt wäre.

»Henk braucht Poster für die Wand«, meint Teun.

»Sie fanden es ein bißchen kahl da oben«, erklärt Henk.

»Und wir gehn angeln«, sagt Ronald.

»Im Frühjahr«, ergänzt Henk.

»Ja«, sage ich, »jetzt stecken alle Fische tief im Dreck.«

»Die Jungs waren gerade oben«, sagt Vater.

»Ja, Henk hat ihnen sein Zimmer gezeigt.«

»Bei mir sind sie nicht gewesen.«

»Ronald hat Angst vor dir, hast du das an Silvester nicht gemerkt?«

»Angst? Warum?«

»Weil du ein alter Mann bist.«

»Früher hatte er keine Angst vor mir.«

»Früher konntest du auch noch laufen.« Ich benutze Vaters Schlafzimmer als Versteck. Henk, Teun und Ronald sitzen immer noch in der Küche. Sie trinken Tee und essen Mandeltörtchen. Ich bekam keinen Bissen oder Schluck mehr hinunter; die Unruhe in mir wurde zu groß. Ada mit ihrem Fernglas, Henk und die Jungen, das Telefongespräch mit Riet vor ein paar Tagen – ich mußte raus aus der Küche, und es ist noch zu früh fürs Melken. Hier sind nur Dinge von früher um mich herum: das träge Ticken der Uhr, die Fotos, das Elternbett. Vater selbst. Ich sitze auf dem Stuhl am Fenster. Auf ihrem Ast in der Esche putzt die Nebelkrähe ihr Gefieder. Sogar der Vogel ist inzwischen etwas Vertrautes.

»Wie geht's denn deinem Henk?«

»Gut.«

»Den bekomme ich hier auch nie zu sehen.«

»Wundert dich das?«

»Na...«

»Demnächst will ich mit ihm mal den Zaun um die Eselkoppel erneuern.«

Vater sitzt mit zwei Kissen im Rücken am Kopfteil des Betts. Seine Augen sind heute klar. Er nimmt ein Glas vom Nachttisch und trinkt einen Schluck Wasser. Erst als er das Glas mit den Lippen berührt, hört seine Hand auf zu schlottern. Seit ich mich auf den Stuhl gesetzt habe, schaut er mich an. »Wenn wir nur erst Frühling hätten«, sagt er.

»Nicht zuviel trinken, wenn du trinkst, mußt du pinkeln.«

»Ich weiß ja auch, daß ich am Ende bin.«

»Aber?«

»Ich will noch *einen* Frühling.«

Schräg unter uns lachen Teun und Ronald.

»Warum bin ich dir so zuwider?« fragt er. »Warum läßt du nicht den Arzt kommen? Warum sagst du Ada, ich wäre senil?«

Jetzt bietet das Versteck auch keinen Schutz mehr. Das träge Ticken der Standuhr, das mir eben noch ein Gefühl von Zeitlosigkeit gab, wird bedrohliches Wegpochen von Zeit. Ich starre die sechs Aquarellpilze an und frage mich, wer sie ins Haus gebracht hat und wann.

»Was hab ich getan, Helmer?«

Er fragt mich, was er getan hat, und nennt mich bei meinem Namen. Die Pilze verschwimmen, ich muß mich zusammenreißen. Jetzt ist von unten eine neue Stimme zu hören.

»Da ist Ada«, sagt Vater.

Ich schaue ihn an. Er hat immer noch das Glas in der Hand, die Hand ruht auf der Decke. Ich räuspere mich. »Auf einen mehr oder weniger kommt's jetzt auch nicht mehr an«, sage ich dann.

»Ich will es wissen, Helmer.«

»Ein Fernseher!« ruft Ada so laut, daß es auch hier oben gut zu verstehen ist.

»Ein Fernseher?« fragt Vater.

»Ja, Henk will fernsehen, sonst langweilt er sich abends.«

»Du hast wohl viel für ihn übrig.«

»Och ...«

»Ich will es wissen.«

»Dann sollst du es wissen«, sage ich. »Jetzt geh ich runter.«

»Für deinen Bruder hattest du auch viel übrig. Sehr viel.«

»Du auch«, antworte ich. »Für deinen Sohn.«

»Ja«, sagt er. »Ich auch.« Endlich stellt er das Glas auf den Nachttisch. Es klappert auf der Marmorplatte.

Henk ist allein in der Küche. Er steht am vorderen Fenster. Seine langen Arme hängen herunter.

»Wie gefällt's dir hier, Henk?«

»Es geht.«

»Versorgst du gleich das Jungvieh?«

»Natürlich.«

»Wo sind denn alle hin?«

»Die Frau mit der Hasenscharte holt gerade einen Teppich.«

»Einen Teppich?«

»Ja, sie fand das Wohnzimmer kahl.«

»Sie heißt Ada.«

»Das weiß ich.«

»Dann gehn wir mal an die Arbeit.«

»Gut.«

In der Waschküche schlüpfen wir in unsere Overalls. Daran, wie sich der Overall um Henks Körper spannt, kann ich sehen, wie Vater geschrumpft ist. Im Schritt ist er zu eng, und die Ärmel sind zu kurz. Außerdem fehlt ein Knopf. In einer Brusttasche steckt etwas Rechteckiges, das wird ein Zigarettenpäckchen sein. Ich sehe, daß der Waschkorb voll ist, heute abend muß ich eine Maschine Wäsche laufen lassen. Wir gehen zusammen in die Milchkammer. Dort bleibe ich zurück, Henk geht durch die Scheune zum Jungviehstall.

Eine halbe Stunde später kommt Ada in den Stall, mit einem aufgerollten Teppich unterm Arm. Ich hocke zwischen den Kühen und bemerke sie erst, als sie mich anspricht. Sie wird rot. »Ich hab einen Teppich für dich«, sagt sie.

Ich verbinde die Schläuche des Melkzeugs mit der Melk- und Vakuumleitung und trete auf den Gang hinter den Kühen. »Leg ihn einfach in die Waschküche«, sage ich.

»Ja.« Sie bleibt stehen.

»Erwischt«, sage ich.

»Ja, erwischt.«

Mehr haben wir über die Sache nicht zu sagen; sie könnte sagen, daß sie es noch nie getan hat (was vermutlich nicht stimmt), ich könnte das gleiche sagen (und das wäre die Wahrheit). Oder wir könnten sagen, daß wir es nie wieder tun werden. Aber spielt es irgendeine Rolle, was wir sagen?

»Netter Junge.«

»Henk.«

»Teun und Ronald spielen schon ›Knecht‹.«

»Er hat ihnen sein Zimmer gezeigt.«

»Teun hat mir ein Poster für ihn mitgegeben. Es ist im Teppich.«

»Bring ihn einfach in die Waschküche.«

Ada geht. Kurz vor der Tür dreht sie sich um. »Helmer?«

»Ja?«

»Ich ...«

»Ja?«

»Ach, nichts.« Sie geht aus dem Stall. Sie kommt nicht mehr zurück. Als ich wieder zwischen den Kühen stehe und durch ein Stallfenster auf die Straße schaue, sehe ich sie. Die Straße ist naß, Ada verschränkt beim

Gehen die Arme, wodurch ihre Bewegungen etwas Ruckartiges bekommen. Daß wir uns zugewinkt haben, macht es weniger schlimm, aber nicht ungeschehen. Die beiden Kuhköpfe neben mir heben sich gleichzeitig, scheppernd rutschen die Halsbügel über die Ketten. Weg hier, sagen sie.

Ich gehe zur Stalltür, die immer noch offensteht. Henk hantiert beim Misthaufen herum. Die Schubkarre liegt neben dem Laufbrett, sie ist auf die Seite gekippt, und ihr Inhalt herausgerutscht. Er schaufelt den Mist mit einer Gabel vom Boden und schmeißt die Gabelladungen mit ausholenden Armbewegungen auf den Haufen. Als er damit fertig ist, kratzt er sich am Kopf, richtet die Schubkarre auf und fährt sie in den Jungviehstall zurück. Er hat mich nicht gesehen. Was um alles in der Welt hat der Junge hier verloren? frage ich mich. Ich schiebe die Hände in meine warmen Taschen und schaue in den Himmel. Es ist bewölkt und sieht nach Regen aus, aber die Tage werden schon spürbar länger.

Später gehe ich noch einmal zur Stalltür. Henk hat sich an die Wand des Jungviehstalls gelehnt, an der Ecke neben dem Schafstall; ein Knie hat er hochgezogen und den Fuß mit der Schuhsohle an die Mauer gedrückt. Er raucht und starrt über den Misthaufen zum Eselstall hinüber. So erinnert er an den harten Mann in einer altmodischen Tabakreklame.

Bevor wir essen, rolle ich vor dem Sofa den Teppich aus. Er ist ockergelb mit hellblauen Figuren am Rand. Kreisen, Quadraten und Kreuzen. Henk entrollt sein Poster. Ein Mädchen mit langen blonden Haaren und Schmollmund. Sie hat sehr wenig an.

»Wer ist das?« frage ich.

Henk lächelt. »Britney Spears«, sagt er.

»Wer?«

»Eine Sängerin.«

»Also das ist nach Teuns Ansicht das Richtige für dein Zimmer.«

»Scheint so.«

»Hübsches Mädchen.«

»Mwa. Kindisch.«

»Hängst du es auf?«

»Ich nehm's mit rauf. Wie alt ist Teun?«

»Neun? Zehn?«

»Auf jeden Fall ist er kein Fan von Britney Spears.«

»Wieso nicht?«

»Weil er das Poster dann bestimmt selbst aufhängen würde.«

Wir gehen in die Küche. Während ich noch überlege, ob ich den Vorhang vor dem Seitenfenster zuziehen soll oder nicht, schreitet Henk schon zur Tat.

»Warum machst du das?« frage ich.

»Das Fenster ist wie ein Spiegel, wenn es dunkel ist.«

»Ja und?«

»Ich hab keine Lust, beim Essen die ganze Zeit mich selbst zu sehen.«

»In einem Monat ist es hell, wenn wir essen.«

»In einem Monat?«

»Ja.«

»Das ist noch ganz schön lange.«

Wir sehen fern. Ich sitze auf dem Sofa. Henk hat sich auf dem Teppich ausgestreckt; er liegt auf der Seite und stützt sich auf einen Ellbogen. Er hat die Fernbedienung in der Hand und wechselt in rasendem Tempo die Sender. Ich will immer »halt« rufen; woher soll man wissen, was man sieht, wenn es gerade mal zwei Sekunden im Bild ist? Ich gebe auf und beobachte ihn, während er auf den Bildschirm starrt. Nach einiger Zeit beginnt ihn die Sache zu langweilen. Bevor er aufsteht, seufzt er ein paarmal tief. Dann reicht er mir wortlos die Fernbedienung und geht aus dem Zimmer. Ich schalte den Fernseher aus und stelle mich vor den leise summenden Ofen. Mutter schaut mich aus ihrem Foto mit diesem seltsam gemischten Blick an, verführerisch und hochmütig zugleich. Jetzt sehe ich zum ersten Mal auch etwas Wachsames darin. Vom Kaminsims aus behält sie alles im Auge. Ich habe schon mehrmals gesehen, daß Henk das Foto anschaute, aber er hat mich nie gefragt, wer das ist.

Ich fülle gerade die Waschmaschine, als Henk aus dem Badezimmer kommt. Er hat sich ein Handtuch um die Taille geschlungen, seine Schultern sind noch naß. »Ich hab bald keine Zigaretten mehr«, sagt er.

»Dann mußt du nach Monnickendam«, antworte ich.

»Ist das weit?«

»Etwa vier Kilometer. Wir könnten morgen zusammen hinfahren, mit dem Auto.«

»Vielleicht fahr ich doch mit dem Rad«, sagt er. Er geht zur Tür vor der Treppe und hinterläßt nasse Fußspuren auf dem kalten Boden.

»Muß das Handtuch nicht in die Wäsche?«

Er dreht sich um. »Jetzt?«

»Ja, wieso nicht?«

Er löst das Handtuch und bückt sich, um sich die Füße abzutrocknen. Dann richtet er sich wieder auf und wirft mir das Handtuch zu. Ich fange es auf, der feuchte, warme Stoff legt sich um meinen Unterarm. Einen Augenblick bleibt er noch stehen, stolz und verlegen zugleich. Die Narbe über seinem linken Ohr ist deutlicher zu sehen als sonst, vielleicht liegt das am warmen Wasser. Dann öffnet er die Tür und verschwindet nach oben. Die ersten Schritte auf der Treppe erinnern mich an den jungen Milchfahrer, wenn er elastisch ins Fahrerhaus springt.

34

Henk und Helmer. In der Grundschule, hier im Dorf, waren wir mit Zwillingsschwestern in einer Klasse. Henk und ich saßen am Fenster, neben einer großen Fettpflanze mit einer Staubschicht auf den zähen Blättern. Die beiden Mädchen saßen hinter uns. Natürlich gingen wir miteinander, das erwartete man von uns. Es war ein Verhältnis in wechselnder Zusammenstellung, und Henk und ich waren die Auswechselspieler. Die Mädchen waren sich längst nicht so ähnlich wie wir.

Henk war schneller als ich, ich reagierte immer zu spät. Wenn ich an diese Zeit zurückdenke, *tut* Henk immer schon etwas, während ich noch nicht soweit bin: Ob er dem Schuldirektor eine Frage beantwortet (diesem Mann im schmutziggelben Kittel, dessen Fingerspitzen braun verfärbt waren von filterlosen Camels); ob er von der Schulbank aufsteht; ob er mit seinem Roller auf die Straße einbiegt – immer tut er etwas, während ich noch »hm?« sage, um es ihm dann nachzutun. Ich war in Gedanken immer woanders. Ich dachte nach, er handelte. Die beiden Mädchen merkten es bald jedesmal, wenn wir getauscht hatten. Es machte ihnen nichts aus. Und uns auch nicht; wir hatten in der Klasse eine Rolle, die uns Halt gab.

Henk und ich trugen die gleichen Sachen, wurden beim Dorffriseur nacheinander abgefertigt – »Schön praktisch«, sagte er jedesmal wieder zu Mutter oder zu uns – und hatten beide einen roten Roller. Aber auch da gab es Unterschiede. Wenn wir ein Hemd anhatten, hing bei Henk eigentlich immer ein Zipfel aus der Hose, oder der halbe Kragen stand hoch. Seine Frisur war wilder als meine (schon während des Haareschneidens hörte er auf zu schlucken; wir waren noch nicht draußen, da spuckte er schon in die Hand und fuhr sich damit durchs Haar, es war ihm egal, ob der Friseur es sah). Und immer hatte sein Roller etwa einen Meter Vorsprung.

Rückblickend – immer rückblickend – glaube ich, daß er genau wußte, was er wollte, während ich keinen blassen Schimmer hatte, was ich wollte und meinte oder nicht. Egal, worum es ging. Ich sehe noch die Flasche Birken-Haarwasser neben dem Frisierspiegel stehen, eine Flasche mit Schlauch und Gummiball zum Zerstäuben. Henk fand das Zeug gräßlich, ich war mir nicht sicher. Dieser Duft, der hatte doch auch was.

Erst als wir acht waren, zog ich in mein eigenes Schlafzimmer (das, in dem Vater jetzt seine Tage verbringt). Drei Nächte hielt ich es allein aus. In der vierten Nacht schlich ich in mein richtiges Schlafzimmer und kroch bei Henk unter die Decke. »Was machst du?« flüsterte er, um etwas zu sagen. Ich antwortete nicht. Er lag auf der Seite, und ich rutschte zu ihm hin und schob meine Füße zwischen seine. Es kann sein, daß die Erinnerung, die ich nicht haben kann – Mutters Gesicht von unten, hinter einer sanften, weichen Wölbung, ihr Kinn und vor allem ihre leicht vorquellenden Augen, nicht auf mich gerichtet, sondern auf einen Punkt irgendwo in der Ferne, im Nichts, hinter den Weiden, vielleicht auf dem Deich, Sommer, meine Füße spüren andere Füße –, auf diesen Abend zurückgeht, obwohl wir schon seit mehr als sieben Jahren nicht mehr die Brust bekamen und die Fettpölsterchen längst von unseren Füßen verschwunden waren.

Er kam nie in mein Schlafzimmer. Mein Schlafzimmer war ein einsames Zimmer, ein verlassenes Zimmer, ich hätte schon viel früher unten schlafen sollen. Vater kennt die Einsamkeit dieses Zimmers gar nicht. Am Ende der Grundschulzeit, als die beiden Mädchen weggezogen waren und wir mit niemandem mehr zu gehen brauchten, schlich ich nicht mehr jede Nacht zu Henk ins Zimmer. Nur noch einmal, vielleicht zweimal pro Woche.

Wenn die Fensterscheiben unter Eisblumen verschwanden, lagen wir in unseren Schlafanzügen unter einer dicken Schicht Wolldecken. Wenn es warm war, lagen wir nackt unter einem Laken. Unsere Körper schmiegten sich aneinander, der eine paßte sich dem anderen an. Zusammen fuhren wir mit dem Rad nach Monnickendam, er zur Landwirtschaftsschule, ich zum Gymnasium. Den Tag über waren wir getrennt, aber am späten Nachmittag trafen wir aus verschiedenen Richtungen wieder zusammen und legten dann gleichzeitig die Unterarme auf die Lenker, um Seite an Seite Regen und Wind zu trotzen. Zusammen hatten wir Geburtstag, zusammen hatten wir Freunde, zusammen standen wir unter der Dusche, noch mit vierzehn. Bis Vater uns eines Samstagabends trennte. »Erst der eine, dann der andere«, sagte er. »Na ja«, sagte Mutter, als wir uns später bei ihr beklagten, »ihr werdet schließlich schon richtige Männer.« Na und? dachten wir, sagten es aber nicht. Unsere Großeltern konnten an unseren Stimmen nicht hören, wer wer war. Wir trugen immer noch die gleichen Sachen, wir hatten nicht den Wunsch, uns zu unterscheiden. Zusammen gingen wir zum Zahnarzt (allerdings hatte ich fast immer mehr Löcher als Henk), zusammen schwammen wir im IJsselmeer, zusammen kriegten wir eins hinter die Löffel, wenn wir würgend unsere Teller mit gekochter Endivie wegschieben wollten. An dem eiskalten Februartag, an dem Vater es fast gewagt hätte, an der Spitze des Damms vorbeizufahren, waren wir mühelos miteinander verschmolzen wie siamesische Zwillinge. Das geschah ganz von selbst. Wenn er das Wagnis eingegangen wäre und wenn dann das Eis trotz seiner Dicke nicht getragen hätte, wären wir wie *ein* Mann ertrunken.

Im Sommer gingen wir zur Bosman-Mühle. Dort scheuerten wir uns zusammen an den eisernen Stangen, und die Schafe sahen uns zu. Fettiges Schmieröl, sonnenwarme Haut, trockenes Gras und salziger Schweiß. Hohe Wolken und Lerchen, die wir nicht sehen konnten, auch wenn wir angestrengt in den Himmel starrten. Wir gehörten zusammen, wir waren zwei Jungen mit *einem* Körper.

Aber dann kam Riet. Als ich im Januar 1966 in sein Schlafzimmer ging und mich zu ihm ins Bett legen wollte, schickte er mich weg. »Hau ab«, sagte er. Ich fragte ihn, warum. »Idiot«, antwortete er. Ich verließ sein Zimmer und hörte ihn mißbilligend stöhnen. Zitternd ging ich zu meinem eigenen Bett zurück. Draußen fror es, das neue Jahr hatte gerade angefangen, und am nächsten Morgen war das Fenster von oben bis unten mit Eisblumen bedeckt. Jetzt waren wir Zwillinge mit zwei getrennten Körpern.

35

Der Knecht sah ungefähr so aus, wie sein Name sich anhörte: Jaap. Große Hände, breites Gesicht, kurze blonde Haare, kräftiger Körper. Seine Nase war schief, und von einem Schneidezahn war eine Ecke abgebrochen. Für mich war er immer alt, er hatte bei Vater angefangen, als Henk und ich etwa fünf waren; im Spätsommer 1966 wird er um die dreißig gewesen sein. Also alt, damals. Sehr jung, heute.

Henk und Riet hatten es miteinander getrieben (und ich hatte zugesehen); über ein halbes Jahr war ich schon aus Henks Zimmer verbannt; ich war nicht Vaters Junge (jetzt erst recht nicht, schließlich gingen Henk und ich nun ganz verschiedene Wege, und ich würde demnächst in Amsterdam »Wörter lernen«); Mutter wirkte auch ziemlich ratlos (unser Bündnis gab es damals noch nicht, sie vermied es, mich anzuschauen). Und der August blieb warm, dunkelgelb-warm. Kurzehosenwetter, aber mein jetzt halber Leib war kalt. Ich wußte nicht, wohin ich mich verkriechen sollte.

Jaap war immer da, er gehörte zum Hof wie eine Kuh, ein Schaf, die Weideegge oder das Hühnerhaus. »Hallo, Jungs«, sagte er, wenn wir ihn trafen. Vom Schlittschuhlaufen abgesehen, waren wir praktisch immer zusammen, wenn wir ihm begegneten. Er hielt in seiner freundlichen Art Abstand, vielleicht, weil wir die Söhne des Bauern waren, vielleicht, weil er uns eigentlich nichts zu sagen hatte. Fast nie kam er zu uns ins Haus. Zum Kaffeetrinken und Essen ging er ins Knechtshaus. Er war allein gekommen, und er blieb allein. Am Anfang hatten ihn manchmal noch Verwandte besucht, später nicht mehr.

In der Nacht, in der ich im neuen Zimmerchen auf dem Boden lag und nicht gleich einschlafen konnte, weil die Bewegung vor meinen Augen nicht aufhören wollte, fiel mir der Vorfall zwischen Vater und dem Knecht wieder ein. Erst da ging mir auf, daß Henk damals nicht mit im Stall gewesen war. Nur Vater, der Knecht und ich. Und auf einmal – während ich unter dem Kippfenster lag und hinter den Augenlidern immer noch das Schlüsselloch sah, als unangenehm schwarzen, weiblichen Fleck – wußte ich, daß der Knecht *mich* angesehen hatte, gerade weil nur ich hinter Vater stand.

Es war das erste Mal, daß ich zum Knechtshaus ging. Ich wußte nicht, was ich sagen würde, ich hatte mir keinen Grund für meinen Besuch ausgedacht. Ich mußte einfach hin. Es war ein Abend an einem normalen Wochentag.

Er öffnete die Haustür. »Hallo, Helmer«, sagte er einfach, als käme ich jeden Tag vorbei. Er hatte ein kurzärmeliges Hemd an, das oben nicht zugeknöpft war. Seine Arme waren braungebrannt. Er war schon seit über vier Monaten arbeitslos. Daß er sofort wußte, wer ich war, wunderte mich nicht. Es freute mich. Henk würde hier niemals an die Tür klopfen. Der Knecht ging durch die kleine Diele ins kleine Wohnzimmer, ich schloß die Haustür. Eins der Fenster war weit geöffnet, ein langes Stück Holz hielt es offen. Auf einem niedrigen Tisch mitten im Zimmer lag ein Stapel Bücher, in einem Aschenbecher schwelte eine selbstgedrehte Zigarette, daneben lagen ein fast leeres Tabakpäckchen – Van Nelle, las ich, *Halfzware Shag* – und Mascotte-Zigarettenpapier. Aus einem großen Radio kam leise Musik. Er ging zum Sofa und zeigte auf einen Sessel. Ich setzte mich und wischte mir den Schweiß von der Stirn.

»Warm«, sagte er.

»Ja«, sagte ich.

Ein Sommerabendradler kam vorbei, kurz darauf noch einer.

»Möchtest du was trinken?«

»Ja, gern.«

»Bier? Ich trinke ein Bierchen.«

»Gut.«

Er stand auf und holte zwei Flaschen Bier aus einem Schrank in der Küche. Einen Kühlschrank gab es nicht. Er reichte mir die Flasche, die kälter war, als ich erwartet hatte, und setzte sich wieder hin. Er rutschte etwas nach vorn, lehnte sich zurück und legte einen Arm auf die Rückenlehne, die andere Hand mit der Bierflasche lag in seinem Schoß. Eine saubere Hand, seit Wochen nicht mehr mit Mist, fettiger Kuhhaut, Dieselöl oder Erde in Berührung gekommen. Die Zigarette schwelte weiter vor sich hin.

»Wo geht ihr schwimmen?« fragte er.

»Bei Uitdam«, antwortete ich.

»Ich schwimme beim Nothafen.«

»Beim Nothafen?«

»Wo der Damm nach Marken anfängt.«

»Ach da.« Ich trank einen Schluck Bier und wischte mir noch einmal die Stirn ab. Schwimmen hatte er mir nicht beigebracht. Ich starrte den Bücherstapel an und tat so, als ob ich die Titel auf den Rücken lesen würde, während ich mir vorzustellen versuchte, wie er dabei wohl vorgegangen wäre, beim Schwimmunterricht.

Er setzte sich etwas aufrechter hin, nahm den Arm von der Rückenlehne und legte ihn nun auch in den Schoß, die Finger beider Hände umschlossen locker die Bierflasche. »Was ist los?« fragte er. Er bewegte beim Sprechen vor allem die Oberlippe und entblößte so die ungleichen Schneidezähne.

Ich sagte nichts, sondern starrte weiter die Bücher an.

»Ist es dein Bruder?«

Ich nickte und schluckte.

»Mit dem Mädel?«

»Ja«, sagte ich.

Es war noch früh, aber die Sonne stand schon ziemlich tief, der Sommer näherte sich seinem Ende. Das meiste Licht fiel durch die geöffnete Küchentür herein. Von einem Graben hinter dem Knechtshaus stieg schon etwas Dampf auf, über den Weiden bildete sich eine dünne Nebelschicht. Die Zigarette war jetzt ganz verglüht, der Rauch hing noch als waagerechter Schwaden in dem kleinen Wohnzimmer. Ich schaute den Knecht an, sein kurzes Haar berührte den Rauch. Ich sah, was ich erwartet hatte: Er erwiderte meinen Blick, wie er es damals – vor zehn oder mehr Jahren – getan hatte, als ich merkte, wie es in ihm gärte, als er sich innerlich gegen Vater auflehnte und in mir einen Mitstreiter suchte. Er stand auf, der Rauch wirbelte ihm um den Kopf.

»Komm«, sagte er. Freundlich, wie er in all den Jahren mit uns gesprochen hatte.

Wir stellten gleichzeitig unsere Flaschen auf das Tischchen.

Er hatte damals kein Auto, vielleicht war ihm das zu teuer. Wir fuhren auf seinem Rad zum Nothafen, nicht zum Deich bei Uitdam. Ich saß auf dem Gepäckträger und hielt mich an ihm fest, wenn er einen Schlenker machte. Die Enden des Handtuchs, das er sich um den Hals gelegt hatte, wehten unter seinen Achseln hindurch gegen meine Brust.

»Ich hab sie gesehen«, sagte ich zu seinem Rücken.

»Deinen Bruder und das Mädel?«

»Ja.«

Er bog auf den Deich ein und trat unbeirrt weiter in die Pedale. »Es ist besser so, glaube ich«, sagte er.

»Wie meinst du das?«

»Du bist nicht dein Bruder.«

»Nein. Natürlich nicht.«

Im Nothafen lagen ein paar kleine Boote. Er legte sein Rad ins Gras und ging auf die Mole. Dort war niemand. Er zog sich aus und stieg vorsichtig über die Basaltblökke ins Wasser hinunter. Er sah aus wie ein Radrennfahrer, seine Arme und Beine waren braun, Schultern, Rükken und Hintern vollkommen weiß. Ich kannte nur Henks nackten Körper. Dieser war ein viel größerer Körper, ein fremder Körper, keiner, an den man sich einfach anschmiegen konnte. Als ihm das Wasser gerade bis über die Knie reichte, ließ er sich nach vorne fallen. »Komm«, rief er. Jetzt zog ich mich auch aus. Mir war nicht ganz klar, was er mit »Du bist nicht dein Bruder« gemeint hatte. Ungeschickt stelzte ich über die Basaltblöcke ins Wasser; er schaute mir zu. Dann schwammen wir, immer wieder im Halbkreis um den Molenkopf. Ein Mann auf einem Boot grüßte uns mit erhobener Hand. Ich hatte mich vorher noch nie gefragt, ob Jaap sonst immer allein schwimmen ging. Oder kannte er andere Knechte hier in der Gegend, mit denen er manchmal etwas unternahm? Ich war ein bißchen befangen; zum ersten Mal machten wir etwas zusammen, das nichts mit der Arbeit zu tun hatte, zum ersten Mal war er jemand anders als »der Knecht«. Außerdem war mir ein bißchen schwindlig von der einen Flasche Bier. Er schwamm großartig, mit langen Zügen, bei jeder Runde hatte er innerhalb kürzester Zeit fast zwanzig Meter Vorsprung. »Du mußt deine

Finger schließen«, sagte er. Ich schloß die Finger. »Du darfst die Beine nicht vergessen.« Ich schlug mit den Füßen ins Wasser. »Versuch jetzt mal, mit dem Kopf im Wasser zu bleiben und dann auf *einer* Seite zu atmen.« Ich versuchte es und verschluckte mich. Ich hatte gedacht, ich könnte schwimmen, er sah das anders. Beim Schwimmunterricht nahm er nicht die Hände zu Hilfe, vielleicht, weil das nicht praktisch gewesen wäre, vielleicht, weil ich nicht mehr der Knirps war, dem er Schlittschuhlaufen beigebracht hatte.

Er trocknete sich schon ab, als ich aus dem Wasser kam und auf einem algenbewachsenen Basaltblock ausrutschte. Ich fiel nach vorne und hätte eigentlich reichlich Zeit gehabt, mich mit den Händen abzufangen. Trotzdem landete ich mit den Knien hart auf den Steinen. Jaap mußte lachen. Bis ich mich aufgerappelt hatte und durch das Gras zu ihm ging. »Du blutest«, sagte er. Ich schaute auf mein rechtes Knie hinunter, das sich warm anfühlte, und jetzt wußte ich, wieso. Er schaute zu seinem Kleiderhaufen, bückte sich und nahm seine Unterhose. Die knotete er mir ums Knie. Dann gab er mir sein Handtuch. »Trockne dich ab«, sagte er, »ich verbinde dich dann gleich zu Hause.«

Er setzte mich in einen Sessel und ging die Treppe hinauf. Oben hörte ich ihn eine Zeitlang kramen. Schließlich kam er mit einem riesigen Verbandkasten an, einem mit gewölbtem Deckel und Handgriff. Er kniete sich neben meinen Sessel und löste sehr vorsichtig die Unterhose von der Wunde, bevor er ein Fläschchen Jod aus dem Kasten nahm. »Zu Hause«, dachte ich und biß die Zähne zusammen. Dann verband er mein Knie, indem er es mit breiten Gazestreifen umwickelte und die Gaze mit Leukoplast festklebte. Das Radio spielte noch leise vor sich hin, eine Art Jazz. »Komm«, dachte ich. Durchs geöffnete Küchenfenster war das trockene, bellende Husten eines Schafs zu hören. Er stand auf und strich mit der Hand durch mein feuchtes Haar, wie es ein älterer Dorfarzt bei einem Kind tun würde, das beruhigt werden muß. »Noch ein Bierchen?« fragte er. »Auf den Schreck?«

»Gut«, sagte ich.

Kurz darauf saßen wir uns wieder gegenüber, beide mit einer Flasche Bier in der Hand. Jaap hatte sich eine Zigarette gedreht und rauchte sie bedächtig auf. Diesmal hing kein Schwaden im Zimmer. Ein Auto fuhr vorbei. Es war so still, daß wir hören konnten, wie der Wagen etwas später in einem niedrigeren Gang auf den Deich einbog. Als ich mein Bier getrunken hatte, stand ich auf. »Ich geh dann mal«, sagte ich.

Jaap stand auch auf. »Ich weiß ja nicht so genau, wie es bei Zwillingen ist«, sagte er, »aber ich könnte mir vorstellen, daß sich irgendwann doch einer vom andern trennen muß.«

Ich war immer noch etwas befangen, aber weniger als vor einer Stunde. Das Schwimmen, sein langsames Rauchen, die Art, wie er die Flasche an den Mund setzte, genau wie ich, das Verbinden – all das hatte ihn fast schon zum *ehemaligen* Knecht gemacht. Ich nickte.

»Aber dann ist es wohl besser, es passiert bei beiden auf die gleiche Art«, fügte er hinzu.

Wieder nickte ich, und ich spürte, daß meine Unterlippe zu zittern anfing. Er kam auf mich zu und legte mir die Hand in den Nacken. »Wird schon werden«, sagte er. Dann beendete er das Zittern meiner Lippe, indem er mich auf den Mund küßte, wie man einen Großvater einmal im Leben auf den Mund küßt, wenn die Großmutter gestorben ist. »Wird schon alles werden«, bekräftigte er und schob mich sanft Richtung Haustür. Neben dem Sessel, in dem ich gesessen hatte, lag noch seine blutbefleckte Unterhose.

Mutter und Henk saßen in der Küche. Die Lampe über dem Tisch brannte.

»Was ist dir denn passiert?« fragte Mutter.

»Gefallen«, antwortete ich.

»Wer hat das so verbunden?« Sie wollte sich schon hinknien, um den Verband zu lösen und es besser zu machen.

Ich trat einen Schritt zurück. »Jaap.«

»Du warst bei Jaap?«

»Ja.«

»Hast du was getrunken?«

»Ja. Bier.«

Henk schaute mich mißbilligend an.

Alle Türen standen offen, und ich schaute zu Vater hinüber, hauptsächlich, um Henk nicht ansehen zu müssen. Vater saß wie versteinert in seinem Wohnzimmersessel und sagte kein Wort. Er raschelte übertrieben mit seiner Zeitung.

Riet war nicht da, es war ja ein Abend an einem normalen Wochentag und fast schon Schlafenszeit.

Danach, Ende August und Anfang September, besuchte ich Jaap noch ein paarmal.

»Was willst du dauernd bei Jaap?« fragte Vater argwöhnisch.

»Nichts«, sagte ich.

»Hat er schon eine andere Wohnung gefunden?«

»Weiß ich nicht.«

»Oder andere Arbeit?«

»Ich glaube nicht.«
»Worüber redet ihr denn?«
»Alles mögliche.«
»Früher bist du nie zu ihm gegangen.«
»Jetzt ja.«
»Seltsam«, sagte Vater zögernd. »Sehr seltsam.«

Wir tranken Bier und saßen uns gegenüber. Er immer auf dem Sofa, ich im Sessel. Ich unterdrückte den Wunsch, mit dem Rauchen anzufangen, der sich bald meldete. Wenn er rauchte, strahlte er soviel Ruhe aus. Er bot mir nie seinen Tabak an. Bei keinem meiner Besuche erwähnte er Vater. Er sagte ohnehin nicht viel. Wenn überhaupt einer von uns redete, war das meistens ich. Ich war jung, ich dachte vor allem an mich selbst. Fast nie stellte ich ihm mal eine Frage. Ich weiß nicht, wie er zu seiner schiefen Nase gekommen war, ich wußte nicht einmal, wo er herkam. Ab Anfang September hatte ich jede Menge zu erzählen: von meinen ersten Tagen an der Uni, von Dozenten, Kommilitonen. Er wunderte sich nicht, daß ich kein Bauer geworden war. »Du siehst die Tiere nicht so an wie dein Bruder, er hat einen anderen Blick«, meinte er.

»Was denn für einen?« fragte ich.

Das konnte er nicht erklären. »Du bist anders. Dein Blick ist anders. Er wird wohl auch das Mädel anders angesehen haben.«

»Ich hab sie gar nicht angesehen.«

»Tja.«

Irgendwie hat er mir durch etwas hindurchgeholfen, auf einmal konnte ich Henk zu Hause in die Augen sehen und Riet mehr oder weniger ignorieren. Wird schon alles werden, hörte ich ihn noch lange sagen. Auch nachdem er weggezogen war.

Das letzte Mal kam ich Mitte September ins Knechtshaus. Im Wohnzimmer standen Kartons, der Bücherschrank war schon halb leergeräumt, der Teppich lag aufgerollt hinter dem Sofa, das Radio war nicht mehr eingestöpselt.

»Ich fahre morgen weg«, sagte er. »Sag das bitte deinem Vater.«

»Wo gehst du hin?« fragte ich.

»Zurück nach Friesland.«

»Du kommst aus Friesland?«

»Hiesto dat noait heard dan?« fragte er.

»Was?«

»Ob du das nie gehört hast.«

Nein, das hatte ich nie gehört.

»Besuch mich mal.«

»Mach ich.«

Er legte mir ein letztes Mal seine große Hand in den Nacken. »Kommst du klar?«

»Ja, sicher«, sagte ich.

»Fein.«

Es sollte *nicht* schon alles werden. Ich habe ihn nie wiedergesehen. Im Herbst bin ich noch ein paarmal in das leere Knechtshaus gegangen. In diesem Haus war ich jemand gewesen. Im Zimmer roch es noch lange nach seinem Tabak. Sieben Monate später war Henk tot, und ein paar Tage danach hockte ich unter den Kühen.

Dort bin ich nie mehr weggekommen.

36

Schon seit ein paar Tagen ist es windstill. Der Wetterbericht in der Zeitung und eine Wetterfröschin im Fernsehen – die hartnäckig »ein Hoch, *was* milde Luft bringt« oder »ein Tief, *was* sich abschwächt« sagt – hatten Sonne vorhergesagt, aber es kam Nebel. Kalter Nebel. Seit ein paar Tagen scheint nun doch die Sonne, aber es ist immer noch kalt. Februarfrostwetter. Das Wasser in den Gräben ist von einer dünnen Eisschicht bedeckt, aber ich brauche nicht zum Groote Meer zu gehen, tagsüber friert es nicht. Adas Mann bringt Jauche aus, und er ist nicht der einzige. Ada selbst hat Wäsche aufgehängt. Das Wetter ist für beides ideal, aber es paßt halt doch nicht so ganz zusammen, Mist und frisch gewaschene Wäsche.

Ich liebe die Februarsonne. Letztes Jahr um diese Zeit sagte Teun: »Auch totes Holz ist schön.« Wie er darauf kam, weiß ich nicht, und Bäume und Sträucher ohne Blätter sind ja nicht tot, aber er hatte recht. Kahle Äste im schrägen Sonnenlicht sind schön, graue Schafsrücken im schrägen Sonnenlicht sind schön. Die Nebelkrähe sitzt auf ihrem Ast in der Esche und sieht sich munterer als gewöhnlich um, und es kommen mehr Radler vorbei als noch vor ein paar Tagen. Auf Henk hat die Sonne eine andere Wirkung. Er liegt im Bett.

Heute morgen habe ich ihn wachgeklopft.

»Geh weg«, rief er.

»Es ist halb sechs.«

»Ja und?«

»Zeit zum Aufstehen.«

»Steh selber auf.«

»Bin ich schon.«

»Hahaha.«

Ich öffnete die Tür, tastete mit der linken Hand nach dem Schalter und knipste das Licht an. Er hatte sich die Steppdecke über den Kopf gezogen. Der Bezug mit den afrikanischen Tieren ist in der Wäsche, er schläft jetzt unter dunkelblauen Buchstaben und Ziffern. Henk hat keinen Wecker. »Was ist los?« fragte ich.

»Nichts.«

»Warum kommst du dann nicht aus dem Bett?«

»Keine Lust.«

»Nimm die Decke vom Kopf.«

»Warum?«

»Damit ich dich ansehen kann.«

»Warum?«

»Darum.«

»Du bist ja kindisch.«

»Und du?«

Die Steppdecke schob sich nach unten. Sein rötliches Haar ist ein gutes Stück länger geworden, er müßte es sich mal wieder schneiden lassen. Seine grauen Augen blickten mich schläfrig an. Auf dem Boden neben dem Bett lag ein Walkman zwischen seinen Kleidern. Im Aschenbecher auf dem Nachttisch waren ein paar Kippen. Teuns Poster lag aufgerollt vor einer Fußleiste.

»Könntest du aufhören, da in der Tür zu stehen?« fragte er.

»Wieso das?«

»Der Anblick ist einfach beschissen, er macht mir angst.«

Ich ging ins Zimmer und setzte mich auf den Stuhl. Henk kroch ein Stück nach oben, seine Schultern berührten die Wand. Das Kippfenster stand offen, es war kalt. Sogar im Funzellicht der Fünfundzwanzig-Watt-Birne konnte ich sehen, wie die Härchen auf seinen Oberarmen sich bewegten. »Was ist los, Henk?«

»Nichts; hab ich doch gesagt.«

»Warum kommst du dann nicht aus dem Bett?«

»Ich hab Angst.«

»Wovor?«

»Das weiß ich nicht.«

»Versteh ich nicht.«

»Ich auch nicht.«

Immer noch dieser schlagartige Wechsel zwischen kleinem Jungen und Mann. Manchmal habe ich das Gefühl, daß ich ihn an die Hand nehmen müßte, und dann wieder, daß er ein ganzes Stück über mich hinausragt. Er ist unberechenbar. Er nahm seine Zigaretten vom Nachttisch und zündete sich eine an. Den Rauch blies er in Richtung Fenster.

»Ich mag es nicht, wenn du hier rauchst«, sagte ich.

»Glaub ich«, sagte er. Und dann, in anderem Ton: »Ich hör nachts Geräusche.«

»Was für Geräusche?«

»Tiere. Hoffentlich.«

»Das ist doch kein Grund, Angst zu haben?«

»So kurze, hohe, bellende Töne.«

»Das sind die Bläßhühner.«

»Gefällt mir nicht. Und dein Vater hustet.«

»Aber ist das denn alles so schlimm?«

»Er tut mir leid«, sagt er leise.

»Setz dich mal zu ihm.«

Auch jetzt sah er mich an, als hätte ich von ihm verlangt, einen Toten zu waschen. »Bläßhühner«, sagte er dann, »sind das die schwarzen mit den lächerlich großen Füßen?«

»Ja.«

Er drückte die Zigarette aus, der eklige Gestank des schwelenden Filters stieg mir in die Nase. Dann rutschte er tiefer ins Bett und zog sich wieder die Decke über den Kopf. »Machst du das Licht aus, wenn du rausgehst?« sagte er.

Vater rief mich, als ich bei ihm vorbeiging. Ich öffnete

die Tür, ging aber nicht ins Zimmer und ließ auch das Licht aus.

»Raucht der Junge im neuen Zimmerchen?«

»Ja.«

»Das mußt du ihm verbieten.«

»Hab ich, er hört nicht.«

»Ich muß zur Toilette.«

»Nachher.«

Ich habe heute morgen alles allein gemacht, und das war keine Kleinigkeit, erst gegen neun war ich wieder im Haus. Die Jungrinder waren unruhig, sie sind schon an Henk gewöhnt, ich mache wieder alles anders. Sobald es tagsüber etwas wärmer ist, in ein paar Tagen vielleicht, lasse ich die Esel auf die Koppel.

Der junge Milchfahrer schaut gerade in den Milchabscheider, als ich durch die Tür gehe. Bis ich bei ihm bin, sind mir ein paar Namen mit G durch den Kopf gegangen, und seiner ist hängengeblieben. Schon seit Henk hier ist, habe ich ihn Galtjo vorstellen wollen. Ich weiß nicht, warum, ich wollte die beiden einfach zusammen sehen und selbst zwischen ihnen stehen.

»Wie kriegst du das Ding bloß so sauber«, sagt er.

»Gut mit heißem Wasser ausspülen«, erkläre ich.

»Für Arie ist jetzt Ersatz gefunden.«

»Du hast dann wieder einen Kollegen.«

»Ja und nein.«

»Ja und nein?«

»Er fährt hier, ich übernehme einen anderen Bezirk.«

»Du kommst also gar nicht mehr?«

»Nein.«

Sein ewiges Lächeln wird zu einem schiefen Grinsen.

»Wo?«

»Ach, in der Gegend von Bovenkarspel. Da wohne ich.«

»Tja, dann alles Gute.« Ich strecke ihm die Hand entgegen, und er schüttelt sie, etwas verblüfft. Ich drehe mich um und gehe zur Waschküchentür. »Wiedersehen, Galtjo«, sage ich, kurz bevor ich draußen bin.

»Äh, ja«, sagt er.

Ich schließe die Tür und gehe quer durch die Waschküche zur Stalltür, neben der einer der beiden Lichtschalter ist. Ich mache das Licht in der Waschküche aus und stelle mich in etwa zwei Meter Entfernung vor das Fenster zur Milchkammer. Der junge Milchfahrer starrt die Tür an, schüttelt dann den Kopf und schaut in den Tank. Kurz darauf schraubt er den Schlauch ab und kurbelt ihn auf die Rolle. Er hakt den Deckel des Milchtanks los und läßt ihn vorsichtig herunter. Dann füllt er ein Formular aus, schaut sich noch einmal in der Milchkammer um, geht hinaus, öffnet die Tür des Fahrerhauses und springt hoch, elastisch wie immer. Der Milchwagen verschwindet, und helles Licht flutet in die Milchkammer. Der Tank blinkt.

Von wegen Verbundenheit.

Ich gehe in den Flur und dann die Treppe hinauf, trage Vater nach unten und setze ihn auf die Toilette.

»Au«, höre ich ihn leise sagen.

»Was ist?« frage ich durch die geschlossene Toilettentür.

»Es tut weh.«

»Gut abwischen«, sage ich.

»Es tut weh«, wiederholt er.

Ich öffne die Tür. Wie ein halbtotes Vögelchen sitzt er auf dem Topf, ein Stück Klopapier in der zögernden Hand. Er blickt mit großen, hilflosen Augen zu mir auf.

»Bleib sitzen«, sage ich. Ich gehe in die Küche, nehme einen Waschlappen aus dem Wäscheschrank, drehe den Warmwasserhahn auf und feuchte den Lappen an. Dann gehe ich zur Toilette zurück. »Du mußt dich etwas vorbeugen«, sage ich. Er tut es. Vorsichtig wische ich mit dem warmen Waschlappen ein paarmal seinen Hintern ab. »Hose rauf«, sage ich, als ich ihn an den Achseln hochziehe. Er gehorcht. Ich trage ihn nach oben. Aus dem neuen Zimmerchen dringen seltsame Geräusche, schrill und rhythmisch. Ich lege Vater ins Bett und decke ihn zu. Danach marschiere ich zum neuen Zimmerchen. Ich öffne mit einem Ruck die Tür, bin mit zwei Schritten an Henks Bett und reiße ihm den Kopfhörer des Walkmans von den Ohren. »Und jetzt stehst du endlich auf, verdammt noch mal!« rufe ich.

»Nein«, sagt Henk.

Ich ziehe ihm die Steppdecke weg und zerre ihn an einem Arm vom Bett. Er hat keine Zeit, die Beine anzuziehen und die Füße hinzustellen, deshalb rollt er auf den Boden. »Steh auf«, rufe ich.

»Langsam«, sagt er.

»Steh auf!«

Er rappelt sich hoch.

»Zieh dich an.« Mit einem Tritt befördere ich seine Hose zu ihm hin. Sie landet auf seinen nackten Füßen. Er starrt sie an. Schlagen möchte ich ihn, schlagen und treten, der Anblick seines halbnackten Körpers hier in dem kleinen Zimmer ist mehr, als ich jetzt ertragen kann. Statt dessen gehe ich zu dem Poster, das unschuldig vor der Fußleiste liegt. Ich bücke mich und fange an, es zu zerreißen. Henk schaut mich an und steigt in seine Hose. Danach zieht er sich ein T-Shirt über den Kopf.

»Teun wird sich freuen«, sagt er dümmlich.

»Socken«, kommandiere ich.

Er setzt sich aufs Bett und zieht seine Socken an.

Ich packe ihn am Arm, ziehe ihn hoch und schiebe ihn zur Tür. »An die Arbeit«, sage ich. Aber was soll er tun? denke ich.

Er geht ruhig in den Flur, rennt plötzlich zu Vaters Tür, öffnet sie und verschwindet im Zimmer. Eine Ader in meinem Hals klopft so stark, daß ich meine Hand dagegenpressen muß. Einen Moment rühre ich mich nicht vom Fleck, dann drehe ich mich um und gehe ins neue Zimmerchen zurück. Ich hebe den Walkman auf und lege ihn auf den Nachttisch. Die Steppdecke ist hinter dem Bett auf den Boden gerutscht, das halbe Gesicht der Sängerin, deren Namen ich vergessen habe, liegt vor meinen Füßen. Mit dem großen Zeh wippe ich das dicke Papier ein paarmal hoch. Ich nehme die Steppdecke, lege sie ordentlich aufs Bett und strecke mich auf den dunkelblauen Buchstaben und Ziffern aus. Ich schließe die Augen.

Ein paar Stunden müssen vergangen sein. Ich habe Hunger. Geschlafen habe ich nicht, auch kaum nachgedacht. Ich liege auf einem Bett, das nicht meins ist, und habe die ganze Zeit mein eigenes großes Bett vor Augen. Früher bin ich ins Bett gegangen, um zu schlafen, und aufgestanden, um zu melken. Ich stelle fest, daß mein Bett für mich immer mehr zu einem Ort wird, an dem ich Ruhe finde. Nicht Schlaf, sondern Ruhe. Manchmal gebe ich mir alle Mühe, *nicht* einzuschlafen. Weil tagsüber zuviel passiert. Das Bett ist jetzt ein Zufluchtsort, wie bis vor kurzem Vaters Schlafzimmer oder ein Stall voller Kühe im Winter. Bevor ich mich hinlege, betrachte ich die Karte von Dänemark und spreche die Namen von ein paar Städten oder Dörfern aus. Jütland ist mir dabei nicht mehr wichtiger als der

Rest, ich frage mich nicht mehr, wo Jarno Koper sich wohl niedergelassen hat. Immer öfter mache ich mittags ein Nickerchen.

»Helmer?«

Ich öffne die Augen. Henk steht in der Tür.

»Was willst du?«

»Der alte Herr van Wonderen ... dein Vater sagt, daß du melken mußt.«

»Warum?«

Er dreht sich um und geht zu Vater zurück. Ich höre ihn »Warum?« fragen. Er kommt wieder.

»Weil es schon fünf Uhr ist.«

»Sag ihm, dann soll er es selbst machen.«

Er will sich schon umdrehen, überlegt es sich aber anders. »Das geht nicht«, sagt er.

»Warum nicht?«

»Er kann nicht gehen.«

»Ach nein?«

»Nein.« Er traut sich offensichtlich nicht, ins Zimmer zu kommen. Es ist sein Zimmer, hier liegen seine Sachen, ich sehe, wie er nach dem Zigarettenpäckchen schielt. Er hat seit mindestens zwei Stunden nicht mehr geraucht.

»Vielleicht sollte ich dann allmählich mal aufstehen«, sage ich.

»Darf ich ...«

»Ja, es ist doch dein Zimmer.«

»Du liegst auf meinem Bett.«

»Das stimmt.«

Er kommt herein, greift sich die Zigaretten vom Nachttisch, nimmt eine heraus und zündet sie an. Ich richte mich auf und schwinge die Beine aus dem Bett.

»Versorgst du das Jungvieh?«

»Natürlich.«

»Und hilfst du mir morgen mit dem neuen Zaun für die Eselkoppel?«

»Ja, klar.«

»Fein. Hast du die ganze Zeit bei Vater gesessen?«

»Ja. Er schläft aber oft ein.«

»Er ist sehr alt.«

»Ja, ziemlich. Mein Gott.« Er drückt die Zigarette im Aschenbecher aus.

»Komm«, sage ich.

Beim Rausgehen dreht er sich noch einmal um, wie um sich zu vergewissern, daß in seinem Zimmer nichts verändert ist. Ich merke das, weil auch ich mich umgedreht habe: um mich zu vergewissern, daß er mir nachkommt.

»Na Gott sei Dank«, läßt Vater sich vernehmen.

»Kümmer dich um deine eigenen Angelegenheiten«, sage ich und schließe die Tür seines Zimmers.

»Es sind meine Angelegenheiten«, ruft er noch.

»Wie alt bist *du* eigentlich?« fragt Henk auf der Treppe.

»Fünfundfünfzig.«

»Echt? Deine Haare sind noch ganz schwarz.«

In der Waschküche ziehen wir beide einen Pullover an, dann unsere Overalls. Henk steckt das Zigarettenpäckchen in seine Brusttasche und fährt sich mit der Hand durchs Haar. Wir gehen an die Arbeit, der Bauer und sein Knecht.

37

»Henk?«

Henk dreht sich um und läßt den Betonpfosten los, an dem er gerade gezerrt hat. Die Sonne scheint ihm auf den Nacken, es ist ein paar Grad wärmer als gestern. Teun und Ronald stehen nebeneinander auf der Straße, das klassische Brüderpaar: groß und klein; der ältere ernst, der jüngere fröhlich, weil er gar nicht anders kann; das gleiche Haar, die gleiche Nase. Fehlt nur, daß sie sich bei der Hand halten. Teun ist dafür schon zu alt, bei Ronald kann ich es mir noch gut vorstellen. Sie könnten auch Waisen sein.

»Ja?« antwortet Henk.

»Hast du das Poster schon aufgehängt?«

Henk wirft mir einen Blick zu. Ich stelle den Holzschlegel zwischen meine Füße. Henk schüttelt den Kopf.

»Gefällt es dir nicht?«

»Es gefällt mir sehr gut«, sagt Henk bedrückt.

»Das Poster ist aus Versehen zerrissen«, sage ich.

Teun wendet sich mir zu. »Zerrissen?« fragt er.

»Ja.«

»Aus Versehen?«

»Ja.«

»Wie kann denn das passieren?«

»Hast du das gemacht, Henk?« fragt Ronald fröhlich.

»Nein«, sage ich. »Ich war das.«

»Aber...«

»Wolltest du es wiederhaben?« fragt Henk.

»Ja. Ich hatte es dir geliehen, hat meine Mutter das nicht gesagt?«

»Nein«, antworte ich, »davon hatte sie nichts gesagt.«

»Kannst du's nicht reparieren?« fragt Ronald Henk. »Mit Klebeband?«

»Nein, es ist ganz zerrissen.«

Teun schaut von Henk zu mir und wieder zurück.

»Soll ich dir ein neues kaufen?« fragt Henk.

»Nein«, sagt Teun. »Schon gut.« Neben seinem rechten Fuß steht ein einsamer gelber Krokus am Straßenrand. Teun sieht ihn nicht, und als er sich umdreht, zertritt der die Blume. »Komm, Ronald«, sagt er.

»Ich will ...« beginnt Ronald.

»Komm«, unterbricht ihn Teun. »Wir gehn nach Hause.« Er nimmt Ronalds Hand und zieht ihn hinter sich her. In einiger Entfernung läßt er die Hand seines kleinen Bruders los. Ronald schaut sich noch einmal um, etwas weniger fröhlich als sonst.

»Jetzt will ich mal schlagen«, sagt Henk. Er hat den alten Pfosten gelockert und dann aus dem Boden gezogen, der neue steht lose im alten Loch. Ich reiche ihm den Schlegel, gehe in die Knie und halte den Pfosten in der Mitte fest. Als Henk den Schlegel hebt, drehe ich mein Gesicht weg. Er trifft den Pfosten so hart, daß ich ihn loslassen kann, bevor er das zweite Mal zuschlägt. An einer Schulter seines alten Overalls reißt eine Naht, ohne daß er es merkt. »Scheiße«, sagt er, als er ein drittes Mal ausholt.

Von den dreißig Betonpfosten entlang der Straße mußten acht ersetzt werden. Heute vormittag haben wir fünf geschafft, jetzt sind wir mit den letzten drei beschäftigt. Wir haben an der Hofseite angefangen und arbeiten uns in nordöstlicher Richtung zu den Resten des Knechtshauses vor. Wenn alle Pfosten stehen, wird auf der ganzen Länge neues, mit grünem Kunststoff beschichtetes Drahtgeflecht angebracht, und als oberer Abschluß jeweils ein Brett.

»Das hatte ich nicht geahnt«, sagt er.

»Es ist meine Schuld«, entgegne ich.

»Schuld, Schuld.« Er zieht mit seinem ganzen Gewicht an dem neuen Pfosten.

»Der ist in Ordnung«, sage ich. »Noch *einen.*«

Wir gehen zum letzten Pfosten, der ersetzt werden muß.

»Was ist das?« fragt Henk. Er zeigt auf die halbe Mauer und den zugewucherten Garten.

»Das war das Knechtshaus.«

»Umgeweht worden?«

»Abgebrannt.«

Henk nimmt die Schachtel aus der Brusttasche und zündet sich eine Zigarette an. Dann geht er am letzten Pfosten vorbei auf die Straße. Kurz darauf steht er im Garten des Knechtshauses. »Hier hat also der Knecht gewohnt?« ruft er. Er zieht an einem Ast der kahlen Magnolie.

Ich nicke.

Vom Garten aus betritt er den Betonboden der Ruine. »Klein«, ruft er.

Ich nicke.

Er schaut sich um, geht zu der halben Seitenmauer, die noch steht, und versucht sie mit einem Fuß umzustoßen. Es ist die Seitenwand, an der früher die Holztreppe zum Obergeschoß hinaufführte. Henk ist ungefähr so alt, wie ich damals war. »Nur ein Knecht oder eine ganze Familie?« fragt er.

Ich schüttle den Kopf.

»Was?« ruft er.

»Nur der Knecht.«

Er drückt seine Zigarette an der Mauer aus, nimmt Anlauf und springt über den schmalen Graben, der das kleine Grundstück von der Eselkoppel trennt. Dann geht er zum letzten Pfosten und fängt an, ihn hin und her zu zerren. »Noch einmal kräftig rütteln, dann sind wir fertig«, sagt er.

Ich kann die Muskeln an seinem Hals zucken sehen.

Kurz bevor ich mit Melken anfange, gehe ich zum Damm. Da kommt er endlich, auf Vaters altem Rad. Am Lenker baumelt eine Plastiktüte von Albert Heijn. Er war beim Friseur, und er hat eingekauft, deshalb hat es so lange gedauert. Er steigt ab. »Was zu essen«, sagt er und zeigt auf die Tüte. Ich hebe die Hand, aber er zieht den Kopf zurück, als hätte er – früher als ich – gespürt, daß die Hand auf dem Weg zu seinen gestutzten Haaren war.

»Warum hast du dein Haar so kurz?« frage ich.

»Kein besonderer Grund«, sagt er. »Schön praktisch.«

Ich sehe den alten Friseur hier im Dorf (schon seit über zwanzig Jahren tot), wie er den Kamm mit lockerem Handgelenk an seinem weißen Kittel abstreift, um die Härchen daraus zu entfernen, und im Frisierspiegel sehe ich langsam einen Ford vorbeifahren, vor austreibenden Sträuchern im Garten des Hauses gegenüber. Einen alten Ford mit Heckflossen und von der gleichen Farbe wie die alten Fähren, hellgrün. Ich habe den prickelnden Duft von Birken-Haarwasser in der Nase, und ich sehe Henks Gesicht, zu einer Grimasse verzogen.

Er hat bei Albert Heijn Gehacktes gekauft, helles. Bevor er sich ans Kochen macht, nehme ich ihn zur Gefriertruhe in der Waschküche mit. »Mach mal auf«, sage ich.

Er hebt den Deckel an. »Mein Gott«, sagt er. »Ist das alles Fleisch?«

»Eine halbe Kuh«, antworte ich. »In Beuteln verpackt.« Ich nehme einen steinhart gefrorenen Beutel mit rotem Verschlußband aus der Truhe. »Rot ist Gehacktes. Rindergehacktes. Blau ist Steak, grün ist Roastbeef.«

»Wo ist die andere Hälfte von der Kuh?«

»Vom Metzger verkauft.«

Er läßt den Deckel wieder herunter. »Ich hab mein Leben lang Bauchspeck gegessen«, sagt er.

Henk kocht ein Gericht mit Tomaten, Paprika, Zwiebeln, Knoblauch und Kräutern. Es ist nach zwanzig Minuten fertig. Ich öffne die erste Flasche südafrikanischen Wein; nach dem Korkenzieher mußte ich lange suchen.

»Laß mich mal riechen«, sagt Henk, als er den Korken aus dem Flaschenhals ploppen hört.

Ich strecke ihm die Flasche entgegen.

»Nein, den Korken.«

Ich halte ihm den Korken unter die Nase.

»Gut«, sagt er. Es hört sich an, als ob er sich auskennt.

Ich decke den Tisch und gieße uns Wein ein. Daß die Tage länger werden, hatte ich ja schon gemerkt, aber zum ersten Mal fällt mir auf, daß es zur Abendessenszeit nicht dunkel ist. Den Vorhang vor dem Seitenfenster kann ich noch nicht zuziehen.

»Am besten bringst du Vater gleich selbst einen Teller«, sage ich.

»Warum soll ich das machen?«

»Ich weiß nicht, wie er auf das hier reagiert.«

»Er wird doch schon mal Paprika gegessen haben?«

»Nie.«

Es schmeckt mir, was er gekocht hat. Auch der Wein schmeckt mir. Als ich mir ein zweites Mal auffülle, gießt Henk unsere Gläser noch einmal voll.

»Wenn dieses Haus noch gestanden hätte«, sagt er nach einer Weile und zeigt dabei mit dem Daumen über seine Schulter, »hätte ich dann da wohnen sollen?«

»Nein, natürlich nicht.«

»Wieso natürlich? Ich bin doch der Knecht?«

»Wir leben nicht mehr in den sechziger Jahren des vorigen Jahrhunderts.«

»Vielleicht hätte es mir aber gefallen.«

»Für dich allein zu wohnen?«

»Ja. In einem kleinen, übersichtlichen Haus.«

»Fühlst du dich hier nicht wohl?«

Statt zu antworten, seufzt er und schabt mit dem Löffel über seinen Teller. Dann füllt er sich eine dritte Portion auf.

Ich bin benebelt vom Wein und denke an Bier. Bier aus der Flasche, während ich im Sessel in einem Haus sitze, das nur noch in meinem Kopf existiert. Jazz. In gewisser Weise ist Jazzmusik einsame Musik, vor allem, wenn sie leise aus einem Radio kommt, das irgendwo in einer Ecke steht.

Warum habe ich die Dinge einfach laufen lassen? Ich hätte zu Vater auch nein sagen können, mach's allein oder verkauf den Hof.

Großvater van Wonderen wohnte in Edam, er hat Großmutter van Wonderen um sechs Jahre überlebt. Einmal in der Woche fuhr ich für ein halbes Stündchen zu ihm. Von seiner Altenwohnung hatte er Aussicht auf einen Teich mit Springbrunnen in der Mitte. Sein kleines Wohnzimmer schien immer Sonne zu haben, unabhängig vom Sonnenstand. Wir tranken eine Tasse Kaffee, und ich wußte kaum, was ich sagen sollte. Ich war froh, wenn die halbe Stunde um war. Wenn ich dann wieder im Auto saß und heimfuhr, dachte ich: Es wäre besser, wenn ich gar nicht käme, dann wäre er immer allein und würde es nicht anders kennen. Die eine halbe

Stunde mit mir macht ihn viel einsamer, als er ohne diese halbe Stunde wäre. Wenn man etwas nicht anders kennt, weiß man nicht, was einem fehlt. Weiß ich nicht jetzt schon, daß Henk weggehen wird? Natürlich geht er weg, warum sollte er bleiben? Er hat hier nichts verloren.

»Noch Wein?«

Ich lege die Hand auf mein Glas.

»Gehst du auch mal aus?«

»Aus?«

»Ja. In eine Kneipe, oder... Mein Vater hat mit ein paar Leuten Karten gespielt, einmal die Woche.«

»Nein«, sage ich.

»Ich würde gern mal ausgehen.«

»Dann mußt du nach Monnickendam, samstags abends.«

»Ist das was?«

»Früher ja.«

»Stell ich mir langweilig vor, so ein Dorf.«

»Du kannst natürlich auch nach Amsterdam.«

»Na ja ...«

Ich stehe auf und räume den Tisch ab. Henk verzieht sich ins Wohnzimmer und schaltet den Fernseher ein.

Als ich mit Spülen fertig bin, setze ich mich an den Schreibtisch. Ich fange mit den üblichen Eintragungen an, aber ich bin immer noch etwas benebelt, und mein Blick schweift dauernd von den Papieren vor mir ab. Nach einer Weile verstummt der Fernseher. Henk geht in den Flur und dann in die Waschküche, und kurz danach höre ich das Wasser im Badezimmer laufen. Ich versuche mich auf meine Arbeit zu konzentrieren, aber eigentlich warte ich darauf, ihn die Treppe hinaufgehen zu hören.

Er geht nicht die Treppe hinauf, er kommt in die Küche, mit einem Handtuch um die Taille. Mit der linken Hand umklammert er den Rand der Tür. »Ich bin froh, daß mein Vater tot ist«, sagt er.

»Was?«

»Tot. Meine Mutter hat mich gar nicht erst gefragt, ob ich mit den Schweinen weitermachen wollte, sie hat einfach alles verkauft.«

»Hättest du den Betrieb denn übernehmen wollen?«

»Nein! Bloß nicht! Ich fand's wirklich gut so.«

»Aber daß sie dich gar nicht gefragt hat, kränkt dich.«

»Nö. Vielleicht haben meine Schwestern ihr gesagt, daß sie verkaufen soll. Ich weiß es nicht. Sie haben mich aus allem rausgehalten.«

»Also bist du froh.«

»O ja.« Er sieht nicht froh aus.

»Was für ein Mann war dein Vater?«

Er denkt einen Augenblick nach und zuckt dann mit einer Schulter. »Eigentlich war er sehr nett. Ich konnte ihn gut leiden.« Er hält immer noch die Tür fest und schaut die ganze Zeit zum Tisch hinüber, auf dem nur die noch nicht ganz leere Weinflasche steht. Jetzt sieht er mich an. »Gute Nacht«, sagt er.

Als ich die Tür des neuen Zimmerchens höre, stehe ich auf und gieße mir noch ein halbes Glas Wein ein. Ich sehe mich in der Scheibe des Seitenfensters und hebe das Glas, auf mich selbst oder auf Ada, ich weiß es nicht. Auf einmal fällt mir ein, daß Vater noch nichts gegessen hat, und sofort empfinde ich eine heftige Abneigung gegen den Kerl im Fenster, der so übertrieben sein Glas erhoben hat. Der sich überlegen gibt, ohne es zu sein. Ich schleiche die Treppe hinauf und öffne ganz vorsichtig die Tür von Vaters Zimmer. Er schnarcht leise und ruhig. Friedlich. Ich lasse ihn schlafen, es ist schon spät. Ich gehe in die Küche zurück und ziehe den Vorhang vor dem Seitenfenster zu. Als ich mich gerade an den Schreibtisch setzen will, steht Henk plötzlich wieder in der Tür. Nicht mit Handtuch um die Taille, sondern in blauer Unterhose und gelbem T-Shirt.

»Dein Vater hat nichts gegessen«, flüstert er.

»Ich weiß«, antworte ich. »Er schläft.«

»Aber...«

»Er wird's überleben.«

Er nickt und verschwindet.

Die elektrische Uhr summt, der Wasserhahn tropft. Es ist still im Haus. Ich schlucke etwas herunter und schließe den Rolldeckel des Schreibtischs.

»Ballerup«, sage ich kurz danach. »Stenløse, Taastrup, Frederikssund, Holbæk.« Ich wische mit einem Finger über die Oberkante des Rahmens und puste den Staub von der Fingerkuppe. Zum ersten Mal sehe ich, daß Jütland ein Riese sein könnte, der im nächsten Augenblick Fünen, Seeland und alle kleineren Inseln verschlingen wird. Ich drehe mich um, ziehe mich aus und krieche ins Bett. Langsam wärmt mein Körper die Steppdecke. Oben knarrt etwas, von draußen dringt kein Geräusch herein.

38

Wir rollen das kunststoffbeschichtete Drahtgeflecht in der umgekehrten Richtung aus, fangen also bei den Resten des Knechtshauses an und arbeiten uns von Pfosten zu Pfosten bis zum Hof vor. Es ist noch ein paar Grad wärmer als gestern, und jetzt sehe ich auch mehr Krokusse am Straßenrand, wahrscheinlich, weil ich darauf achte. Die Blume, die Teun zertreten hat, war nicht so einsam, wie ich gedacht hatte. Immer wieder schaue ich in den Himmel; ich erwarte Rotschenkel und Uferschnepfen zu sehen, obwohl ich weiß, daß wir noch nicht einmal März haben. Die Pfosten sind für Holzbretter konstruiert, deshalb ragen Schrauben aus dem Beton, an denen Bretter mit Hilfe von Muttern befestigt werden können. Wir knoten das Drahtgeflecht mit Eisendraht an den Schrauben fest. Die Arbeit scheint Henk zu gefallen. Er rollt aus, pfeift, knotet den Eisendraht und raucht ab und zu eine Zigarette. Er streckt den Zeigefinger in die Luft und sagt »Hoi«, wenn Radfahrer vorbeikommen. Er schnaubt durch die Nase, wenn die Radfahrer nicht wiedergrüßen. Manchmal starrt er beim Rauchen zu den Türmen und schemenhaften Umrissen Amsterdams hinüber. Man könnte meinen, er wäre hier zur Welt gekommen. Ganz Waterland riecht nach Mist.

»Hast du auch schon mal anderen Käse?« fragt er mittags.

»Nein«, antworte ich.

»Warum nicht?«

»Das ist Edamer direkt von der Molkerei.«

»Ja und?«

»Den bekomme ich ins Haus geliefert, billig.«

»Ist nicht viel Geschmack dran.«

»Du kannst dir doch selbst anderen Käse kaufen?«

Er legt den Käsehobel hin. »Ich hab kein Geld.«

Ich stehe auf und gehe zum Schreibtisch. Die Brieftasche liegt in einer der quadratischen kleinen Schubladen. Ich öffne sie und nehme zwei Hundert-Euro-Scheine heraus. »Hier«, sage ich.

Wortlos nimmt er das Geld, faltet die Scheine und steckt sie in eine Gesäßtasche. Dann hobelt er weiter.

Der kleine Lastwagen des Viehhändlers fährt langsam vorbei.

»Wir kriegen Besuch«, sage ich.

»Du kriegst Besuch«, sagt Henk. »Ich nicht.«

Der Viehhändler klopft einmal an den Pfosten und steht dann schon in der Tür. »Guten Appetit«, sagt er.

Aus irgendeinem Grund schaue ich ihn aufmerksamer an als sonst, vielleicht sehe ich ihn auch mit Henks Augen – obwohl der mit dem Rücken zur Tür sitzt –, und mir fällt auf, wie alt er ist. Er hat einen grauen Bart, wie man ihn oft auf sehr alten, strengen Fotos sieht. Die tiefen Furchen in seiner Stirn haben dunkle Ränder. Wie gewöhnlich reibt er mit der Sohle des einen Fußes über den Spann des anderen. Er schaut auf Henks Rükken.

»Das ist Henk«, sage ich.

»Ist das dein Neffe?« fragt er.

»Mein Neffe? Nein, Henk arbeitet hier.«

»Ah.«

Henk tut so, als ob niemand da wäre. Er hat sich nicht umgeschaut und ißt einfach weiter. Ich habe meinen Stuhl etwas zur Tür hin gedreht.

»Setz dich«, sage ich und zeige auf den Stuhl gegenüber von meinem.

»Ja-a«, sagt der Viehhändler langsam und zu meiner Überraschung. Er nimmt die Mütze ab und setzt sich hin. Er schaut Henk aus den Augenwinkeln an.

»Ich hab nichts für dich.«

»Deswegen komme ich nicht.«

Weil er nichts weiter sagt, frage ich, ob er Kaffee möchte.

»Ja, Kaffee wär nicht schlecht.«

Ich stehe auf und hole einen Becher aus einem der Hängeschränkchen.

»Also du arbeitest hier«, fragt der Viehhändler Henk.

»Ja.«

»Kommst du aus Brabant?«

»Ja.«

Ada? Oder kann er an einem Ja hören, woher jemand kommt? Ich stelle ihm den Becher hin.

Er schaut sich in der Küche um, als wäre er zum ersten Mal hier. »Wie geht's dem alten van Wonderen?«

»Gut.« Ich schiebe meinen Teller mit der halb gegessenen Scheibe Brot zurück. »Nur ist er nicht mehr so ganz beieinander.«

»Schade«, sagt der Viehhändler. »Wir haben so manches Geschäft zusammen gemacht.«

»Ja.«

Die elektrische Uhr summt, Henk rutscht auf seinem Stuhl hin und her.

»Ich wollte sagen, daß ich aufhöre.«

»Tatsächlich?«

»Weißt du, wie alt ich bin?«

»Anfang Sechzig?«

»Achtundsechzig.«

»Dann wird's auch Zeit.«

»Die Frau hat gesagt, wenn du jetzt nicht langsam mal aufhörst, dann geh ich.«

»Tja.«

»Sie will reisen.«

»Habt ihr nicht eine Tochter in Neuseeland?«

»Ja. Die Frau hat schon Flugtickets gekauft.«

»Schön.«

Er trinkt etwas Kaffee. »Fliegen«, sagt er dann. »Kannst du dir mich in einem Flugzeug vorstellen?«

»Wieso nicht?«

Er hat eine schleppende Art zu reden und schaut mich kaum an. Ich würde gern einen Blick unter den Tisch werfen, weil ich vermute, daß seine Füße jetzt ganz ruhig und flach auf dem Boden stehen. Er ist schon jemand anders, er ist kein Viehhändler mehr und kann ohne Scheu sprechen.

Henk steht auf. »Ich geh raus«, sagt er. »Wiedersehn.«

»Wiedersehn, Junge«, sagt der Viehhändler. Sobald Henk weg ist, schaut er mir ins Gesicht. »Das ist also dein neuer Knecht.«

»Ja«, sage ich.

»Kräftiger Junge.«

»Ja.«

Ich höre die Tür zur Milchkammer zuschlagen.

Der Viehhändler wendet endlich den Blick ab und schaut durchs Seitenfenster. »Ich war eben bei den Nachbarn.«

»Fährst du bei allen vorbei?«

»Ja. Das kostet mich bestimmt eine Woche.« Er stellt den Becher auf den Tisch. »Ich geh wieder.«

»Gut«, sage ich.

»Wir sehn uns irgendwann noch«, sagt er in der Waschküche.

»Viel Vergnügen in Neuseeland.«

»Da ist jetzt Sommer«, sagt er. Er schlüpft in seine Klompen. »Bestell deinem Vater Grüße.«

»Werd ich machen«, sage ich.

Er öffnet die Stalltür und geht zum hinteren Ausgang.

Ich warte einen Moment und verlasse dann das Haus durch die Milchkammer. Als der kleine Lastwagen vorbeifährt, hebe ich die Hand. Henk sitzt gegenüber der Milchkammer auf dem Zaun der Eselkoppel. Ich sehe ihn erst, als der Wagen vorbei ist. Rauch schwebt über seinem Kopf. Jetzt hebt er die Hand. Ein Theaterstück ohne Worte für drei Männer: Einer fährt weg, ohne sich noch einmal umzusehen, der zweite starrt ihm hinterher, der dritte beobachtet den zweiten, der zweite bemerkt den dritten nicht, bis der erste fort ist.

Es ist warm in der Küche. Die Sonne scheint auf den Tisch. Draußen fliegen zwei Enten vorbei. Ich mache zwei Scheiben Käsebrot fertig und gehe die Treppe hinauf. Vater wacht nicht auf, als ich ins Zimmer komme. Ich stelle den Teller vorsichtig auf seinen Nachttisch und setze mich auf den Stuhl am Fenster.

»Der Viehhändler läßt dich grüßen«, sage ich leise, aber nicht gehässig. »Er fliegt nach Neuseeland, mit seiner Frau, zu seiner Tochter.« Die Nebelkrähe in der Esche ist mein ganzes Publikum. »Du bist mir zuwider, weil du mir mein Leben verdorben hast. Ich lasse keinen Arzt kommen, weil es meiner Ansicht nach höchste Zeit wird, daß du aufhörst, mir mein Leben zu verderben, und ich sage Ada, daß du senil bist, weil das alles ein bißchen einfacher macht. Wenn du senil bist, spielt alles keine Rolle mehr. Was ich sage, was du sagst. Und du weißt nicht annähernd, wieviel Henk mir bedeutet hat. Henk war mein Zwillingsbruder. Weißt du, wie es ist, einen Zwillingsbruder zu haben? Na? Was weißt du eigentlich? Du bist in all den Monaten, nachdem du Jaap entlassen hattest, nicht *einmal* bei ihm gewesen, weil du ihn nicht als deinesgleichen sehen wolltest. Ich habe ihn als meinesgleichen gesehen. Er hat mich auf den Mund geküßt, verdammt noch mal. Hast du mir jemals einen Kuß gegeben? Hast du jemals etwas Nettes zu mir gesagt? Weißt du, was ich will? Nein, das weißt du nicht, ich weiß es ja selbst nicht. Der Viehhändler kommt also nie mehr, deshalb läßt er dich grüßen, und die Milchfahrer kommen auch nie mehr, der eine ist tot, das wußtest du schon, der mürrische, aber vielleicht hast du's vergessen, weil du senil bist, und der andere, der junge, der immer lächelt, fährt demnächst woanders. Das ist auch deine Schuld. Nicht, daß er weggeht, aber du hast dafür gesorgt, daß er *von mir* weggeht. Wenn ich nicht hier gewesen wäre, hätte ich ihn nicht gekannt. Ich glaub übrigens nicht, daß wir Ada hier noch oft zu sehen bekommen, die schaut lieber aus der Entfernung bei uns rein, und Ronald ist der einzige von drüben, der noch kommt, mit Teun haben wir's uns verdorben, weil ...«

»Helmer!« Henk ruft, unten an der Treppe.

Vater wird wach.

Ich stehe auf. »Ich hab dir was zu essen hingestellt«, sage ich.

»Hab ich geschlafen?« fragt Vater.

»Machen wir jetzt weiter?« ruft Henk.

»Ich komme!« rufe ich. »Ja«, sage ich zu Vater.

»Gar nicht gemerkt. Ich bin so müde.« Er richtet sich auf und schaut zu dem Teller. »Käse«, sagt er. »Lecker.«

Eigentlich ist Henk doch eine Art Neffe, denke ich, als ich die Treppentür hinter mir zumache und ihn in der Waschküche stehen sehe. Er zieht gerade seinen Overall an, den Overall mit dem zu engen Schritt, den zu kurzen Ärmeln und dem Riß an der Schulter. Ein Halbneffe, ein Wenn-Neffe, eine Art angeheirateter Neffe.

39

»Ich lauf ganz sicher *nicht* hinter den Eseln her. Mach's allein.«

»Dann stell dich einfach da auf den Hof.«

»Ich will nichts mit den Viechern zu tun haben.«

»Wenn du dich da hinstellst, hinter dem Gatter, laufen sie direkt auf die Koppel.«

»Und wenn ich mich da nicht hinstelle, dann nicht?«

»Henk, sie tun dir nichts. Es sind *meine* Esel.«

»Wie meinst du das?«

»Nicht der Zwergesel von deinem Vater.«

»Hm?«

»Der dich getreten hat.«

»Woher weißt du das?«

»Von deiner Mutter.«

»Scheiße.«

»Wieso fluchst du jetzt?«

»Was hat sie dir noch alles erzählt?«

»Nichts. Glaub mir: je kleiner, desto gemeiner. Shetlandponys sind auch falsch, die treten aus und beißen. Das hier sind richtige Esel, die tun dir nichts. Teun und Ronald ...«

»Was hat sie noch alles erzählt? Warum bin ich eigentlich hier?«

»Was weiß ich.«

»Ganz ohne Grund?«

»Was?«

»Bin ich ganz ohne Grund hier?«

»Nein ...«

»Also warum!«

»Weil du zu Hause nichts mit dir anzufangen wußtest.«

»Zu Hause? Wo zu Hause?«

»Na ja, in Brabant.«

»Ja Scheiße noch mal.«

»Was ist denn? Fluch nicht so rum.«

»Was ist das für ein blödes Gequatsche! Nichts mit mir anzufangen?«

»Ja, nichts mit dir anzufangen.«

»Wie lange muß ich noch hierbleiben?«

»Muß, muß. Du mußt nichts.«

»Wenn ich will, kann ich also weg?«

»Natürlich.«

Es ist März, und die Sonne ist verschwunden. Wir stehen vor dem Eselstall, es nieselt. Der Zaun um die Eselkoppel ist fertig.

»Streitet ihr euch?« Ronald steht plötzlich neben uns. Wie ein treues Hündchen.

»Nein, nein«, sage ich.

»Wir haben eine Meinungsverschiedenheit«, erklärt Henk.

»Was ist das?«

»Daß Helmer etwas sagt, das ich nicht richtig finde.«

»Und Henk etwas, das ich nicht richtig finde.«

»Ach so«, sagt Ronald. »Kommen die Esel auf die Weide?«

»Ja.«

»Toll! Darf ich helfen?«

»Ja, sicher. Wo ist Teun?«

»Zu Hause.«

»Hatte er keine Lust zu kommen?«

»Nein.« Er schaut von mir zu Henk und wieder zu mir und beschließt, uns ins Vertrauen zu ziehen. »Er findet euch doof.«

»Stell dich einfach da auf den Hof.« Ich zeige zum Damm hinüber.

Ronald rennt gleich los – fröhlich, immer fröhlich – und bleibt auf der Höhe der Milchkammertür stehen. Dann hebt er die Hand, um zu zeigen, daß er auf seinem Posten ist.

»Wenn ich weg will, darf ich also?« fragt Henk.

»Ich halte dich nicht auf.«

Er geht in die Scheune und kommt kurz danach auf Vaters Rad wieder heraus. In einer weiten Kurve steuert er auf den Damm zu. Ronald starrt ihn überrascht an. »Fährst du weg?« höre ich ihn fragen. Ich gehe langsam aufs Wohnhaus zu.

Vielleicht sagt Henk etwas. Ich kann es nicht hören, weil die Nebelkrähe zu schreien anfängt. Sie kommt hinter dem Haus hervor und fliegt gegen Henks Stirn. Sie schlägt wild mit den Flügeln, um in der Luft zu bleiben, und stößt sich mit den Beinen von Henks Schädel ab, während das Fahrrad und Henk unter ihr wegkippen. Noch einen Augenblick bleibt sie über ihm hängen, fast wie ein rüttelnder Riesen-Turmfalke, der eine Maus erspäht hat, dann steigt sie auf und fliegt zwischen den Bäumen an der Eselkoppel hindurch, Richtung Marken.

»Henk ist gestürzt«, sagt Ronald.

40

»Henk ist gestürzt«, hat Ronald gesagt. »Ist über den Haufen geflogen worden«, würde ich sagen. Als ich zu ihm kam, versuchte er aufzustehen. Er schaffte es gerade mal, sich auf Hände und Knie zu stützen, das Blut floß ihm über die Stirn. Ich sagte ihm, daß er sitzenbleiben sollte. Ronald wuchtete das Fahrrad hoch, aber weil es Vaters altes Rad ist, ein schweres, solides Rad, rutschte ihm der Lenker aus der Hand. Der Sattel traf Henk im Rücken.

»Laß nur, Ronald«, sagte ich.

»Was ist passiert?« fragte Henk.

»Ich hol den Verbandkasten.«

Als ich wieder aus der Milchkammer kam, stand Ronald neben Henk, hatte die Hände in die Hüften gestemmt und schaute sich um. »Er hat überhaupt nichts gesagt«, teilte er mit. »Aber er hat auch nicht geweint.«

Ich kniete mich hin und tupfte mit einem sauberen, angefeuchteten Geschirrtuch das Blut von Henks Kopf.

Ronald sah mir über die Schulter. »Soo ein Schnitt!« rief er, und ich überlegte nicht mehr, ob ich die Wunde selbst versorgen könnte. Ich beschloß, den Hausarzt zu überspringen, und fuhr direkt zum Krankenhaus in Purmerend. In der Ambulanz warteten schon ein paar Leute, aber Henk wurde vorgezogen, ich glaube, wegen des blutgetränkten Geschirrtuchs, das er an den Kopf preßte. Die größte Wunde – die Schnabelwunde – wurde gesäubert und genäht. Die Schrammen – von den Klauen der Nebelkrähe – nur gesäubert. Ob mein Sohn in den letzten Jahren eine Tetanusimpfung bekommen habe, wollte der Arzt wissen. Ich fragte Henk, und weil der nichts von einer Impfung wußte, bekam er nun noch eine Spritze. Der Arzt war froh, daß Henk so kurze Haare hatte. Er legte dicken Gazeverband auf die genähte Wunde und zog ihm eine Art elastische Badekappe mit feinen Maschen über den Kopf. So etwas sei ihm noch nie untergekommen, er habe nicht einmal gewußt, daß es Nebelkrähen gibt. Sehr originell, sagte er lächelnd zu Henk, sich auf diese Art einen Schnitt in der Kopfhaut zuzulegen. Henk konnte nicht darüber lachen.

Auf der Rückfahrt saß Henk schweigend und mit stierem Blick neben mir. »Mein Sohn«, sagte ich. Er fand das nicht lustig und seufzte tief. Seine Haare waren ganz unter der komischen Verbandmütze verschwunden, und wenn diese Mütze nicht gewesen wäre und er nicht so tief geseufzt hätte, dann hätte ich jetzt in sein Haar gegriffen. Als ich auf den Hof einbog und um Vaters Rad herumfahren wollte, sah ich, daß es vor der Hauswand lag. Ronald hatte sich also doch noch nützlich machen wollen, bevor er nach Hause ging. Im Flur packte ich Henk an beiden Ellbogen und drehte ihn zum Spiegel. Er wich seinem eigenen Blick aus, und einen Moment dachte ich, er würde gleich sein Spiegelbild anspucken.

Jetzt sitzt er schon seit einer halben Stunde im Wohnzimmer auf dem Sofa. Er sagt nichts, der Fernseher ist nicht eingeschaltet. Ab und zu reibt er mit der rechten Hand über seinen linken Oberarm. Er will keinen Kaffee, er will nichts essen. Die Nebelkrähe ist noch nicht auf ihren angestammten Platz zurückgekehrt.

Natürlich brauche ich keine Hilfe, um die Esel auf ihre Koppel zu bringen. Ich öffne das Gatter, gehe zum Stall, mache auch dort das Gatter auf und wandere langsam zur Eselkoppel zurück. Sie kommen hinter mir her, schlagen aus und schreien, überholen mich aber nicht. Kurz vor dem geöffneten Gatter mache ich ihnen Platz. Erst dann springen sie an mir vorbei und traben ein paar Runden. Als sie sich wieder etwas beruhigt haben, beschnuppern sie den neuen Zaun. Ich schließe das Gatter, mache den Strick fest und gehe dicht am Drahtgeflecht entlang zur Straße. Die Narzissen am Fuß der Baumstämme müssen jetzt jeden Tag herauskommen. Es nieselt noch. Ich gehe um die Ecke und folge dem neuen Zaun, bis ich bei den Resten des Knechtshauses ankomme. Auf den letzten zwanzig oder dreißig Metern laufen die Esel auf der anderen Seite neben mir her. Sie glänzen vor Nässe und scheuern mit dem Kinn über die neuen Bretter. Sie sind zufrieden.

Ich nehme einen Anlauf und springe über den Graben. Staatsbosbeheer will hier, wo das Knechtshaus stand, ein Besucherzentrum bauen. Es kommt der Tag, an dem es in Waterland keine Bauern mehr geben wird. Oder noch einen letzten Bauern, der auf die schottischen Hochlandrinder oder die Galloways aufpaßt, Gras mäht, leere Getränkedosen einsammelt, das Schilf schneidet und vom Besucherzentrum aus Führungen macht, zu Fuß oder in sauber gestrichenen Kähnen. All unser Land gehört schon Staatsbosbeheer, ich pachte es. Im Frühjahr lege ich die Bosman-Mühle für längere Zeit still, so daß ein Teil der Weiden überflutet wird. Für die Kiebitze, Uferschnepfen und Rotschenkel. Dafür bekomme ich einen Zuschuß von der Provinz. Wenn es Zeit ist, die Schafe aufzustallen, ist es auch Zeit, die Weiden unter Wasser zu setzen, so mache ich es jedes Jahr. Mir ist das alles sehr recht, aber ich sträube mich noch gegen den Verkauf dieses Grundstücks.

Zweimal im Jahr kommt eine Anfrage von Staatsbosbeheer, und Vater würde gerne verkaufen, aber ich nicht. Den letzten Brief habe ich ihm gar nicht gezeigt. Er liegt in einem der Schreibtischfächer.

Das Fundament läßt noch den Grundriß des Hauses erkennen. Mit den Füßen schiebe ich Erde, tote Zweige und Blätter zur Seite. Hier war das Wohnzimmer, hier die Küche, die Toilette, der Flur. Den Keller gibt es nicht mehr, der ist ein mit Steinen und Erde gefülltes Loch. Schon jetzt wächst Unkraut aus breiten Rissen im Beton. Einen Meter über meinem Kopf war der große Dachboden mit den beiden Gauben. Ich möchte nicht, daß hier Kinder herumrennen und brüllen oder irgendein Naturschutzbauer seine Sprüche herunterleiert. Ich möchte ab und zu hier stehen können und in Gedanken die Mauern wieder hochziehen, die Decke sich unhörbar schließen sehen, die roten Dachziegel an den Latten aufhängen; ich möchte mir das Wohnzimmer mit geöffneten Fenstern vorstellen, mit ein paar Flaschen Bier und dem Geruch von *halfzware shag*.

Ich streiche mit der Hand durch mein nasses Haar und reibe mir mit der feuchten Hand übers Gesicht. Wasser tut gut, es wäscht so vieles fort (Schmutz, alte Haut, Jahre), in Wasser ist man schwerelos, Wasser macht furchtlos und alterslos. Henk wird immer neunzehn bleiben. Direkt vor mir sehe ich ihn auf dem Sofa sitzen, eine Flasche lauwarmes Bier in der Hand; die obersten Knöpfe seines Hemds sind offen, sein anderer Arm liegt auf der Rückenlehne. Henk, der mir einen Kuß gibt, als wäre gerade jemand gestorben. Einsame Musik, leise. Ich schüttle den Kopf und trete mit dem Gummistiefel ein Büschel Unkraut platt. Jaap. Es war Jaap. War er ein Stellvertreter? Einer, der mir Henk ersetzte und an Henks Stelle sagte, es würde schon alles werden?

Wo ist Henk geblieben?

Wo ist Jaap geblieben?

Ich gehe auf der Straße zum Hof zurück, zu Henk mit seinem verletzten Kopf, zu meinem verbrauchten alten Vater, der noch *einen* Frühling erleben möchte. Die Esel haben mich allein gelassen, sie sind in der Ecke beim

Knechtshaus stehengeblieben. Ich hebe Vaters Rad auf, schwinge das Bein über die Stange und fahre die Strekke, die Henk vor ein paar Stunden gefahren ist, in umgekehrter Richtung. Ich habe noch Muskelkater von der Arbeit am Zaun. Es ist dunkel in der Scheune. Bevor ich in die Milchkammer gehe, schalte ich die Neonröhre über der Werkbank ein. Ich hänge eine Kneifzange an die Holzplatte mit den Nägeln und den Bleistiftumrissen. Wo bin ich selbst geblieben, denke ich, als ich den Tischlerhammer in seinen Bleistiftumriß hänge.

»Wo wolltest du hin?«

»Einfach weg.«

»Du hattest nichts bei dir.«

»Ja und?«

»Du hattest nicht mal deinen Overall ausgezogen.«

»Ja und?«

»Wie fühlt sich dein Kopf an?«

»Er juckt.«

»Das ist gut. Jucken ist gut.«

Er gießt sich ein zweites Glas Wein ein. Ich lege die Hand auf mein Glas. Wir essen Steak mit Kartoffeln und Prinzeßbohnen aus der Gefriertruhe. Draußen ist es immer noch nicht ganz dunkel, trotzdem habe ich den Vorhang vor dem Seitenfenster zugezogen.

»Warum macht ein Tier so was?«

»Tja.«

»Warum ich?«

»Tja.«

»Mein Arm fühlt sich lahm an.«

»Stell dir vor, sie hätte Ronald angegriffen, sein Kopf ist noch so verletzlich.«

»Also ist es gut, daß sie gegen mich geflogen ist?«

»So gesehen, ja.«

»Danke.«

Ich schneide das dritte Steak auf einem sauberen Teller in kleine Stücke.

»Was für große Hände du hast«, sagt Henk.

Ich fülle ein paar Kartoffeln und Prinzeßbohnen auf den Teller und schiebe ihn zu Henk hinüber. »Bringst du das nach oben?«

»Okay.«

Er bleibt lange weg. Ich spüle das Geschirr, und als ich damit fertig bin, hole ich die Nagelbürste aus dem Schränkchen unter der Spüle. Irgendwo muß eine Dose Mechanikerseife sein, die Mutter noch gekauft hat, weil sie meinte, Vater und ich müßten unsere Hände besser pflegen. Nach ihrem Tod ist die Dose in dem Schränkchen immer weiter nach hinten gewandert. Nach einigem Suchen finde ich sie in einer feuchten Ecke unter einem verschlissenen Putzlappen. Ich scheuere meine Hände mit der sandigen Seife, bis die Nagelhaut fast blutet.

In der Waschküche ziehe ich mich aus und werfe meine Sachen in den Waschkorb. Ich gehe ins Badezimmer, drehe das Wasser auf und stelle mich unter die Brause. Erst als das Wasser allmählich lau wird, der Boiler also fast leer ist, drehe ich mit schrumpeligen Fingern die Hähne zu. Ich trockne mich ab, schlinge mir das Handtuch um die Taille und gehe ins Schlafzimmer. Auf dem Weg durchs Wohnzimmer sehe ich in den Spiegel über dem Kaminsims, dann schaue ich Mutter an, die meinen Blick wachsam erwidert. Ich hatte frische Sachen anziehen wollen, aber als ich mein Bett sehe, überlege ich es mir anders.

Ich werfe das Handtuch in eine Ecke und stelle mich vor die Dänemarkkarte. »Værløse«, sage ich leise. »Farum, Holte, Birkerød, Frederiksværk.« Mein Geschlecht schwillt, und ich krieche ins Bett. Ich höre Henk die Treppe herunterkommen. Er geht durchs Haus, scheint kurz vor der Schlafzimmertür stehenzubleiben. Dann macht er überall die Lampen aus, ich höre es an dem Weg, den er nimmt. Kurz danach geht er wieder die Treppe hinauf. Das Haus ruht.

41

Ich bin auf die Koppel gegangen, um die Schafe zu zählen. Der Anblick eines Schafs macht mich immer ein bißchen trübsinnig. Es sind so jämmerliche Tiere. Ich denke oft an die drei Schafe, die ich verkauft habe, um das Geld dann für die Dänemarkkarte auszugeben; vor allem, weil ich nicht einmal genau hingesehen habe, *welche* Schafe ich da verscherbelte. Es hätten genausogut drei andere sein können. Zwanzig Schafe im Regen sind kein schöner Anblick, ungeschorene Schafe während einer Hitzewelle sind kaum anzusehen, ein hinkendes Schaf ist fast unerträglich. Am allerschlimmsten ist ein Schaf, das auf dem Rücken liegt. Das es nicht schafft, aus eigener Kraft auf die Beine zu kommen, das den prall mit Luft gefüllten Darm gegen die Bauchdecke preßt, das japst und röchelt und sich, wenn gerade Wind weht, allmählich immer weiter aufbläht, wobei es den Kopf krampfhaft in die Höhe reckt, solange es geht. Ich versuche mich zu erinnern, wann genau ich den Bock weggebracht habe. Es ist fast Zeit, sie aufzustallen. Ich zähle neunzehn Schafe.

Ich bin nicht zufällig jetzt auf der Koppel, ich zähle die Schafe, weil ich nicht im Haus sein will. Riet hat angerufen. Sie hat wieder gefragt, ob sie nicht mal vorbeikommen solle, nur um zu schauen, wie es uns geht, und vielleicht etwas »Frauenarbeit« zu übernehmen. Oben hustete Vater. Ich habe Henk gerufen und ihm den Hörer gegeben und bin dann zur Koppel gegangen.

Ich seufze und fange noch einmal an zu zählen. Neunzehn. Ich stiefele zum nächsten Graben. Spiegelglattes Wasser, das im Sonnenlicht glänzt. Diese Glätte hat nicht viel zu bedeuten, ein Schaf, das im Wasser gelandet ist, gibt schnell auf, fängt an zu saufen und wartet ruhig ab, was kommt. Texel-Schafe bringen es fertig, sich zu ertränken. Noch ein Minuspunkt. Ich gehe am Graben entlang bis zum Quergraben. Die neunzehn Schafe halten Abstand, aber sie folgen mir. Das Schaf steht im dritten Graben. Das Wasser reicht fast überall bis zur Grasnarbe, bei diesem Graben ist das Ufer oberhalb des Wasserspiegels nicht mehr als dreißig Zentimeter hoch, das ist die Länge eines gewöhnlichen Lineals. Ich greife mit den Händen tief in die Wolle und ziehe. Sie haben dünne, zerbrechliche Beine, aber wenn die Beine im Schlamm stecken, kommen sie einem wie bleischwere Widerhaken vor. Das Schaf wackelt ein bißchen hin und her und wendet mir kurz den Kopf zu, Wasser schwappt ans flache Ufer. Ich spreize die Beine etwas weiter und versuche es noch einmal. Im nächsten Augenblick sitze ich mit dem Hintern im Gras, ein Büschel Wolle in der rechten Hand. Das Schaf wartet jetzt nicht mehr ruhig ab, was kommt. Ganz gegen seine Natur versucht es, sich zu befreien, blökt und verdreht in panischer Angst die Augen. Ich denke nicht weiter nach und steige in den Graben, ohne die Stiefel auszuziehen. Es ist ein flacher Graben, aber als ich in die Knie gehe, um die Arme unter den Schafsbauch zu schieben, reicht mir das morastige Wasser bis an die Lippen. Ich versuche, das Schaf hochzuheben, meine Stiefel sinken immer tiefer in den saugenden Schlamm. Langsam, aber sicher kommt das Tier aus dem Wasser, ich habe es schon mit einer Flanke am Ufer. Als ich gerade denke, daß ich es schaffe, fängt das Schaf, das jetzt festen Boden spürt, heftig zu strampeln an. Ich verliere das Gleichgewicht und falle nach hinten, das Schaf rollt auf mich.

Meine Stiefel stehen wie in Beton gegossen im Schlamm, ich liege mit gebeugten Knien auf dem Rükken. So kann ich mich nicht hochstemmen. Einmal gelingt es mir, den Kopf über Wasser zu heben, an der nassen, bleischweren Wolle vorbei, und kräftig nach Luft zu schnappen. Dann drückt der Leib des Schafs mich wieder nach unten. Ich glaube, daß ich seinen Herzschlag spüren kann, ein rasendes Klopfen, es kann auch mein eigener Herzschlag sein. Ich versuche, meine Füße aus den Stiefeln zu ziehen. Von Furchtlosigkeit keine Spur, als mir langsam die Luft ausgeht. Seitwärts, ich muß versuchen, seitwärts unter dem Schaf wegzukommen. Von wegen alterslos – nicht wenn ich als halb ertrunkenes Tier unter einem anderen halb ertrunkenen Tier liege. Zur anderen Seite, linksherum, die linke Schulter hoch, in der Hoffnung, daß das Schaf dann von mir abrutscht. Seltsam, plötzlich sehe ich Jaap, wie er mir mit kraftvollen Zügen davonschwimmt, und ich sehe mich selbst unbeholfen strampeln und zappeln, mit weit geöffnetem Mund, in dem immer wieder ein Schwall IJsselmeerwasser verschwindet. Alles fortwaschen? Diese dreckige, stinkende Brühe, was soll die fortwaschen? *Seine Haare schwammen wie Algen hin und her.* Ich *muß* den Mund öffnen, es geht nicht anders. Ich sehe statt Henk mich im Simca sitzen, und meine Haare schaukeln wie Algen hin und her, während Riet mich durch die Scheibe der Beifahrertür ansieht. Nicht erschrocken, nicht ängstlich, nicht mit Panik im Blick. Mit einem Lächeln. Sie versucht nicht einmal mit aller Kraft, die Tür zu öffnen. Ich *muß* den Mund aufmachen. Ich kann die Arme nicht zwischen meinen Bauch und das Schaf schieben; auch wenn ich versuchen würde, das Tier über meinen Kopf von mir abzurollen, würde ich es nicht schaffen.

III

42

Helmer,
Du hast mich belogen. Henk hat mir von Deinem Vater erzählt. Ich dachte zuerst, er hätte den Verstand verloren. Der ist doch tot und eingeäschert? fragte ich. Nein, sagte Henk, er liegt oben im Bett, ich höre ihn husten. Ich bringe ihm oft etwas zu essen, hat er noch gesagt. Warum hast Du mich belogen? So etwas hätte ich nicht von Dir gedacht. Henk (Dein Bruder, der mein Mann geworden wäre) hätte mich nie angelogen. Du warst für mich immer ein netter, ehrlicher, sanfter Junge, aber da habe ich mich offenbar getäuscht. Ich war bei Dir und bin durchs Haus gegangen, und die ganze Zeit war auch Dein Vater da, hinter einer geschlossenen Tür! Mein Besuch erscheint jetzt in einem ganz anderen Licht. Ich hasse Deinen Vater, er hat mich weggeschickt, er hat mich fertiggemacht (oder glaubst Du vielleicht, daß ich in all den Jahrzehnten mit Wien ganz zufrieden und glücklich gewesen wäre? Daß ich gerne in Brabant lebe?).

Warum hast Du das getan? Weil ich sonst nicht gekommen wäre? Du denkst nur an Dich. Es vergeht kein Tag, an dem ich nicht an Henk denke. Henk war ein Junge, aber auch schon ein richtiger Mann, der mir gab, was ich wollte. Wien war ganz anders, er hat sich in gewisser Weise mehr für seine Schweine interessiert als für mich. Ich war zweite Wahl. Wenn Du wüßtest, was ich jede Nacht vor mir sehe. Immer dieses Auto und das IJsselmeer. Du hast mehr Ähnlichkeit mit Wien als mit Henk. Und dabei war ich an den paar Tagen nach Henks Tod bei Euch auf dem Hof wieder etwas zur Ruhe gekommen. Bei Deiner Mutter fand ich Halt, und ich dachte, daß es zwischen uns (Dir und mir) auch so etwas wie Verbundenheit gäbe. Es gab etwas, worauf wir aufbauen konnten, dachte ich.

Und dann noch etwas: Ich möchte Henk wiederhaben (nicht Deinen Bruder, sondern meinen Sohn). Er hatte hier Unruhe um sich verbreitet, aber jetzt merke ich, daß ich die Ruhe noch schlimmer finde. Ich möchte lernen, mit ihm zu reden, ich möchte ihn verstehen. Er ist mein Sohn. Außerdem glaube ich nicht mehr, daß er bei Dir gut aufgehoben ist, Du lügst und betrügst und bist deshalb kein gutes Vorbild für ihn. Und was war das mit der Krähe? Was ist das für ein lebensgefährliches Tier? Warum setzt Du meinen Sohn so einer Gefahr aus? Man wird ihn im Krankenhaus doch wohl richtig behandelt haben? Du bist ein verantwortungsloser Mensch.

Ich werde Henk auch schreiben, daß er zu seiner Mutter zurückkommen soll, die ihn braucht.

So geht es nicht weiter.

Grüße

Riet.

43

Nebel. Das einzige, was ich sehe, sind die kahlen Äste der Esche. Leere Äste. Weiter weg ist nichts. Es ist immer ein bißchen feucht in Vaters Schlafzimmer. Ich kann mich nicht erinnern, daß es in diesem Zimmer klamm gewesen wäre, als ich noch hier schlief. Wir haben immer noch März; meinem Gefühl nach müßte es schon Mai oder sogar Juni sein. Vater empfindet das wohl auch so.

»Ich will nicht mehr.«

»Das hast du eben schon gesagt.«

»Es dauert mir zu lange.«

»Es ist noch nicht Frühling.«

»Ich weiß. Deshalb.«

Ich schaue die vollen Wände an, die Fotos, Sticklappen und Aquarellpilze. Machen die Menschen Fotos für später, wenn sie selbst nicht mehr sind? »Und nun?« frage ich. »Wie stellst du dir das vor?«

»Ich werd nichts mehr essen.«

»Was?«

»Nichts mehr essen. Nur trinken.«

»Aber...«

»Ist das so schlimm?«

»Wenn ich dir nichts mehr zu essen bringe...«

»Bist du schuld an meinem Tod? Ach. Wenn du das nicht willst, kannst du mir ja Essen bringen. Dann esse ich es eben einfach nicht.« Er wirkt ziemlich munter, man könnte meinen, er macht einen Scherz. Vielleicht denkt er ja: Wenn mein Sohn Scherze machen kann, kann ich es auch.

In den vergangenen Tagen habe ich immer wieder Henks Handgelenke angeschaut. Kräftige, breite Handgelenke hat er. Von rötlichen Härchen bedeckt. Als er das Telefongespräch mit seiner Mutter beendet hatte, war er mir hinterhergegangen. Er war einen Moment am Zaun stehengeblieben und hatte mich nicht gesehen, nur die Schafe, die nah zusammenstanden und alle in eine Richtung blickten. Das kam ihm komisch vor, sagte er später. Ich vermute jetzt, daß das der Augenblick war, in dem ich zum letzten Mal den Kopf aus dem Wasser heben konnte. Henk stieg noch rechtzeitig über den Zaun und lief gerade eben schnell genug, um bei mir zu sein, bevor ich ertrank. Er sah das Schaf im Graben liegen, und auf seiner Flanke einen schlaffen Arm. Er stieg selbst in den Graben, schob mühelos das Schaf von meiner Brust und schaffte es dank seiner kräftigen Handgelenke, mich aus dem Wasser zu ziehen. Meine Stiefel blieben im Schlamm zurück, da stehen sie immer noch. Er schleifte mich aufs Ufer. Als ich die Augen öffnete, sah ich ein Ohr, eine Hand und eine Narbe. Er küßt mich auf den Mund, dachte ich, und gleich darauf spürte ich, wie ein starker Luftstrom in meine Lungen drang, ein Gefühl, wie wenn ich ersticken würde. Die Luft fand keinen Ausweg, er hielt mir die Nase zu. Meine Kehle brachte einen Laut zustande, und Henks Kopf entfernte sich. Jetzt zog sich mein Zwerchfell zusammen, und schneller, als ich denken konnte, lag ich auf der Seite – auch dank seiner kräftigen Handgelenke – und erbrach einen Schwall körperwarmes Modderwasser. »Bleib erst noch so liegen«, sagte Henk. Ich gehorchte. Ich war ziemlich erschrocken und heilfroh, statt Wasser Luft einzuatmen. Kurz danach spritzte mir Wasser von einem vorbeischwankenden Wollballen ins Gesicht. Auch das Schaf hatte er aus dem Graben heben können.

Jetzt liegt er im Bett. Er ist krank geworden, das sagt er jedenfalls. Wenn ich in seinem Zimmer bin, sehe ich seine Handgelenke vor einem Hintergrund aus afrikanischen Tieren. Ich selbst hatte mich im Laufe des Tages noch ein paarmal übergeben müssen, aber das war auch alles.

»Wie geht es Henk?« fragt Vater.

»Gut«, sage ich. »Besser.« Immer noch habe ich Morastgeschmack im Mund. Als würde Erde zwischen meinen Zähnen knirschen. Ich kann mir gut vorstellen, daß Tod nach Morast schmeckt. Ich starre die Esche an.

»Du wolltest mir noch sagen, warum ich dir zuwider bin und was ich getan habe.«

»Ja«, sage ich.

»Warum du Ada sagst, ich wäre senil, und warum du nicht den Arzt kommen läßt.«

»Ja«, sage ich.

»Ich versteh schon.«

»Wie meinst du das?«

»Der erste Schritt war, daß du mich nach oben geschafft hast. Du willst alle von mir fernhalten.«

Ich sage nichts mehr und starre weiter aus dem Fenster.

»Am Anfang hast du mir kaum was zu essen gebracht. Und jetzt, wo ich selbst sage, daß ich nicht mehr will, sträubst du dich auf einmal. Laß mich doch gehn.«

Langsam drehe ich den Kopf zu ihm hin. Er ist nicht mehr munter. Jetzt sagt er mir Dinge, die er noch nie gesagt hat.

»Du erzählst, daß ich senil bin, weil dann nichts von dem wahr ist, was ich sage, egal zu wem.«

Ich schweige.

»Das eine Mal, als du mir Käsebrote gebracht hast, an dem Tag, als die Sonne so schön schien.«

»Ja?«

»Und du dachtest, ich würde schlafen.«

Ich frage nicht noch einmal »Ja?«. Er sagt »dachtest«, und das sagt genug.

»Ich weiß es, Junge, ich weiß es.« Er streicht mit der rechten Hand über die Decke neben seinen Beinen. Eine merkwürdige, weibliche Geste. »Nein«, sagt er dann, »ich hatte es mir gedacht. Und ich will nie mehr davon hören. Nie mehr.«

Der Nebel wird allmählich dünner, dünner und heller. Die Straße glänzt silbrig, das Wasser im Kanal kräuselt sich fast unmerklich. Ich stehe auf und gehe zur Tür. Was genau weiß er oder hatte er sich gedacht? Er will nie mehr davon hören, aber das ist nicht so einfach hinzubekommen wie das Nie-mehr-Essen.

Ich sehe mich neben dem Bett knien und die Stirn auf die Decke legen, und ich sehe Vaters alte Hand, die aufhört, über die Decke zu streichen. Er hebt die Hand, streckt den Arm seitwärts über seine Beine und legt mir die Hand auf den Kopf. Sie fühlt sich trocken an, und die Haut ist wie Schmirgelpapier auf meinem Haar, aber warm ist sie auch. Ich öffne die Tür und schaue nach dem Teller auf seinem Nachttisch. Zwei Scheiben Brot mit Käse, ein Apfel und ein kleines Messer. Ich lasse den Teller stehen und gehe hinaus.

Alle liegen im Bett, dann kann ich mich auch hinlegen. Der Mittag ist gerade vorbei. Mehr als sonst habe ich das Gefühl, hier nicht hinzugehören. Henk hätte hier wohnen sollen. Mit Riet und mit Kindern. Riet und Ada wären trotz des Altersunterschieds dicke Freundinnen gewesen, und Riets Kinder wären mit Teun und Ronald zur Schule gegangen. Nein, stimmt nicht, ihre Enkel. Ich hätte ein Onkel sein sollen. Henk hätte zu dem jungen Milchfahrer in herzlichem Ton gesagt, daß es ihm leid tue, ihn hier nicht mehr zu sehen, und er hätte ihm Glück gewünscht, ihm vielleicht sogar auf die Schulter geklopft. Wenn ich in den Spiegel schaue, sehe ich mich. Manchmal schaue ich durch mich hindurch und sehe Henk, der mich dann meistens etwas merkwürdig anblickt. Wie wäre es gewesen, wenn wir vorhin zu zweit, als Doppelpack, bei Vater gestanden hätten? Würde er immer noch glauben, daß wir uns gegen ihn verschworen haben? Würden wir ihm – um ihn zu reizen – noch unschuldig ins Gesicht sehen können? Würde Henk für mich Partei ergreifen, oder würde er mich leise, aber deutlich einen Idioten nennen?

Ich mache schon so lange alles mit halber Kraft. Ich habe schon so lange nur noch einen halben Leib. Nie mehr Schulter an Schulter, nie mehr Brust an Brust, nie mehr selbstverständlich zu zweit. Nachher werde ich melken. Morgen früh werde ich wieder melken. Und den Rest der Woche natürlich, und nächste Woche. Aber das genügt nicht mehr; ich glaube, ich kann mich nicht mehr unter den Kühen verstecken, um den Dingen einfach ihren Lauf zu lassen. Wie der letzte Idiot.

44

Seine Hände liegen neben ihm unter der Decke, ich kann seine Handgelenke nicht sehen. Der Nebel hat sich gelichtet, und ich habe das Kippfenster einen Spalt geöffnet. Es riecht nach Krankheit im neuen Zimmerchen, aber krank ist er schon seit ein oder zwei Tagen nicht mehr. Außerdem riecht es nach Zigarettenrauch. Er will nicht aufstehen. Der Brief, den er von seiner Mutter bekommen hat, liegt neben dem Bett. Der Brief, den ich von seiner Mutter bekommen habe, liegt unten auf dem Küchentisch.

Einmal habe ich den Kopfverband gewechselt und ihm die Maschenmütze wieder übergezogen. Beim zweiten Nachsehen (da lag er schon im Bett) habe ich festgestellt, daß die Wunde trocken war, und sie ohne Verband gelassen. Die Enden der blauen Fäden sind länger als seine Haare. »Sie haben's auf meinen Kopf abgesehen«, sagte er düster. »Tiere.«

Jetzt frage ich mich, wann die Fäden gezogen werden müssen. Kann ich das selbst? Ich würde es gern selbst machen. Ich werde seinen Schädel mit einer Hand an meine Brust drücken und ihm, ohne zu zittern, mit einer Pinzette die Fäden aus dem Kopf zupfen.

Ich höre den Milchwagen auf den Hof einbiegen. Der neue Milchfahrer ist eine resolute Milchfahrerin Mitte Vierzig. Ich habe erst ein paar Worte mit ihr gewechselt, sie ist zugeknöpft und wie der alte Milchfahrer ein bißchen mürrisch.

»Fehlt dir dein Bruder?« fragt Henk.

»Was?«

»Ob dir dein Bruder fehlt. Henk.«

Ich schweige.

»Mir fehlen meine Schwestern überhaupt nicht.«

»Die leben noch.«

»Ja, stimmt. Wollten sie wirklich heiraten?«

»Ja.«

»Und ihr wart euch ähnlich?«

»Du hast doch sicher die Fotos in Vaters Zimmer gesehen.«

»Ja klar, aber...«

»Wir waren Zwillinge.«

»Warum hat sie sich in deinen Bruder verliebt und nicht in dich?«

»Was weiß ich.«

»Oder hat sie euch nicht gleichzeitig gesehen?«

»Doch. Wir waren zusammen in einer Kneipe.«

»Also warum?«

»Ich weiß es nicht, Henk. So kann es gehen in diesen Dingen.«

»Es hätte genausogut anders laufen können.«

»Tja...«

»Angenommen, sie hätte...«

»Hör auf.«

»Ich glaube, sie will dich heiraten.«

»Das hatte ich auch gedacht.«

»Jetzt nicht mehr?«

»Nein.«

»Ich glaube sogar, sie spannt mich dafür ein.«

»Wie?«

»Indem sie mich hierherschickt.«

»Du siehst zuviel fern.«

»Na ja, auf jeden Fall hat sie sich verrechnet.« Er kichert.

Ich schaue ihn an. »Es wird Zeit, daß du aus dem Bett kommst.«

»Nein. Ich bleib liegen.«

»Was schreibt sie?«

»Daß sie mich braucht und daß du ein Lügner bist und daß ich nach Hause kommen soll.«

Der Milchwagen fährt ab. Es wird still draußen. Mein Rücken erinnert mich daran, daß ich immer noch am Kippfenster stehe, unter der Dachschräge. Ich schiebe seine Kleider vom Stuhl und setze mich hin.

»Sie ist wütend. Auf meinen Vater, auf meine Schwestern, auf mich. Ich kenne sie nicht anders. Sie ist wütend auf alles und jeden, sogar auf die Schweine war sie wütend. Bestimmt ist sie auch auf dich wütend.«

»Ja.«

»Warum hast du ihr eigentlich gesagt, dein Vater wär tot?«

»Das ist eine lange Geschichte.«

»Ich hab Zeit.«

»Nein, hast du nicht. Wir müssen die Schafe aufstallen.«

»Warum?«

»Sie werden jetzt bald ablammen.«

»Lammen, meinst du.«

»Ja.«

»Kannst du das nicht allein?«

»Nein. Ich brauch dich.«

»Muß ich dann rennen?«

»Das könnte sein.«

»Ich bin krank.«

»Gewesen.«

»Ich hab Angst.«

»Du bist jung, stell dich nicht an.«

»Ich will immer hierbleiben. Ich will nicht zu meiner wütenden Mutter zurück, nach Brabant. Ich hasse Brabant, ich hab da nichts verloren. Was fängt man mit Schwestern an?«

»Hast du denn hier was verloren?«

»Ja.« Zwei Handgelenke werden sichtbar. Er greift sich das Zigarettenpäckchen vom Nachttisch. »Das muß komisch sein«, sagt er. »Ein Zwillingsbruder. Einer, der genauso ist wie man selbst.« Er zündet sich eine Zigarette an.

Ich stehe auf und öffne das Kippfenster etwas weiter.

»Genau der gleiche Körper.«

»Wovor hast du eigentlich Angst?«

»Vor dem Sommer.«

»Was?«

»Der Sommer ist einsam und lang und hell.« Die Steppdecke ist ein Stück heruntergerutscht, seine Brust ist unbedeckt. Eine weiße, junge Brust, mit einem ängstlich klopfenden Herzen. Er stößt Rauch aus. Nicht in Richtung Fenster, sondern mir ins Gesicht. »Wenn man einen Zwillingsbruder hat, kennt man so was nicht. Dann ist man immer zu zweit.«

Er rennt natürlich doppelt so schnell wie ich. Er rennt sogar viel *zu* schnell, die Schafe laufen kopflos hin und her. Ich sage ihm, daß er vorsichtig sein soll, daß er es mit trächtigen Tieren zu tun hat. Als ich nach dem Melken wieder in den Schafstall gehe, sind schon zwei Lämmer da. Der Stall ist durch eine Hürde geteilt, auf der einen Seite ist die Ablammbox, auf der anderen die Gewöhnungsbox. Ich hebe die beiden Lämmer hoch, und eins der Schafe fängt an zu stampfen. Das ist die Mutter. Ich bringe das Mutterschaf und die Lämmer in die Gewöhnungsbox. Henk steht in der Tür und schaut zu. Sein Gesicht ist gerötet. Er schwitzt. Um seine Schultern herum bildet sich etwas Dampf.

»Komm«, sage ich.

Wir gehen über das schaflose, aber nicht leere Land zur Bosman-Mühle. An einem Grabenrand stehen zwei Graugänse. Außerdem sehe ich zwei Kiebitze, eine Schar Ringeltauben, ein Bachstelzenpaar und eine einsame Uferschnepfe. Als ich mir fast schon sicher bin, daß die Rotschenkel noch nicht da sind, fliegen zwei vorbei. Gleich wird die Sonne untergehen. Die Mühlenflügel drehen sich sehr langsam. Ich klappe den Steert ein und stelle dadurch die Mühle ab. Dann wische ich mir die Hände an den Hosenbeinen meines Overalls ab. Das Wasser kann kommen.

»Hier sind wir oft gewesen«, sage ich. »Im Sommer.«

»Du und Henk.«

»Ja.«

»Jetzt wieder«, sagt er. »Aber es ist noch nicht Sommer.«

»Nein«, antworte ich. »Es ist noch nicht Sommer.« Die Gänse fliegen auf, die eine etwas höher als die andere, wie immer bei Gänsen. »Deine Mutter war auch hier, kurz nach Henks Tod. Mit meiner Mutter.«

Das interessiert ihn nicht. »Was habt ihr hier gemacht?«

»Rumgehangen.«

Rumgehangen. Gestanden, gesessen, gelegen. Zu den Gelben Teichrosen im Kanal hingestarrt, zu den Wolken, die langsam – immer so unglaublich langsam – vorüberzogen. Auf das anschwellende Wasser im Kanal geschaut. Wenn wir die Augen zumachten und auf das gut geölte Quietschen der Mühlenachse horchten, auf den Wind im Gestänge, den Gesang von Lerchen, stand die Zeit still. Alles mögliche huschte hinter unseren Augenlidern hin und her, und es war nie dunkel. Orangefarben. Wenn Sommer war und wir hier in einem anderen Land waren – fast wie Amerika –, gab es sonst nichts. Es gab *uns*; und stärker als der Geruch von trokkenen Ackerdisteln, Schafkot und warmem Wasser war unser eigener Geruch. Ein süßer, manchmal kalkiger Geruch von nackten Knien, nackten Bäuchen. Das Gras kitzelte uns am Hintern. Wenn einer den anderen berührte, berührte er sich selbst. Wenn man den Herzschlag eines anderen spürt und glaubt, es wäre das eigene Herz, kann man sich näher nicht mehr kommen. Es ist ein Verschmelzen, fast wie bei dem Schaf und mir kurz vor dem Ertrinken.

»Helmer?«

»Ja?«

»Wie ist das, wenn man einen Zwillingsbruder hat?«

»Das ist das Schönste, was es gibt, Henk.«

»Fühlst du dich jetzt halb?«

Ich will etwas sagen, aber ich kann nicht. Ich muß mich sogar an einer der Stangen festhalten, um nicht umzufallen. Mich hat man immer vergessen, ich war der Bruder, Vater und Mutter waren wichtiger, Riet konnte – so kurz ihre Zeit mit Henk auch gewesen war – ihre Witwenschaft für sich reklamieren; und jetzt steht mir hier Riets Sohn gegenüber und fragt mich, ob ich mich halb fühle. Henk packt mich bei den Schultern, ich schüttle seine Hände ab.

»Weswegen weinst du?« fragt er.

»Wegen allem«, sage ich.

Er schaut mich an.

Ich lasse ihn schauen.

Wir essen nicht richtig zu Abend. Henk hat eine Flasche Wein aufgemacht, Brot und Käse stehen auf dem Tisch, Butter und eine Packung Joghurt, dazwischen liegt eine aufgerissene Tüte Chips. »Sie tut gerade so, als ob du die Krähe auf mich gehetzt hättest«, sagt Henk. Er hat den Brief vor sich, den seine Mutter mir geschrieben hat. »Und hier, ›so etwas wie Verbundenheit‹ und ›Es gab etwas, worauf wir aufbauen konnten‹. Da siehst du, daß sie dich heiraten wollte. Dann wärst du mein Vater gewesen.«

»Natürlich nicht«, sage ich. »Wenn ich dein Vater wäre, wärst du nicht der, der du jetzt bist.«

»Hm?«

»Du verstehst schon, was ich meine.«

»Nein, versteh ich nicht. Soll ich ein paar Eier braten?«

»Nein, danke. Warum liest du den Brief? Es gehört sich nicht, anderer Leute Post zu lesen.« Ich bin leicht angetrunken und schaue immer wieder zum Seitenfenster hinaus. Hoffentlich kann Ada durchs Fernglas ganz genau sehen, was hier los ist. Alkohol, schlechtes Essen, nervöse Unruhe.

»Ich hätte dein Onkel sein können«, sage ich. »Nein, das auch nicht, wenn Henk dein Vater gewesen wäre, wärst du ja auch nicht der, der du jetzt bist.«

Er sieht mich dösig an. »Onkel«, sagt er langsam.

Ich überlege, wo die Pinzette liegt. Im Verbandkasten, im Wäscheschrank, unter einem der Handtuchstapel. »Henk«, sage ich. »Hol mal den Verbandkasten aus dem Schrank. Und mach das Licht an.« Er steht auf und tut, worum ich ihn bitte. Bleib jetzt dran, Ada, denke ich, als ich die Pinzette aus dem Verbandkasten krame. Ich rücke meinen Stuhl vom Tisch weg und winke Henk zu mir.

»Was hast du vor?« fragt er.

»Die Fäden ziehen.«

»Echt? Muß das nicht im Krankenhaus gemacht werden?«

»Ach was. Knie dich mal hin.«

Er kniet sich vor mir hin, und ich drücke mit einer Hand seinen Schädel an meine Brust.

»Aber vorsichtig«, sagt er.

»Natürlich«, versichere ich. Es sind vier Fäden. Zwei kann ich ohne nennenswerten Widerstand ziehen. Der dritte sitzt etwas fester.

»Au«, sagt Henk.

»Ist schon passiert.« Der vierte Faden löst sich wieder leicht.

Bevor er aufsteht, befühlt er mit einem Finger die Wunde; sie ist fast schon vernarbt.

Halb im Tran stehe ich bei den Schafen. Es tut sich nicht viel. Die beiden Lämmer trinken bei ihrer Mutter, die übrigen Schafe liegen friedlich wiederkäuend auf der Streu. Es gibt hier nichts weiter zu tun; ich kann alles, was passieren kann oder wird – was auch immer das sein mag –, noch ein bißchen aufschieben, indem ich mich in der Gewöhnungsbox auf den Boden setze und mit dem Rücken an die Hürde lehne. Sitzen ist bequemer als Stehen. Ein Stall voller Schafe im Frühling ist so etwas wie ein Stall voller Kühe im Winter. So darf ich nicht mehr denken, ermahne ich mich. So will ich nicht mehr denken. Henk hat mich aus dem Graben geholt, es hat sich etwas verändert. Die Ver-Hält-Nisse, denke ich mit meinem besoffenen Kopf. Ich überlege, ob es irgendeine Art Ausgleich geben muß, wenn einem jemand das Leben gerettet hat. Eins der Lämmer kommt auf mich zu, die Mutter stampft mit dem Vorderbein. Im Stall sind Schafe nicht so jämmerlich wie auf der Weide. Als ich wieder gehe, lasse ich das Licht brennen.

In der Waschküche ziehe ich mich aus und werfe meine Sachen in den Waschkorb. Fernsehgeräusche kommen aus dem Wohnzimmer. Ich gehe ins Bad und drehe die Hähne auf. Zuerst wasche ich mir die Haare, mit Henks Shampoo. Als ich die Flasche auf die Ablage unterm Spiegel zurückstelle, geht die Tür auf. Er kommt herein und macht die Tür hinter sich zu.

»Was machst du?« frage ich und wische mir den Schaum aus den Augen.

»Ich will unter die Dusche«, sagt er.

»Du siehst doch wohl, daß ich hier stehe?«

»Ja«, sagt er. Er zieht sein T-Shirt aus. »Benutzt du mein Shampoo?«

»Ja.«

»Macht nichts.«

»Geh raus, Henk«, sage ich.

»Wieso?«

»Weil ich es sage.«

»Ha!« macht er.

»Wer hat hier das Sagen?«

Er steht mir gegenüber, sein T-Shirt locker in der rechten Hand. Er schaut mich verdutzt an. »Was ist denn jetzt los?«

»Wer hat hier das Sagen?« wiederhole ich. Mein eingeschäumter Schädel fängt an zu jucken, es rauscht in meinem Kopf. Jetzt bin ich mein Vater. Ich empfinde keine Scham, ich habe nicht den Drang, meine Nacktheit zu verbergen. Henk starrt mich immer noch an, ich kann ihn nachdenken sehen, nach einer Antwort suchen. Aber er hat keinen Mitstreiter, hinter mir steht niemand.

»Du hast das Sagen«, sagt er dann. Bevor er aus dem Badezimmer verschwindet, zieht er in Ruhe sein T-Shirt wieder an.

Als ich aus dem Bad komme, brennt überall Licht. In der Küche plappert das Radio, im Wohnzimmer dröhnt Musik aus dem Fernseher. Von Henk keine Spur. Ich mache eine Runde durchs Haus und schalte alle Lampen, das Radio und den Fernseher aus. Zum Schluß drehe ich den Ofen auf die niedrigste Stufe und gehe ins Schlafzimmer. Ich mache Licht und stelle mich vor die Dänemarkkarte. »Skanderborg«, sage ich leise. Meistens folgen auf den ersten Namen noch drei oder vier, aber heute nicht. Ich lege mich in das riesige Bett und schließe die Augen. Kurz danach höre ich am Geräusch eines Dynamos, daß ein Radfahrer vorbeikommt. Dann wird es sehr still.

Ich wache auf, weil jemand in mein Bett kriecht, dann hin und her rutscht und seufzt. Der Bezug des zweiten Kissens knistert. Er hat kein Licht gemacht. Ich warte ab.

»Ich will nicht mehr in dem kleinen Zimmer schlafen«, sagt er. »Es ist kalt und deprimierend da drin.«

Ich weiß. Es *ist* kalt und deprimierend da drin. Und leer.

Er liegt ganz still, ich höre ihn nicht einmal atmen.

»Dein Vater hat nichts gegessen«, sagt er nach einer Weile.

Ich räuspere mich. »Er will nichts mehr essen.«

»Will er sterben?«

»Ja.«

»Ich nicht«, sagt er und seufzt zufrieden. Dann dreht er sich auf die Seite. Es ist zu dunkel, um zu sehen, auf welche.

Ich habe schon etwas gesagt. Ich habe ihm geantwortet. Jetzt ist es zu spät, um ihn wegzuschicken. Vielleicht ist dies ja eine Gegenleistung fürs Lebenretten.

45

Ich sitze auf dem Bettrand und schaue Henk an. Er liegt auf dem Rücken, er trägt dasselbe T-Shirt, das er auch gestern anhatte. Seine Brust hebt und senkt sich gleichmäßig; wenn er ausatmet, schnauft er leise. Er liegt in meinem Bett, als hätte er nie woanders gelegen. Das ärgert mich. Ich stehe auf und ziehe meine Arbeitshose an. »Willst du vielleicht auch etwas tun?« frage ich laut. *Aufwachen, Henk* bringe ich nicht über die Lippen.

Er stöhnt ein bißchen und dreht sich behaglich auf den Bauch. »Oh, ja klar«, spricht er ins Kissen. »Aber jetzt noch nicht.«

»Es ist halb sechs«, sage ich.

Es dauert einen Moment, bevor er wieder etwas sagt. »All diese Tiere.«

»Was ist damit?«

»Die es auf meinen Kopf abgesehen haben.«

»Ja?«

»Da muß ich mal was unternehmen.«

»Was willst du da unternehmen?« Ich stehe schon halb im Wohnzimmer.

»Weiß ich nicht. Irgendwas.«

»Deinen Kopf schützen.«

»Keine Ahnung.«

»Der Zwergesel ist längst tot, und die Nebelkrähe ist weggeflogen.«

»Ja. Trotzdem.«

»Ich geh jetzt«, sage ich. »Versorgst du das Jungvieh?«

»Ja«, antwortet er lustlos. »Nachher.«

Ende März, und die Sonne ist schon aufgegangen, als ich mit Melken anfange. Als ich zehn Kühe gemolken habe, gehe ich zur Stalltür. Irgendwo sitzt eine Amsel, der Misthaufen dampft, die gekappten Weiden könnten morgen austreiben. Im Jungviehstall herrscht Unruhe, aber davon abgesehen ist es so still, daß ich die Esel auf ihrer Koppel traben hören kann.

Seit dreieinhalb Jahrzehnten habe ich kein Gedicht mehr gelesen – außer Todesanzeigenlyrik in der Zeitung –, und jetzt denke ich an ein Gedicht. Ich habe nicht viel gelernt in meinen sieben Monaten Amsterdam, aber zumindest weiß ich noch, daß ein Gedicht fast immer *nach* etwas kommt. Ein Gedicht ist (ich sehe nicht mehr den Misthaufen vor mir, sondern den lebhaften Dozenten für neuere Literaturwissenschaft, es ist doch kaum zu glauben: sein wirres Lockenhaar, seine Hornbrille, er sah selbst wie ein Dichter aus) – ein Gedicht ist »eingedickte Wirklichkeit«, ein »auf den Kern reduzierter Vorfall«, eine »Sublimierung«. Ein Gedicht handelt nie, wovon es zu handeln scheint (wie der lebhafte Dozent für neuere Literaturwissenschaft begeistert sagte). Wenn ich rauchen würde, könnte ich mich jetzt an die Stallwand lehnen und, in solche Gedanken versunken – beim Rauchen kann man gut in Gedanken versinken, stelle ich mir vor –, zur stillstehenden Bosman-Mühle hinüberstarren. Ich gehe in den Stall zurück, stecke das Anschlußstück auf die Melk- und Vakuumleitung und hänge der elften Kuh das Melkzeug an.

Nach dem Melken lasse ich ein paar Eimer mit Wasser vollaufen. Ich leere sie in das Faß, das auf der Eselkoppel am Zaun steht, und werfe eine Handvoll Wintermöhren ins Gras. Die Esel laufen nicht gleich zum Zaun, sondern kommen Flanke an Flanke gemächlich auf mich zu. Diese beiden Viecher gehören mir, niemand anderem als mir, ich habe sie gekauft. Alles andere hier gehört nicht wirklich mir; die Kühe, die Schafe, sogar die Lakenvelder Hühner sind geerbt. Der alte Opel Kadett, der Misthaufen, die Kopfweiden: Ich fahre damit, ich lade meinen Mist darauf ab, ich kappe sie, aber nichts davon *gehört* mir. Ich bin nur Pächter, und ich mache die Arbeit, die ein anderer hätte tun sollen.

Die Sonne scheint, und es ist fast windstill. Frühling. Auf der halben Seitenmauer des ehemaligen Knechtshauses glänzt etwas; vielleicht eine Schneckenspur. Ich glaube, es ist nicht gut, daß ich jetzt ein Gedicht lesen möchte. Es hängt mit etwas zusammen, das Henk gestern gesagt hat. Die Möhren verschwinden knackend in den Eselmäulern. Ich kraule die beiden hinter den Ohren. Erst als sie selbst genug haben und gleichzeitig die Köpfe schütteln, höre ich wieder auf, ich bin nicht bei der Sache. Viel zu spät versorge ich dann das Jungvieh. Henk ist nicht aufgestanden.

46

Vater wird allmählich immer grauer. Seit einer Woche ißt er nichts mehr und trinkt nur Wasser und Orangensaft, und von dem Saft jeden Tag weniger, weil der »so sauer« ist. Nur hin und wieder ist noch ein kleines bißchen dunkelgelber Urin in der Harnflasche. In den letzten sieben Tagen habe ich ihn nicht ein einziges Mal nach unten getragen. Aber er bekommt doch noch, was er sich gewünscht hat: einen letzten Frühling. Seit ein paar Tagen ist es sonnig und mild, und die Knospen der Esche schwellen, sie sieht jetzt aus wie ein Knochenbaum mit lauter spitzen Gelenken. Vaters Stimme wird schwächer, aber ich weiß nicht, ob das daran liegt, daß er nichts mehr ißt. Wie lange kann so etwas dauern? Wenn ein Körper zäh ist, kommt er vermutlich wochenlang ohne Nahrung aus. Ich gehe öfter als sonst in sein Zimmer, und manchmal bekomme ich einen Schreck, weil sein tiefer Schlaf so todesähnlich wirkt. Er fragt oft nach Henk. Er redet mit ihm. Gestern konnte ich der Versuchung nicht widerstehen und bin Henk nachgeschlichen.

»Wie geht's mit dem Sterben, Herr van Wonderen?« fragte Henk fröhlich.

»Sehr gut«, antwortete Vater, genauso munter, aber leise.

Dann hatte Henk offenbar das Gewehr geholt, denn sie sprachen eine ganze Weile davon, wie es funktioniert. Henk fragte Vater, was er damit geschossen habe. Hasen und Fasane, vor langer Zeit. Ob der Schlag gegen die Schulter hart sei. Nö, der Rückstoß sei nicht so schlimm. Ob das Gewehr geladen sei. Nein, natürlich nicht. Wo die Kugeln (»Patronen«, sagte Vater, und dann, etwas lauter, noch einmal »Patronen!«) denn lägen. Im Flurschrank, neben der Toilette. Und wie wird ein Gewehr geladen? Der kleine Hebel da muß umgelegt werden, dann klappt es auf, dann schiebt man zwei Patronen ein und klappt es wieder zu. Fliegen beide Patronen gleichzeitig raus? Nein, man hat zwei Schüsse, und die Patronen bleiben drin. Was passiert denn mit denen? Die muß man nach dem Abfeuern selbst rausziehen. Oder rausschütteln. Das Gewehr wurde wieder an seinen Platz an der Standuhr gestellt, ich hörte Metall auf Holz klopfen. Anschließend war es einen Moment still.

»Bist du nett zu Helmer?« fragte Vater dann.

»Ja«, sagte Henk.

»Und ist er nett zu dir?«

»Geht so«, antwortete Henk.

Vater sagte nichts. Er seufzte, sehr tief. Ich schlich die Treppe hinunter.

Zu mir sagt er wenig. Er fragt, wie viele Lämmer schon da sind oder warum keiner mehr zu uns kommt. Wo Ada geblieben ist und warum er die Stimme des Viehhändlers nie mehr hört. Teun und Ronald? Vielleicht leidet sein Gedächtnis jetzt wirklich, durch den Nährstoffmangel.

Ich habe Riets Brief nicht beantwortet und sie nicht angerufen. Henk hat auf seinen Brief auch nicht reagiert. »Was denkt sie sich denn?« sagt er. »Soll sie doch zu meinen Schwestern gehen.«

Ich bahne mir einen Weg durch das Gerümpel in Henks Zimmer. Bevor ich die Tür des Einbauschranks öffnen kann, muß ich erst einiges zur Seite räumen. Der Karton steht auf dem untersten Brett. »Niederländische Sprach- und Literaturwissenschaft, Universität Amsterdam, September 1966 – April 1967« habe ich sorgfältig auf eine der oberen Klappen geschrieben. Daran kann ich mich gar nicht erinnern; Henk war ja erst ein paar Tage vorher beerdigt worden, und mir steht nur noch dunkel vor Augen, wie ich mit verbissener Entschlossenheit all meinen Studienkram weggepackt hatte. Ich stelle den Karton auf Mutters Frisiertisch und mache mich auf die Suche nach der Literaturgeschichte von Lodewick, H. J. M. F. Den ersten Band (»Von den Anfängen bis zur Zeit um 1880«) lege ich zur Seite. Mit dem zweiten Band (»Von der Zeit um 1880 bis zur Gegenwart«) setze ich mich auf Henks Bett. Ich höre Vater leise schnarchen, selbst das kann er nicht mehr mit voller Kraft. Weil ich nicht weiß, wo ich suchen soll, blättere ich einfach drauflos. Gorter, Leopold, Bloem, Nijhoff, Achterberg, Warren, Vroman. Ich bin ungeduldig, lese den einen oder anderen Satz, in dem ich etwas wiedererkenne oder bald wiedererkennen werde (*die Welt, sie steht unter Wasser / es ist lauwarmes Wasser und Blut / ich bin ein Mann ohne Vater / und mir ist ganz ratlos zumut*), blättere nervös weiter, merke, daß ich mir Gesichter aus den Amsterdam-Monaten ins Gedächtnis zurückzurufen versuche, höre gleichzeitig auch noch die Bläßhühner kläffen und finde schließlich, auf Seite 531, ein Gedicht, das ich vom ersten bis zum letzten Wort lese.

Verlangen & Suchen

Warum nur sehe ich immer
– sobald ich die Augen schließe
im Bett oder in Gedanken –
dein Haar, deine Nase, deine Brust?

Manchmal sehe ich mich
im Spiegel, in einer Scheibe,
wenn ich dich gesehen habe:
meinen eignen halben Leib.

Obwohl du jung bist, und schön,
bin ich dir, glaube ich, ähnlich,
Nase und Brust und Haare
sind deinen vollkommen gleich.

Ich sehe den Namen des Dichters, lese aber nicht, was Lodewick über ihn zu sagen hat oder wie er das Gedicht beurteilt. Das tut alles nichts zur Sache. Ich schlage das Buch zu und lege den ersten Band in den Karton zurück.

Ich denke an Dänemark, als ich mit dem zweiten Band in der Hand die Treppe hinuntergehe.

Henk sitzt auf dem Sofa und sieht fern. Er sitzt nicht, er *hängt* auf dem Sofa, die Fernbedienung locker in einer Hand. Sein Hemd ist nicht zugeknöpft. Man könnte meinen, er hätte den Laden hier übernommen.

»Hast du schon nach den Schafen geschaut?«

»Nein.«

»Warum nicht?«

»Ich seh fern.«

»Es ist zwei Uhr.«

»Ja und? Es ist Krieg. Sieh mal.«

Ich starre auf den Bildschirm. Gebäude, hier und da eine Palme. Irgendwo eine Explosion. Leere Straßen. Am unteren Bildrand Texte. Ist das heutzutage so? Ein Krieg live im Fernsehen, und Jungs wie er lümmeln auf dem Sofa und schauen zu? »Glaubst du, die Schafe kümmert das?«

»Jetzt setz dich doch einen Moment hier hin.«

Ich schaue ihn so lange an, bis er den Blick hebt. »Geh zu den Schafen«, sage ich. Ich drehe mich um, gehe in die Küche und setze mich an den Schreibtisch. Ich schlage Seite 531 auf, nehme einen Schreibblock und einen Kuli und fange an, das Gedicht abzuschreiben. Als ich damit fertig bin und das Blatt abgerissen habe, frage ich mich, was ich da eigentlich mache. Ich stehe auf, das Blatt in der Hand, und weiß nicht, wohin. Ich schaue aus dem Vorderfenster, aus dem Seitenfenster, ich schaue nach dem Geschirr neben der Spüle, nach der Zeitung auf dem Tisch, ich höre die elektrische Uhr summen. Weil ich die Uhr summen höre, höre ich auch, daß der Fernseher aus ist. Hier stehe ich mit einem sauber abgeschriebenen Gedicht in der Hand und habe keine Ahnung, was ich damit soll. Ich gehe schnell durch den Flur zur Spülküche. Dann haste ich die Treppe hinauf, immer zwei, drei Stufen auf einmal. Oben verschnaufe ich kurz. Vorsichtig öffne ich Vaters Tür. Er schläft. Sein kleiner Kopf liegt still auf dem Kissen, die Ohren und die Nase wirken sehr groß, der Unterkiefer hängt etwas herunter. Er kommt mir irgendwie ausgetrocknet vor. Wieder weiß ich nicht, was ich im nächsten Augenblick tun werde. Mein Blick schweift durchs Zimmer, ich gehe zum Bett. Ich lege ihm das sauber abgeschriebene Gedicht auf die Brust. Ruhig hebt und senkt sich das Blatt.

Draußen schwirrt etwas. Schwirrt, landet und faltet ruckend die Flügel zusammen, ein Bauer im schwarzen Sonntagsstaat, der sich vergeblich die großen Hände sauberzuwischen versucht. Sie ist zurückgekehrt. Ich schnalze leise mit der Zunge. Ich habe das Gefühl, sie wäre besser weggeblieben.

47

»Bin ich jetzt eine Art Henk?« Henk hat ein paar Nächte in seinem eigenen Zimmer geschlafen, aber diese Nacht war es da offenbar kälter als in den vergangenen Nächten, und so ist er zum zweiten Mal neben mir ins Bett gekrochen. Er hat schon geschlafen, ist aber wieder aufgewacht und hat gefragt, ob er »eine Art Henk« sei. Ich habe nicht geschlafen. Ich habe auf der Seite gelegen und nach dem Licht geschaut, das durch die Lamellenjalousie ins Schlafzimmer fällt. Ich habe gehorcht. Eben ist ein Radfahrer vorbeigekommen, ein paar Enten sind im Kanal gelandet, die Bläßhühner haben leise gekläfft. Vater hat etwas gesagt, im Schlaf vielleicht, vielleicht starrt er wie ich im Dunkeln zum Fenster, auf die Vorhänge, hinter denen die Nebelkrähe auf ihrem vertrauten Ast schlummert. Ich konnte mich ohnehin schon nicht richtig entspannen, jetzt spüre ich, wie die Unruhe in mir noch größer wird. Ich weiß, was er meint, gebe aber keine Antwort.

»Na?« sagt er. »Bin ich eine Art Henk?«

»Wie meinst du das?« frage ich abweisend.

»Dein Bruder. Bin ich jetzt wie dein Bruder?«

Irgend etwas läuft hier ganz falsch. Wann hat das angefangen? »Nein«, sage ich.

Es bleibt einen Moment still. »Ich find deinen Vater tapfer«, sagt er dann.

Die Haut an meinen Schulterblättern juckt vor Ärger. Dieses Selbstsüchtige. Redet, wenn er reden will, und wenn es mitten in der Nacht ist. Ich muß früh raus und melken, er bleibt liegen und steht gegen acht auf, um das Jungvieh zu versorgen. *Wenn* er aufsteht.

»Man könnte es auch feige nennen«, sage ich.

»Wieso das?«

»Das verstehst du nicht.«

»So.«

»Schlafen«, sage ich. Ich liege immer noch auf der Seite, obwohl ich mich gern anders hinlegen würde. Ich starre die Lamellen an, sehe aber Adas Kopf in der Küchentür erscheinen. Sie schaut mich schelmisch an und sagt: »In einem großen Bett hättest du schön viel Platz.« Dann wirft sie mir einen vielsagenden Blick zu, was wegen der Hasenscharte auch jetzt wieder lustig aussieht. »Zwei Kissen, Helmer. Zwei Kissen.« Sobald ich glaube, daß Henk eingeschlafen ist, drehe ich mich auf den Rücken und scheuere das Jucken weg. Mein Blick ruht auf dem dunklen Viereck im Rahmen neben der Tür. Ich wollte, ich wäre in dem Rahmen und dächte an hier.

»Ich glaub, es ist doch so«, sagt er im Halbschlaf. »Daß ich eine Art Henk bin.«

Verdammt, es reicht, denke ich.

Kurz darauf schläft er, und ich denke an den Graben und das Schaf. Bei einem der Mutterschafe hat es zu lange gedauert, gestern habe ich zwei tote Lämmer geholt. War das vielleicht das Schaf, das im Wasser gelegen hat? Ich versuche mich zu erinnern, was ich gedacht oder gesehen habe, was mit mir passiert ist in den schwarzen Minuten zwischen Ertrinken und Zu-mir-Kommen. Oder waren es nicht mal Minuten? Hat Henk das auch so erlebt? Oder war er schon bewußtlos, bevor das Auto im Wasser landete? Ich merke, daß ich die Hände in Magenhöhe gefaltet habe. Als ob ich hier aufgebahrt wäre. Ich würde mich gern auf die rechte Seite legen, aber da liegt Henk, also drehe ich mich wieder auf die linke. Draußen ist es vollkommen still.

Wie bringt er es fertig? Vater zu fragen, wie es mit dem Sterben geht, als würde er ihn fragen, ob er noch einen Löffel Soße über die Kartoffeln haben möchte? Und wie bringt Vater es fertig, »sehr gut« zu antworten, als würde er zufrieden sehen, wie die Soße auf den Kartoffeln zerläuft?

48

Die Magnolie blüht. Ein seltsamer Kontrast zum Rest des Gartens. Die großen Blüten sind nicht weiß und nicht rot, sie sind rosa mit einem schmalen weißen Rand. Wenn das Knechtshaus noch stünde, würden die Spitzen der oberen Zweige bis an die Dachgaube reichen. Wir haben Anfang April, und der Frühling ist schon wieder vorbei. Die Sonne scheint, aber es ist kalt, und nachts sinkt die Temperatur unter den Gefrierpunkt. Trotzdem blüht die Magnolie. Einen Baum bringt so schnell nichts um, und der Frost scheint auch den Blüten nicht geschadet zu haben. Einmal vor sehr vielen Jahren, vielleicht in der Zeit, als der Knecht noch hier wohnte, sind in einer Nacht sämtliche Blüten erfroren. Zwei Tage nach dem Nachtfrost waren sie braun, wie verbrannt, und die Blütenblätter, die normalerweise nach und nach abfallen, fielen einfach nicht. Die Luft ist unglaublich klar, von Vaters Schlafzimmerfenster aus ist der Leuchtturm von Marken zu sehen. Der Wind kommt von Norden oder Nordosten. Aus Dänemark.

»Als deine Mutter starb«, sagt Vater, »warst nur du noch übrig.« Er liegt auf der Seite, weil ich gesagt habe, daß er nicht immer nur auf dem Rücken liegen darf. Das

Blatt mit dem Gedicht liegt neben dem Bett, halb unter dem Nachttisch, mit der unbeschriebenen Seite nach oben. »Und jetzt sind alle weg. Ich hätte gerne noch mal mit dem Viehhändler gesprochen, auch wenn er nie viel gesagt hat.«

»Der ist bestimmt schon in Neuseeland«, sage ich, mehr zu mir selbst als zu Vater.

»Es ist so eine Schinderei, das Leben. Nur weil Ada mit dem Fernglas nach dir geschaut hat, und du nach Ada, ist sie jetzt schon seit Wochen nicht mehr hier gewesen. Und warum läßt Teun sich nicht mehr blikken? Teun ist so ein netter Junge. Worauf bist du eigentlich aus, Helmer?«

»Ich?«

»Ja, du.«

Ich schaue aus dem Fenster. »Die Esche hat Knospen«, sage ich.

»Wie viele Lämmer hast du schon?« Was auch geschieht, er muß unbedingt auf dem laufenden bleiben.

»Vierzehn.«

»Auf?«

»Zehn.«

Er seufzt. »Niemand konnte Henk und dich auseinanderhalten, der Friseur nicht, euer Klassenlehrer nicht, eure Großeltern nicht. Sogar ich mußte manchmal ganz genau hinsehen. Nur deine Mutter und Jaap wußten immer, wer wer war. Jaap hat immer gewußt, daß du Helmer warst und Henk Henk. Wie konnte er das wissen? Was hat er gesehen, das ich oder andere nicht gesehen haben? Ich hab ihm nie über den Weg getraut.« Er liegt am Rand des Betts. Seine Nägel sind lange nicht geschnitten worden, eine klauenartige Hand hängt neben dem Bett herunter. Er bewegt die Finger, anscheinend will er nach dem Gedicht greifen. Ich wundere mich, daß aus einem kraftlosen Menschen wie ihm noch so viele Worte kommen. Weil das Bett auf Klötzen steht, können seine suchenden Fingerspitzen den Boden nicht erreichen. Jetzt rollt er auf den Rücken, der Arm folgt der Bewegung des Rumpfs und fällt wie ein vertrockneter Ast neben ihm auf die Decke. Er keucht leise. »Ich weiß ja nicht, was damals alles vorgefallen ist im Knechtshaus, aber ich war froh, als er wegzog«, sagt er; es ist fast nicht zu verstehen.

»Was?«

»Küssen«, seufzt er. »Männer küssen sich nicht.«

Am Ticken der Standuhr war mir bis zu diesem Augenblick nichts aufgefallen. Sie tickt unregelmäßig, langsam. Es ist lange her, daß ich die Gewichte hochgezogen habe. »Er ...« Aber ich lasse es, ich lasse ihn. Ich stehe auf, gehe zur Uhr und öffne die Glastür. Nach dem Hochziehen der Gewichte klingt das Ticken wieder wie immer.

»Du hast nie was gesagt«, fährt er fort. »Du hast nie gesagt, daß du nicht wolltest.«

»Du hattest kaum eine andere Wahl.« Ich gehe zum Fenster zurück und folge mit den Augen dem Deich, bis ich wieder den Leuchtturm sehe.

»Nein.«

Ich räuspere mich. »Ich hatte auch kaum eine andere Wahl.«

Darauf antwortet er nicht. Er keucht immer noch ein bißchen.

»Und jetzt ist Henk hier.« Ein Auto fährt über den Deich, sehr langsam. Seine Scheiben fangen das Sonnenlicht ein, es sieht aus, als würde die Sonne aus diesem Wagen herausscheinen. Einem Sonnenwagen. »Ich glaube, er wäre besser nicht hier«, sage ich dann.

»Vielleicht nicht, nein«, sagt Vater.

Der Sonnenwagen fährt in eine Kurve und verwandelt sich in ein Auto zurück. Ich drehe mich um.

Vater fallen die Augen zu, aber seine Augäpfel bewegen sich noch hin und her. »Ich hab . . .«, sagt er. Danach ist es lange still. »Ich hab fast *gar* keinen Leib mehr.«

Ich wußte es. Ich wußte, daß er das Gedicht gelesen hat.

49

»Wie heißt du eigentlich?«

»Greet.«

»Ich bin Helmer van Wonderen.«

Sie schaut mich frech an. »Ja, das weiß ich.«

»Und wie heißt du mit Nachnamen?«

»Was spielt das für eine Rolle? Ich bin einfach die Milchfahrerin.«

»Gut«, sage ich. »In Ordnung.«

Greet bückt sich und schraubt den Schlauch vom Milchtank ab. Sie trägt Sportschuhe, hebt aber nicht die Füße, als der letzte Rest Milch aus dem Tank und dem Schlauch fließt.

»Was macht dein kleiner Freund?«

»Mein kleiner Freund?«

»Dein kleiner Knecht.«

»Henk?«

»Was weiß ich, wie er heißt.«

»Wieso fragst du das?«

»Nur so.«

»Ich find die Frage etwas seltsam.«

»Na ja.« Sie ist fertig, geht zum Fahrerhaus und klettert hoch. Der junge Milchfahrer sprang immer wie eine Katze, die Tür öffnete er im Sprung. Greet klettert, keucht, klammert sich fest, zieht sich hoch. Zweimal muß sie an der Tür zerren, bis sie richtig schließt. Ich kann Greet jetzt nicht mehr sehen, stelle mir aber vor, daß sie mit ihrem fetten Hintern so lange hin und her rutscht, bis sie richtig sitzt, und sich erst dann mit Schaltknüppel, Kupplung und Gaspedal beschäftigt. Als es in der Milchkammer schon wieder ein Weilchen still ist, fange ich an, den Tank und die Fliesen sauberzuspritzen.

Jemand geht über die Weiden. In der Nähe der Bosman-Mühle. Ich stehe am Zaun und sehe ihn auf den Hof zukommen. Er wird immer größer und gleichzeitig immer kleiner. Es ist Ronald.

»Es ist ganz naß da«, sagt er, als er mir gegenübersteht.

»Das soll so sein, Ronald«, antworte ich.

Ich kann mich nicht erinnern, daß es in der letzten Zeit viel geregnet hätte, und gestern abend berichtete das Fernsehen von Dünen- und Heidebränden als Folge der Trockenheit, aber die Wiesen bei der Mühle werden sumpfig. Hier gibt es weder Dünen noch Heide, hier ist Knickmarsch.

»Wozu?«

»Für die Vögel, die mögen das, nasse Wiesen.«

»Ach so.« Er bleibt auf der anderen Seite des Gatters stehen.

»Willst du nicht rüberklettern?«

»Doch.« Er schaut sich um. »Schönes Wetter, was?«

»Wie im Sommer.«

»Ja. Aber es ist erst April.«

»Was macht der Garten von deiner Mutter?«

»Was ist mit dem?«

»Wird er schön?«

»O ja. Wo ist Henk?«

»Henk ist nach Monnickendam, Zigaretten holen.«

»Mit dem Rad?«

»Ja.«

»Rauchen ist schlecht, oder?«

»Rauchen ist ganz schlecht. Aber auch schön.«

»Warum ist er nicht mit dem Auto gefahren?«

»Weil er keinen Führerschein hat.«

»Hat er Angst?«

»Ach was. Er ist gerade erst achtzehn.«

»Wie alt bist du?«

»Alt.«

»Was hast du mit Henks Kopf gemacht?« Immer noch steht er auf der anderen Seite des Gatters.

»Wie meinst du, Ronald?«

»Mit den Fäden.«

»Die hab ich gezogen.«

»Mußte das nicht der Arzt machen?«

»Ach nein, das ist ganz einfach.«

»Aha.« Er macht ein etwas trübsinniges Gesicht und stellt einen Fuß auf das unterste Brett des Gatters.

Ich packe ihn unter den Achseln und helfe ihm hinüber.

»Jetzt geh ich nach Hause«, sagt er.

»Gut.«

»Erst noch kurz zu den Eseln.« Er überquert den Hof. Die Esel sind in der Nähe des Knechtshauses und kommen angetrabt, als sie ihn am Gatter stehen sehen. Ronald greift mit beiden Armen zwischen den Brettern durch und kratzt sie unterm Kinn. Als er damit fertig ist, laufen sie nicht gleich wieder weg, sondern benutzen das oberste Brett des Gatters, um sich selbst das Kinn zu scheuern. Langsam geht Ronald zur Straße; er tritt Steinchen vor sich her. Er schaut sich nicht mehr nach mir um.

Es hat sich nicht viel getan, als ich Henk zurückkommen sehe. Ich stehe immer noch am Zaun der Schafkoppel, und die Esel stehen an ihrem Zaun. Sie fangen an zu wiehern und die Köpfe zu schütteln, als sie Henk sehen. Er reagiert nicht darauf. Er fährt genau auf mich zu, bremst und streckt die Hand nach meinem Kopf aus. Ich mache einen Schritt zurück, so wie er – wie lange ist das schon wieder her? – nach seinem Friseurbesuch den Kopf weggezogen hatte, weil er spürte, daß meine Hand auf dem Weg zu seinen gestutzten Haaren war.

Er bläht die Backen und pustet Luft aus, lehnt Vaters altes Rad an den Zaun und zieht sich die Jacke aus. Er hängt sie über den Zaun und holt ein neues Zigarettenpäckchen aus einer der Innentaschen. »Es ist knallheiß«, sagt er, macht das Zellophan ab, schnippt den Deckel hoch und nimmt sich eine Zigarette. Aus einer Gesäßtasche kommt das Feuerzeug zum Vorschein. Er zündet sich die Zigarette an und inhaliert tief, selbstsüchtig. So wie alles an ihm selbstsüchtig ist. »Knallheiß«, wiederholt er. »Aber noch nicht Sommer.«

»Nein«, sage ich, »es ist noch lange nicht Sommer.«

Als wir gegessen haben, bringt Henk einen Teller nach oben. Ich räume den Tisch ab und fange an zu spülen. Ich trockne gerade das letzte Messer ab, als er – ohne Teller – wieder herunterkommt. »Noch nicht tot«, erdreistet er sich zu sagen.

Ich drehe mich zu ihm um, in der rechten Hand noch das blitzblanke Messer, auf einer Schulter das feuchte Geschirrtuch. »Henk«, sage ich. »Jetzt hältst du aber sofort das Maul.«

»Na hör mal«, erwidert er.

Ich werfe das Messer in die Besteckschublade und

mache sie zu. Dann hänge ich das Geschirrtuch über die Rückenlehne eines Stuhls und gehe zur Waschküche.

»Wo gehst du hin?« ruft er mir nach.

Ich antworte nicht. Im Kuhstall gemächliches Wiederkäuen. Auch im Schafstall ist es ruhig. Bei einem Schaf hat es schon um die Mittagszeit angefangen, und es will nicht vorangehen. Ich ziehe den Ärmel hoch, mache meine Hand so schmal wie möglich und taste in einem lauwarmen Knäuel aus Beinen, Leibern und Köpfen herum. Es sind drei, das ist das erste Schaf mit Drillingen. Nummer achtzehn. Ein paar Minuten später habe ich sie geholt. Eins ist tot. Es ist immer jammerschade, wenn ein Lamm tot zur Welt kommt, aber von Drillingslämmern wird normalerweise mindestens eins ein Flaschenlamm. Bis jetzt – zwei Schafe sind noch nicht so weit – gibt es noch gar keine Flaschenlämmer. Ronald hat sich schon beklagt, er hantiert gern mit Flaschen und Saugern. Sein Vater hält keine Schafe. Ich hebe die beiden Lebenden in die Gewöhnungsbox und ziehe dann die Hürde ein Stück zu mir hin, damit ich die Mutter auf die andere Seite treiben kann. Das tote Lamm lege ich neben dem Schafstall zu einem toten Lamm von gestern. Morgen früh muß ich bei der Tierkörperbeseitigung anrufen. Neunundzwanzig auf achtzehn. Könnte besser sein.

Als ich wieder im Haus bin, gehe ich direkt ins Badezimmer. Ich drehe die Hähne erst zu, als der Boiler leer ist; ich trockne mich ab und schlinge mir das Handtuch um die Taille. Es ist still im Haus. Henk sitzt nicht vor dem Fernseher. Er sitzt am Küchentisch, mit dem Rükken zum Seitenfenster. Der Vorhang ist zu. Er raucht. Auf dem Tisch ist nichts außer dem vollen Aschenbecher. Ich gehe ins Wohnzimmer.

»Wo willst du hin?« fragt er.

»Ich geh ins Bett.«

»Na schön«, ruft er beleidigt, »dann geh ich eben auch ins Bett.«

»In dein eigenes Bett«, sage ich.

»Oben?«

»Ja, oben, da steht dein Bett.«

»Aber...«

»Was aber?« Ich bin bei der Schlafzimmertür angekommen.

»Nichts. Gar nichts.«

Ich schließe die Tür und stelle mich vor die Dänemarkkarte. »Helsingør«, sage ich. »Stenstrup, Esrum, Blistrup, Tisvildeleje.« Fünf langsam ausgesprochene Namen reichen heute abend nicht. Ich füge noch ein paar Inseln hinzu. »Samsø, Aerø, Anholt, Møn.« Das große Bett steht für mich bereit. Als ich die Steppdecke zurückschlage, rieche ich Henk. Ich lege mich hin und ziehe an der Schnur über meinem Kopf. Es wird dunkel. Ich höre ihn ins Wohnzimmer kommen, ich höre ihn zur Schlafzimmertür gehen. Er atmet vor der geschlossenen Tür, ich atme hier im Bett. Dann entfernt er sich von der Tür. Ein paar Sekunden später geht der Fernseher an. Zigarettenrauch dringt durch die Spalten ins Schlafzimmer. Eine Chipstüte wird rabiat aufgerissen. Nach einer Stunde geht der Fernseher aus. Er stampft die Treppe hinauf und schlägt die Tür des neuen Zimmerchens hinter sich zu. Er denkt nicht an Vater, er denkt nicht an mich. Er ist jung und denkt nur an sich selbst.

50

Riet,

Du hast recht: Ich bin ein Lügner und Betrüger. Ich habe gesagt, daß Vater tot wäre, weil ich dachte, Du würdest sonst nicht kommen. Und ich wollte, daß Du kommst. Ich wollte Dich sehen, und ich wollte mit Dir über Henk sprechen. Ich war neugierig auf Dich. So wie Du – nehme ich an – auf mich neugierig warst. Deshalb. Aber Du hast mich nichts gefragt, Du hast nur von Dir selbst und Deinem Verhältnis zu Henk gesprochen. Das tat weh. Damals hatte ich mich vergessen gefühlt, und nun fühlte ich mich noch einmal vergessen.

Deine Motive für den Wunsch, Henk in meine Obhut zu geben, könnte ich auch mit einem Fragezeichen versehen. Jeder will etwas, aber was Du willst, ist mir nicht ganz klar. Hast Du gedacht, er bräuchte eine Vaterfigur? Ich kann vieles sein, wenn es nötig ist, aber ein Vater bin ich nicht. Auch kein Onkel. Ich bin ein Sohn. Ich bin ein Bruder. Aber darüber will ich weiter nichts sagen. Ich glaube, Henks »Lehrzeit« ist vorbei; ich meine, nein, ich bin mir sicher, daß es für ihn Zeit wird, wieder nach Brabant zurückzukehren. Zu Dir, vielleicht aber auch irgendwohin, wo er selbständig werden kann. Er ist jetzt zweieinhalb Monate hier, und ich glaube, daß er einiges gelernt hat, und damit meine ich nicht nur das Versorgen von Vieh oder andere Tätigkeiten, die auf dem Hof oder drumherum anfallen. Er kommt gut mit Vater aus, in der letzten Zeit unterhalten sie sich regelmäßig, aber davon willst du vielleicht gar nichts hören. Eins steht jedenfalls fest: Er muß hier weg.

Meiner Ansicht nach gibt es an ihm nicht sehr viel, was nicht in Ordnung wäre. Und ich glaube, wenn es so etwas gibt, wird er schon selbst auf den richtigen Weg finden. Im Lauf der Zeit. Ich kann nichts weiter für ihn tun. Du bist seine Mutter. Du bist für ihn verantwortlich. Ich schlage vor, daß Du ihn abholst. Ich kann schlecht weg, wegen der Kühe und der Schafe. Hat nicht eine Deiner Töchter ein Auto? Ich rufe Dich noch an, damit wir Näheres besprechen können. Es ist sehr gut möglich, daß Vater – und jetzt lüge ich nicht – dann wirklich nicht mehr lebt. Er will nicht mehr und hat schon seit einiger Zeit nichts gegessen.

Grüße

Helmer van Wonderen.

Über bestimmte Dinge wundere ich mich allmählich nicht mehr. Henk ist nicht aufgestanden, deshalb habe ich heute morgen erst nach neun am Küchentisch gesessen. Im Schafstall ist der Stand jetzt dreißig auf neunzehn. Noch *ein* Schaf. Nach dem Essen habe ich Kaffee gemacht und mich an den Schreibtisch gesetzt, um Riet einen Brief zu schreiben. Ich habe ihn mit meinem vollen Namen unterschrieben. Vielleicht, um ihr klarzumachen, daß es mir ernst ist. Der Brief steckt schon in einem frankierten Umschlag, ich werde ihn im Lauf des Tages einwerfen.

Ich sitze im Wohnzimmer auf dem Sofa. Mutter beobachtet vom Kaminsims aus, wie ich eine Zigarette rauche. Verführerisch, hochmütig und wachsam hatte sie schon geschaut, jetzt schaut sie natürlich auch mißbilligend. Die Sonne scheint ins Zimmer; es sieht schön aus, wie das Licht zwischen den schmalen Lamellen hereinfällt. Henk hat gestern abend sein Päckchen neben dem Sofa liegenlassen. Ich bin lächerlich mit der brennenden Zigarette in der Hand, ich sehe es im Spiegel. Eine Filterzigarette ist schlank und elegant, meine Hand ist schwer und klobig. Ich kann die Zigarette halten, wie ich will, der Rauch zieht immer zu meinem linken Auge, es tränt schon. Mein Blick wandert von meinem Spiegelbild noch einmal zu Mutter. Es ist unmöglich, ich weiß: Ein Foto ist ein Foto, und Mutter ist tot, trotzdem kommt es mir so vor, als ob jetzt auch noch ein spöttisches Lächeln über ihr Gesicht geht. Vielleicht bin ich eher jemand für Selbstgedrehte.

Vater schläft. Ohne zu schnarchen. Seine Brust, oder was davon noch übrig ist, hebt und senkt sich ganz leicht. Ich muß genau hinschauen, sonst würde ich es nicht sehen. Eigentlich wäre es höchste Zeit, ihn zu duschen, aber das wage ich nicht mehr. Ich möchte nicht, daß er wie Mutter im Badezimmer stirbt. Beide Eltern im Badezimmer gestorben – nein. Auf dem Nachttisch steht noch das Essen, das Henk ihm gestern abend gebracht hat, unberührt. Ein paar trockene Kartoffeln, Brechbohnen und eine Frikadelle. Neben dem Teller ein Glas mit Wasser, von dem er kaum getrunken hat. Er bewegt sich.

»Henk?« fragt er, mit geschlossenen Augen.

Welchen Henk meint er wohl? überlege ich. Hat er von seinem Sohn geträumt? »Nein, ich bin's«, sage ich.

»Hast du geraucht?«

»Ja.«

Jetzt öffnet er die Augen und schaut mich an. »Du bist ein komischer Vogel«, sagt er leise.

»Ja.«

»Weißt du, woran ich immer denken muß?«

»Nein.«

»An unsere Fahrt über die Gouwzee damals. Weißt du noch?«

»Ja. Achtzig Zentimeter dickes Eis.«

»Ich wollte raus aufs IJsselmeer, aber ich hab es nicht gewagt. Stundenlang haben wir am Damm gestanden.«

»Na, stundenlang ...«, antworte ich.

»So kam es mir vor.« Er macht die Augen wieder zu. Seine Arme liegen wie die Beine eines toten Kalbs neben seinem Leib. »Ich hab es nicht gewagt«, flüstert er. »Ich hab es nicht gewagt.«

Ich sage nichts, ich will nur zuhören.

»Und ihr habt wie *ein* Junge mitten auf dem Rücksitz gesessen.«

Ich stehe auf; er scheint wieder eingeschlafen zu sein, vielleicht träumt er von dem Polarwinter vor vierzig Jahren.

»Helmer?« sagt er, als ich an der Tür bin.

»Ja?«

»Ich möchte bei deiner Mutter und Henk begraben werden. Und laß erst hinterher eine Anzeige in die Zeitung setzen.«

»Bist du sicher? Du willst niemand dabeihaben?«

»Niemand«, sagt er.

»Gut«, sage ich.

»Und ich möchte ein Ei.«

»Was?«

»Ein hartgekochtes Ei.«

»Du hast wochenlang nichts gegessen. Das wird dein Tod.«

»Wenn ich lachen könnte, würd ich lachen. Ich hab Appetit auf ein Ei.«

»Ich bring dir nachher eins.«

Ich schließe die Tür und überquere den Flur.

Kann ich das machen? frage ich mich.

Wenn Vater tot ist, bin ich der einzige, der noch übrig

ist, denke ich, als meine Hand nach der Türklinke des neuen Zimmerchens greift.

Also los, denke ich, als ich die Tür öffne.

51

Das Kippfenster geht nach Norden, deshalb ist das Licht im neuen Zimmerchen meistens etwas seltsam. Nur im Juni und Juli kommt Sonne herein, spät abends. Henk weiß noch nicht, daß draußen Sommer ist, noch mehr Sommer als gestern. Er weiß auch noch nicht, was er heute nachmittag tun wird. Die Decke mit den dunkelblauen Buchstaben und Ziffern hat er bis zu den Ohren hochgezogen.

»Henk?«

»Stiesel.«

»Bitte?«

»Stiesel, hab ich gesagt.«

»Na, na.«

»Etwa nicht?«

»Ich weiß nicht.«

Die Decke rutscht herunter. Seine nackte Brust kommt heraus, ein Arm bewegt sich Richtung Nachttisch. Der Streifen Zeitungspapier, der bisher als Lesezeichen gedient hat, liegt auf dem Umschlag des Buchs.

»Deine Zigaretten liegen unten«, sage ich.

»Scheiße.« Er verschränkt die Arme und starrt die Wand gegenüber an. »Was willst du eigentlich hier?«

»Du hast heut morgen das Jungvieh nicht versorgt.«

»Ja und?«

»Ich hab's selbst gemacht.«

»Selber schuld.«

»Sonst will ich nichts.«

»Dann geh.«

»Gut.« Ich drehe mich um und gehe hinaus. An die Zigaretten hatte ich nicht gedacht, ich kann in Ruhe unten abwarten.

Kurz vor zwölf kommt er die Treppe herunter, fertig angezogen. Er geht direkt ins Wohnzimmer und zündet sich eine Zigarette an. Dann kommt er in die Küche, füllt den Wasserbehälter der Kaffeemaschine, schaufelt Pulver in den Filter und stellt sich ans Seitenfenster. »Was ist das bloß für Wetter?« sagt er nach einer Weile. Das Wasser läuft gurgelnd durch die Maschine.

»Schönes Wetter«, sage ich.

»Wie im Sommer.«

»Und du bist noch nicht draußen gewesen.«

Er bleibt am Fenster stehen, bis der Kaffee durchgelaufen ist. Dann gießt er sich einen Becher voll und setzt sich an den Küchentisch. Er fragt mich nicht, ob ich auch Kaffee möchte.

»Willst du nichts essen?«

»Später.«

»Hast du irgendwelche Pläne für heute nachmittag?«

Er schaut mich ungläubig an. »Pläne?«

»Ja.«

»Nein.«

»In Broek gibt es einen kleinen Kanuverleih, der sich nicht an die offiziellen Zeiten hält. Wenn du dich auf mich berufst, gibt man dir sofort ein Kanu. Sie haben auch Karten. Waterland-Oost.«

»Ein Kanu.« Er zündet sich eine neue Zigarette an und schaut durchs Vorderfenster Richtung Kanal.

»So schönes Wetter muß man ausnutzen.«

»Wie komm ich da hin?«

»Am Ende der Straße rechts, dann immer geradeaus,

und in Broek ist es das siebte Haus auf der linken Seite. Du kannst ja eine Route nehmen, die hier vorbeiführt.«

»Willst du mich loswerden?«

»Wieso? Du kommst nie hier raus. Bisher bist du nur in Monnickendam gewesen.«

»Du bleibst ein Stiesel.«

»Schon möglich. Vielleicht bin ich das.«

Kurz bevor er aufs Rad steigt, gebe ich ihm fünfzig Euro in Zehnern. Seine Jacke steckt in einem Plastikbeutel, der am Lenker baumelt. Er fährt durchs Scheunentor und dann in einer weiten Kurve auf die Straße zu. Ich gehe zum Hühnerhaus und sammle in aller Ruhe vier Eier ein. Ich bringe sie ins Haus, stecke sie in einen leeren Eierkarton und stelle ihn neben den Herd. Dann ziehe ich meinen Overall aus, lege mich aufs Sofa und schließe die Augen. Es dauert noch einige Zeit, bis er hier ist.

An diesem Nachmittag, wir haben den 16. April, fährt hier ein Junge in einem Kanu durch. Das kommt nicht oft vor – so früh im Jahr schon gar nicht –, weil die offiziellen Kanurouten nicht an meinem Hof vorbeiführen. Er hat den Oberkörper entblößt, es ist ungewöhnlich warm für die Jahreszeit. Ich stehe an der Seite des Wohnhauses, der Nordseite, noch ungesehen. Weil der Junge allein ist, spricht er nicht. Er macht keine Bemerkung über meinen Hof, die Bäume oder meine beiden Esel. Eine Nebelkrähe sitzt auf einem Ast der krummen Esche. Die Krähe ist mit der Pflege ihres Gefieders beschäftigt und zieht ab und zu ihren großen Schnabel unter einem der Flügel heraus, um zu sehen, wie das Kanu vorankommt. Das Paddel klatscht nicht zwischen den Gelben Teichrosen ins Wasser, im April gibt es keine

Gelben Teichrosen. Es gibt auch keine lärmenden Rotschenkel; zwei Austernfischer schreiten über die Weide hinter dem Kanal, sie suchen gemächlich nach Futter.

Der Junge ist rotblond, und seine Schultern sind sonnenverbrannt, er hat die Kraft der Frühjahrssonne unterschätzt. Er hat das Paddel vor sich aufs Boot gelegt, Wasser tropft herunter. Das Kanu gleitet langsam weiter. Ich kann nicht weg, und es gibt an der kahlen Nordseite des Wohnhauses nichts, womit ich mich beschäftigen könnte. Ich will auch nicht weg. Ich will hier stehen und gesehen werden.

Er sieht mich. Der Bug seines Kanus bleibt am Ufer hängen. Er schaut mich an, und er blickt zu den Fenstern in der Dachgaube hinauf. Er schaut die Nebelkrähe an, die Bäume, die den Hof begrenzen, er schaut sogar – wenn auch nur kurz – die beiden Esel an, die neugierig an den neuen Zaun entlang der Straße gekommen sind. Ich kann ihm nicht ansehen, ob er sich wundert, daß ich hier stehe. Er hebt nicht die Hand, ich tue es auch nicht. Vielleicht – und das wäre gut – sieht er alles, was er hier sieht, als alte, vergilbte Ansichtskarte, mit Gebäuden, Menschen, Tieren und Bäumen, deren Zeit für immer stehengeblieben ist, als ein Bild, das man kurz in der Hand hält und dann wieder weglegt. Als einen Ort, an dem er weiter nichts verloren hat.

Dann nimmt er das Paddel und stößt das Kanu vom Ufer ab. Kurz darauf biegt er nach rechts ab, in die Opperwoudervaart. Er muß die Karte genau studiert haben. Ich gehe zur Straße, um ihm hinterherzusehen. Die Opperwoudervaart mündet ins Groote Meer. Am Ende des Groote Meer fängt ein Graben an, dessen Namen ich nicht kenne, der aber bis zum Uitdammer Die führt. Hinter Uitdam ist das IJsselmeer.

Er kommt in den Stall, als ich fast mit Melken fertig bin. Direkt vor dem Eingang bleibt er stehen. Er hat die Sonne im Rücken, ich sehe nur einen Umriß. Ich spüre das Gewicht meiner zwanzig Kühe, das Gewicht des Strohs oben auf dem Heuboden, der schweren Kehlbalken zwischen den vier Pfosten, der Dachziegel (von denen kein einziger schief hängt), der sorgfältig gekappten Weiden. Ich kann mich nur mühsam aufrecht halten.

»Du willst mich doch loswerden«, sagt er.

»Ja«, sage ich und lasse das Melkzeug auf den Boden gleiten.

»Scheiße.«

Wann kommen die Mauersegler? Oder sind sie schon da? Ich weiß es nicht. Ich habe kein Zeitgefühl mehr. Draußen ist Sommer.

52

»Es ist fast vorbei«, sagt Vater.

»Ja«, sage ich und denke an heute nachmittag.

Das Fenster steht weit offen.

Ich verbessere mich. »Ja?«

»Und ich hab nicht nur einen Frühling, sondern sogar einen Sommer.«

»Ißt du dein Ei noch?«

»Gleich. Ich will es erst noch ein Weilchen ansehen.«

Ich habe das Ei schon gepellt. Es liegt auf einem Kuchenteller, und neben dem Teller steht der Salzstreuer. Mücken tanzen vor dem offenen Fenster. Ich habe mich ans Fußende des Betts gesetzt. Er sagt zwar, daß er das Ei ansehen will, aber er sieht mich an. Das Blatt Papier liegt nicht mehr halb unter dem Nachttisch. Ich frage mich, wo das Gedicht geblieben ist.

»Meinst du, du kommst allein zurecht?« fragt er.

»Ich denke schon.«

»Du bist ein erwachsener Mann.«

»Ein halber erwachsener Mann.«

Jetzt betrachtet er das Ei, als hätte er ein Marzipanteilchen vor sich. »Schlößchen« heißen die beim Bäcker in Monnickendam. Früher ist er samstags manchmal extra in die Stadt gefahren, um vier davon zu holen. Vielleicht hat er ein paarmal auch fünf gekauft. Später drei, und als Mutter tot war, ganz selten noch zwei. Ich habe ihm nie gesagt, daß Schlößchen nicht zu meinen Lieblingsteilchen gehören.

»Ich war zweite Wahl«, sage ich. »Das war das Schlimmste. Immer das Gefühl zu haben, daß man es nicht recht machen kann.«

»Ich hab auch nur getan, was ich konnte«, sagt er.

»Ich nicht?«

»Aber ja. Du auch.« Es ist viel mehr Leben in ihm als heute morgen.

»Wo ist Henk?«

»Ich weiß es nicht. Draußen, glaub ich.«

Es gibt etwas, das ich ihn fragen will. Es gibt etwas, wofür ich – trotz allem – seine Zustimmung haben möchte. »Soll ich ...«, fange ich an. Dann stehe ich auf, knie mich hin und stecke den Kopf unters Bett. Da liegt das Gedicht, von Staubflocken bedeckt. Ich richte mich auf und setze mich wieder aufs Bett, nah bei seinen Füßen. Er starrt immer noch das Ei an, jetzt ein bißchen ängstlich.

»Soll ich den Laden zumachen, Vater?«

»Mach nur, Junge, mach nur.« Er nimmt den Kuchenteller mit seiner klauenartigen Hand vom Nachttisch und stellt ihn sich auf den Schoß. Das Ei rollt auf die Decke. »Tot ist tot«, sagt er. »Weg ist weg, und dann weiß ich von nichts mehr.« Er greift nach dem Ei und legt es wieder richtig auf den Teller. »Das mußt du selbst wissen.«

Ich stehe auf. Zusehen, wie er das Ei ißt, kann ich nicht.

Er hat schon seit Wochen die Nebelkrähe nicht mehr erwähnt. Als ob er den Vogel vergessen hätte.

Henk ist nicht draußen. Henk steht in der Küche, mit dem Hintern an die Anrichte gelehnt. In der rechten Hand hält er einen eilig aufgerissenen Briefumschlag, in der linken meinen Brief an seine Mutter, den ich eigentlich vor der heutigen Leerung hätte einwerfen müssen. Er hat sich schon verändert; er ist noch derselbe und trotzdem anders, es ist so, wie wenn einem zu Hause alles fremd vorkommt, nachdem man irgendwo gewesen ist, wo man normalerweise nicht hinkommt. Nach der Beerdigung des alten Milchfahrers war mir der Hof verändert vorgekommen, nach dem Eislaufen auf dem Groote Meer, und nachdem ich Riet von der Fähre abgeholt hatte. Jetzt fällt mir ein, daß ich genau das gleiche gedacht habe, als ich Henk abgeholt hatte und mit ihm nach Hause kam. Woran es liegt, weiß ich immer noch nicht. Vielleicht daran, daß man selbst älter geworden ist, wenn auch nur um ein paar Stunden (bis dahin war ich schon einmal gekommen), während zu Hause alles stehengeblieben ist, außer den Uhrzeigern. Dann dauert es eine Weile, bis die Zeit, die man zu Hause versäumt hat, abgearbeitet ist.

Ich werde nicht sagen, daß es sich nicht gehört, anderer Leute Post zu öffnen. Auch seine Stirn und seine Nase sind verbrannt, sehe ich jetzt. Er dreht sich um, und im Umdrehen zerknüllt er den Brief. Ich erinnere mich an diese Bewegung, aber anders als Vater vor bald vierzig Jahren hat Henk Feuer bei sich. Er zieht das Feuerzeug aus der Gesäßtasche und hält das Papier in die Flamme. Kurz bevor er sich die Finger versengt, läßt er los. Der Brief verbrennt in der Spüle.

»Was war das nun für ein Brief?« fragt Henk. »Glaubst du, meine Mutter hätte irgendwas davon verstanden?«

»Den letzten Teil doch bestimmt.«

»Der Brief ist überflüssig«, sagt er. »Sei froh, daß ich ihn verbrannt habe.«

»Wieso überflüssig?«

Er schaut mich an und zieht die Brauen hoch. Dann verläßt er ruhig die Küche. Ich höre ihn die Treppe hinaufsteigen und in Vaters Zimmer gehen. Sieht er ihm jetzt dabei zu, wie er sein Ei ißt?

Ich sehe mich in der Küche um. Die summende Uhr zeigt zwanzig nach acht. Ich habe das Ei für Vater gekocht, aber ich habe noch nichts gegessen. Ich weiß nicht, ob Henk etwas gegessen hat. Meinem Gefühl nach kann die Sonne eigentlich noch nicht untergegangen sein, aber ich muß schon Licht machen. Sommer im April.

Bevor ich ins Bett gehe, schaue ich noch einmal nach Vater. Ich mache die Lampe nicht an, bei dem Licht aus dem Flur kann ich gerade noch sehen, daß der Kuchenteller leer ist. Vater liegt auf dem Rücken, und ich höre, daß Luft durch seine Nase eingezogen und ausgestoßen wird. Die Vorhänge sind offen. Ich gehe auf Zehenspitzen zum Fenster und ziehe sie zu.

53

Die Kühe erschrecken kaum vor dem Schuß. Kühe sind seltsame Tiere, beim geringsten Anlaß können sie durchdrehen, aber bei plötzlichem Krach blicken sie sich nicht einmal um. Nein, das stimmt nicht ganz, die Kuh, unter die ich mich gerade bücke, dreht die Augen nach hinten. Kühe können ihre Augen sehr weit nach hinten drehen, so, daß viel Weißes zu sehen ist; das sieht dann aus, als ob sie panische Angst hätten. Auf die Idee, einfach den Kopf zu drehen, kommen sie nicht. Zu Vater dürfte ich das nicht sagen, aber was soll's: Kühe sind dumm. Noch dümmer als Schafe. Die einzigen klugen Tiere hier sind die Lakenvelder Hühner und die beiden Esel. Der zweite Schuß überrascht mich noch weniger als der erste: Wenn man noch nie mit einem Gewehr geschossen hat, ist es nicht unwahrscheinlich, daß man beim ersten Mal danebenschießt. Ich löse die Schläuche von der Melk- und Vakuumleitung, klopfe der Kuh auf die Flanke und lege das Melkzeug auf den schmutzigen Stallboden. Es folgen keine weiteren Schüsse.

Als ich die Tür zwischen Waschküche und Flur öffne, sehe ich, daß die Haustür offensteht. Von Osten fällt schräges Sonnenlicht herein, in der Schachtel auf dem Boden glänzen die Messingböden der Patronenhülsen. Es riecht säuerlich im Flur, säuerlich und metallisch. Auch die Küchentür steht offen, alle Türen stehen offen. Auf einem Stuhl steht Henks Rucksack. Ich gehe zur Haustür. Eine Feder kommt herabgesegelt, eine schwarze Feder, sie fällt wie die Flügelfrüchte einer Esche, kreiselnd. Das muß eine Feder sein, die noch eine Zeitlang auf einem Ast balanciert hat, denn seit ich die Schüsse gehört habe, sind mindestens vier Minuten vergangen. Die Nebelkrähe selbst sitzt immer noch auf ihrem Ast, sie wendet uns den Schwanz zu. Als ob sie beleidigt wäre. Vaters Rad lehnt am Eisengeländer der kleinen Brücke. Henk steht unter der Esche, meinem Schlafzimmerfenster gegenüber. Aus dieser Entfernung hätte er sogar eine Maus treffen können. Er hat seine Jacke an. Es ist kälter als gestern morgen um diese Zeit, heute haben wir ein paar Grade weniger Sommer.

Er schwenkt das Gewehr hin und her, wie um es wegzuwerfen, aber als er mich hört, stellt er es neben sich auf den Boden, seine rechte Hand umklammert die kalten Läufe. »Ich fahr jetzt«, sagt er.

»Wohin?«

»Zum Zug.«

»Wie?«

»Mit dem Rad.« Er zeigt auf die Brücke.

»Und wie kommt das Rad dann wieder zurück?«

»Dein Vater braucht es nicht mehr«, sagt er.

»Weißt du, wie du fahren mußt?«

»Ich halt mich einfach an die Schilder.« Er spricht mit der Krähe. Mich schaut er nicht an.

»Hast du Geld?« frage ich.

»Ja«, antwortet er. »Massig. Was hab ich denn hier schon ausgegeben? Und das Scheißkanu war fast umsonst.« Es kostet ihn einige Anstrengung, aber er schafft es, seinen Blick von der Krähe loszureißen. Er dreht sich um und geht in den Flur. Kurz danach kommt er mit seinem Rucksack wieder heraus. Das Gewehr hat er immer noch in der rechten Hand.

»Hast du sie gar nicht getroffen?« frage ich.

»Nein. Ist einfach sitzen geblieben. Als ob nichts passiert wär. Als ich noch mal geschossen hab, hat sie sich umgedreht, mit 'nem Hüpfer, die ist nicht normal...«

»Warum hast du das gemacht?«

»... so von wegen: Was ich nicht sehe, das gibt es auch nicht. Glaubst du, *ich* war das?«

»Wer sonst?«

»Glaubst du wirklich, ich käme selbst auf die Idee, so ein Tier totzuschießen?«

»Du hattest noch eine Rechnung mit ihr zu begleichen«, sage ich.

Er reicht mir das Gewehr. Jetzt schaut er mich an, mit einem höhnischen Lächeln. Dann geht er zum Fahrrad.

Ich glaube, daß er jetzt nichts mehr sagen wird.

»Dein Vater hat mich gestern abend darum gebeten. ›Schieß den Vogel aus der Esche‹, hat er gesagt.«

Ich folge ihm zur Brücke. »Und da hast du gedacht: Na gut, mach ich.«

»Ja. Selber konnte er es nicht.«

»Du hättest es auch lassen können.«

»Ich find deinen Vater nett. Netter als dich.«

»Vielleicht hast du da ja recht.«

»›Und wirf das Gewehr dann in den Graben‹, hat er noch gesagt.«

»Aber das hast du nicht gemacht.«

»Nein. Weil du plötzlich im Garten gestanden hast. Und ich find's eigentlich auch zu schade.«

»Hast du dich von ihm verabschiedet?«

»Ja, sicher.« Er greift das Fahrrad am Lenker und rollt es auf die Straße. »Vielleicht sehn wir uns noch irgendwann.«

»Was hast du jetzt vor, Henk?«

»Ich weiß noch nicht. Mir fällt schon was ein.« Er schwingt das Bein über den Sattel. »Danke«, sagt er im Wegfahren.

Mit einer Narbe ist er gekommen, mit zwei Narben fährt er weg.

Er sagt »danke«. Nicht spöttisch, nicht giftig. Neutral. Aber warum sagt er es? Ich weiß nicht, was ich darauf antworten soll, also halte ich den Mund. Er fährt schnell und ist bald hinter dem Hof von Ada und Wim verschwunden. Ein früher Donnerstagsradler kommt vorbei, ein alter Mann, etwas älter als ich, in Hemdsärmeln. Er kommt von der Straße ab und landet dann fast noch im Kanal, weil er den Blick nicht von mir und dem Gewehr abwenden kann. Ich warte, bis er wieder richtig im Sattel sitzt und seine Fahrt in gerader Linie fortgesetzt hat. Ich werfe das Gewehr nicht in den Graben, ich gehe auf die Straße und werfe es in den Kanal. Auf dem Rückweg bleibe ich einen Moment auf der Brücke stehen. Die Krähe dreht sich um. Sie ordnet ihr Gefieder neu und trippelt ein paarmal hin und her. »Was willst du nun?« frage ich leise. Sie gibt keine Antwort.

Dein Vater braucht es nicht mehr. Was hatte ich selbst vor ein paar Monaten gesagt, als mein Blick auf Vaters Fahrrad fiel und ich wußte, was Henks erste Arbeit sein würde? »Das ist das Rad von meinem Vater, aber der kann nicht mehr radfahren.« Das ist nicht das gleiche wie »nicht mehr brauchen«. Erst abmelken, dann gehe ich nach oben. Immer erst die verdammten Kühe. Immer unter den Kühen hockenbleiben wie der letzte Idiot, auch wenn man weiß, daß der eigene Vater tot in seinem Bett liegt.

Die Menschen wollen immer wissen, woran jemand gestorben ist; je älter die Toten sind, desto geringer ist allerdings diese Neugier. Aber wem kann ich sagen, daß Vater an einem Ei gestorben ist? Dem Hausarzt, den ich gleich anrufen werde? Dem Bestatter? Leuten, die ich kaum oder gar nicht kenne? Ich muß lachen, aber auf einmal ist mir das Ticken der Standuhr so unerträglich, daß ich die Glastür öffne und das Pendel mit beiden Händen packe, um es zum Stillstand zu bringen. Dann setze ich mich auf den Stuhl am Fenster. Die Knospen der Esche sind aufgebrochen, zarter, violettgrüner Flaum bewegt sich leise im Wind. Es ist noch früh, die Zeiger der Standuhr sind auf halb zehn stehengeblieben. Ich kann ihn noch nicht ansehen, ich werde erst noch eine Weile hier auf dem Stuhl sitzen bleiben und durch den Flaum der Esche zum Deich hinüberstarren.

54

Ich habe ein Foto von Henk von der Wand in Vaters Schlafzimmer genommen und auf den Kaminsims gestellt, auf die andere Seite des Spiegels. Das Foto steckt in einem alten Rahmen, bei dem man sich aussuchen kann, ob man ihn aufhängt oder hinstellt. Mein Bruder sitzt in einem nagelneuen Overall auf einem Melkschemel neben einem grobknochigen Hinterteil und schaut in die Kamera, als gäbe es nichts Schöneres auf der Welt, als eine Kuh zu melken. Jetzt sind wir alle im Wohnzimmer beisammen.

Heute morgen habe ich Vater allein gelassen, um in Monnickendam in einen Tabakladen zu gehen. Ich hatte das Gefühl, daß ich das eigentlich nicht machen dürfte, ihn so allein im Wohnzimmer zurücklassen. Deshalb habe ich, bevor ich losgefahren bin, Flur- und Haustür abgeschlossen. Im Tabakladen waren zwei Leute vor mir, und ich war nervös. Als ich an die Reihe kam und die Verkäuferin mich nach meinen Wünschen fragte, hatte ich mir die Regale hinter ihrem Rücken noch nicht richtig ansehen können. »Ich möchte ein Päckchen Shag«, sagte ich. Glücklicherweise war nach mir noch niemand in den Laden gekommen. »Ja gern, welche Marke?« Das wußte ich nicht. Welche ich sonst rauchen würde? Van Nelle, las ich rechts von ihrer Hüfte. »Van Nelle«, sagte ich. »*Zware* oder *Halfzware*?« »*Halfzware*«, antwortete ich, jetzt nicht mehr auf gut Glück, weil ich plötzlich das fast leere Tabakpäckchen auf dem Tisch im Knechtshaus vor mir sah. Auch Papier? Mascotte – natürlich, das hatte beim ersten Mal neben dem Tabak gelegen, und später hatte ich es in seinen Händen gesehen; beim Drehen hatte er mit dem Daumen routiniert den überschüssigen Tabak vom Rand abgewischt. »Ja? Wissen Sie schon, was Sie möchten?« fragte die Verkäuferin. »Mascotte«, sagte ich. »Das wären dann vier Euro und acht Cent.« Ich bekam einen Schreck; daß Tabak so teuer ist, hatte ich nicht geahnt.

Später habe ich im Schreibtisch nach Vaters Papieren gesucht und dabei den Brief von Staatsbosbeheer gefunden. Ich habe ihn oben auf einen Stapel mit anderen Briefen gelegt und werde ihn bald, aber nicht jetzt, noch einmal gründlich durchlesen. Und dann beantworten. Der zweite Band von Lodewicks Literaturgeschichte lag noch auf der Schreibfläche. Den brauchte ich nicht mehr. Ich bin in Henks Zimmer gegangen und habe das Buch in den Karton zurückgelegt, der noch auf Mutters Frisiertisch stand. Den Karton habe ich wieder sorgfältig mit Klebeband verschlossen und in den Schrank gestellt.

Auch gestern abend habe ich alle Türen abgeschlossen, bevor ich mit dem Wagen zur Fähre in Amsterdam gefahren bin. Als ich ankam, wurde es dämmrig. Ich hatte mir überlegt, daß Henk wohl zu Fuß auf die Fähre gegangen sein würde: Wozu braucht man auf der anderen Seite ein Rad, wenn man bloß zum Bahnhof will? Man muß nur noch die Straße überqueren und ist schon da. Ich wollte Vaters Rad wiederhaben. Henk hatte es sicher nicht abgeschlossen (wenn überhaupt noch ein Schloß dran war, das wußte ich nicht genau), denn was fängt man mit einem Fahrradschlüssel an, wenn man das Rad dazu nicht mehr hat? Ich fuhr eine Runde, aber vom Auto aus sahen alle Räder gleich aus. Es waren weniger, als ich erwartet hatte. Danach ging ich zweimal an allen Fahrradständern vorbei. Vaters Rad war nicht da. Hatte Henk es doch auf die Fähre mitgenommen? Nein, wahrscheinlich war es gestohlen worden. Eine Fähre fuhr ab; ich blieb noch eine Weile am Ufer des IJ stehen. Das andere Ufer war weiß von Schiffen, diesen ganz speziellen Schiffen, auf denen alte Leute flußauf, flußab gondeln. Ich fragte mich, warum Riet nicht angerufen hatte. Oder hatte sie angerufen, als ich nicht im Haus war? Jetzt war ich ja auch nicht zu Hause. Ich sah den Flur vor mir und hörte das Telefon klingeln. Ein klingelndes Telefon in einem Haus, in dem niemand ist, der abnehmen kann. Als ich eine Fähre auf mich zukommen sah, fand ich, daß es Zeit für die Rückfahrt wäre.

Vergangene Nacht das letzte Lamm. Einunddreißig Lämmer auf zwanzig Mutterschafe.

Endlich habe ich es geschafft, eine Zigarette zu drehen, die halbwegs passabel aussieht. Ich hätte besser zwei Päckchen Papier gekauft. Ich drehe die Zigarette zwischen den Fingern. Die Kühlung geht an, Vater wackelt leicht hin und her. Das hatte man mir nicht gesagt, daß der Verstorbene hin und her wackelt, wenn die Kühlung an- oder ausgeht. Ich sitze auf einem Küchenstuhl neben dem Sarg, ich weiß nicht, wo ich sonst sitzen soll. Die Streichhölzer liegen auf dem Rand des Sargs. Ich zünde die Zigarette an. Du bist ein komischer Vogel, hat er gesagt. Wann war das? Vorgestern? Vor drei Tagen? Alles ist anders, wenn ein Sarg im Wohnzimmer steht. Zum Beispiel frage ich mich, ob es vielleicht ungehörig ist, die Jalousie offenzulassen. Ich kann mich erinnern, daß die Vorhänge wenigstens halb geschlossen waren, als Henk hier lag. Wie es bei Mutter mit den Vorhängen war, weiß ich nicht mehr. Aber soll ich hier etwa bei geschlossener Jalousie sitzen? Morgen ist Sonntag, und Montag ist auch Sonntag. Zwei Feiertage hintereinander. Ostern. Ich inhaliere ganz vorsichtig. Das geht ja. Ich atme durch die Nase aus, zum ersten Mal in meinem Leben kommt Rauch aus meinen Nasenlöchern.

Jemand kommt zur Waschküche herein. »Aber seid leise«, sagt sie, als sich die Tür zwischen Waschküche und Flur öffnet. Sie kommt ins Zimmer, die Jungen bleiben an der Tür stehen.

»Was machst du?« fragt sie verblüfft.

»Was meinst du?«

»Du rauchst ja!«

Ich schaue auf die Zigarette in meiner Hand und drücke sie dann im Aschenbecher aus, der auf der Armlehne des Sofas steht. Ich stehe auf.

Ada sagt nichts mehr. Sie kommt auf mich zu und nimmt mich in die Arme. Ihr Haar riecht angenehm frisch, sie drückt ihre Finger in die Haut auf meinen Schulterblättern. Teun und Ronald schauen mich mit großen Augen an. Ich zwinkere ihnen über Adas Schulter zu. Ronald findet das lustig, er fängt an zu lächeln. Teuns Miene bleibt ernst. Ada läßt mich los, und während sie das tut, gibt sie mir einen nassen Kuß auf den Mund. Dann schaut sie in den Sarg.

»Ich mach mal eine Kanne Kaffee«, sagt sie. Ada ist Ada, trotzdem ist seit dem Tag, an dem sie mir den Teppich gebracht hat und Henk von Teun das Poster mit der Sängerin bekam, deren Namen ich vergessen habe, alles ein klein wenig anders. Sie geht in die Küche. »Wenn ihr wollt, könnt ihr ruhig mal eben schauen«, sagt sie an der Tür zu ihren Söhnen.

Sehr langsam nähern sich Teun und Ronald dem Sarg. Teun bleibt am Fußende stehen und tut so, als ob er Vater anschaut. Ronald geht noch ein Stückchen weiter. Er ist nicht so groß und muß sich auf die Zehenspitzen stellen, um über den Rand zu sehen.

»Ist es gruselig?« fragt er.

»Nein«, sage ich. »Findest du's gruselig?«

»Ein bißchen.«

»Wann ist die Beerdigung?« ruft Ada von der Küche aus.

»Am Dienstag«, rufe ich. »Davon merke ich aber nichts«, sage ich zu Ronald.

»Hast du geweint?«

»Nein.«

»Kann ich irgendwas tun?« ruft Ada.

»Warum nicht?« fragt Ronald.

»Tja«, sage ich. »Entweder man muß weinen, oder man muß nicht weinen, das ist dann eben einfach so.«

»Warum ist er tot?«

»Er hat ein Ei gegessen, Ronald.«

Darüber muß er lachen. »Wenn ich ein Ei esse, sterbe ich aber nicht!«

»Nein, zum Glück nicht«, sage ich. »Kommt, wir setzen uns in die Küche. Möchtet ihr Mandeltörtchen?«

»Ja!« ruft Ronald.

»Ja bitte«, sagt Teun höflich.

Wir gehen in die Küche. Der Kaffee läuft durch, das Blubbern übertönt das Summen der elektrischen Uhr. Ada hat zwei schöne Becher bereitgestellt. Ich nehme eine Packung Mandeltörtchen aus einem Hängeschrank und reiße die Folie auf.

»Ich bin schon sehr froh, daß du da bist«, sage ich zu Ada, um ihre Frage zu beantworten.

»Natürlich bin ich da«, sagt sie fast empört. »Und morgen bin ich auch da. Schlimm ist das, ausgerechnet zu Ostern, bei all den Feiertagen. Du mußt zu uns zum Essen kommen, und soll ich beim Vertretungsdienst anrufen und sagen, daß sie jemand zum Melken vorbeischicken sollen? Wim wollte eigentlich auch kommen, aber an der Kühlung vom Milchtank war was kaputt, und er muß dabeisein, wenn der Mann vom Kundendienst ...«

»Jetzt weinst du aber«, sagt Ronald. »Das seh ich.«

Ich sage nichts. Die Jungen teilen sich einen Stuhl, weil der vierte Küchenstuhl im Wohnzimmer steht.

»Ist Henk weg?« fragt Ronald.

»Ja, der ist nicht mehr da.«

»Warum ist er weg?«

»Er war lange genug hier«, antworte ich.

»Ist er wieder nach Brobent gefahren, wo seine Mutter wohnt?«

»Ronald«, sagt Teun, den Mund voll Mandelmasse, »halt doch mal den Schnabel.«

Ich bin so froh, daß sie da sind.

Ada, Teun und Ronald sind gegangen, es ist wieder still im Haus, aber anders still. Besser still. Ich will mich nicht wieder auf den Küchenstuhl neben dem Sarg setzen. Ich gehe durch die Waschküche und den Stall nach hinten. Es ist fast schon Zeit, die Kühe auf die Weide zu bringen. Ich schaue kurz nach den Schafen und gehe dann zum Hühnerhaus. Die Schubkarre steht vor dem Eselstall. Eigentlich müßte ich ihn ausmisten. Nicht jetzt. Ich gehe wieder ins Haus und hole das Fernglas aus dem Schreibtisch. Dann stelle ich mich unübersehbar ans Seitenfenster und setze das Glas an die Augen. In fünfhundert Meter Entfernung steht Ada. Als sie mich sieht, hebt sie gleich die Hand und winkt. Mit der anderen Hand fuchtelt sie neben sich herum, und Teun und Ronald kommen ins Bild. Auch sie heben die Hand. Ich winke zurück und setze dann das Glas ab. Aber ich bleibe noch am Fenster stehen, mit dem Fernglas vor der Brust. Sie dürfen mich ruhig noch einen Augenblick so sehen. Wie lange hat sie da schon gestanden? Wie lange hat sie auf mich gewartet? Sie wußte, daß ich ans Fenster kommen würde. So wie ich wußte, daß sie dort stehen würde. Erleichtert stelle ich das Fernglas auf den Tisch. Jetzt kann sie hier wieder fröhlich schalten und walten.

Ich habe noch einmal am Sarg gesessen und eine Zigarette geraucht; jetzt gehe ich zur Haustür hinaus und weiter zur Brücke. Ich setze mich aufs Geländer. Die Nebelkrähe hat ein paar Schrittchen seitwärts gemacht und sich zu mir hingedreht. Sie schaut mich an. Ich erwidere den Blick. Bis ich aus den Augenwinkeln einen Wagen sehe, der bei den Resten des Knechtshauses anhält. Ein Mann steigt aus. Heute ist ein grauer, unfreundlicher Tag, man sieht keine Schönwetterradler.

Eine große Schar Bläßhühner schaukelt auf dem Kanal. Der Mann steht jetzt bei der Magnolie. Er greift nach einem Ast und rüttelt daran. Dann geht er zu der halben Mauer. Als der Mann schon eine ganze Weile reglos die nicht mehr vorhandene Treppe hinaufgestarrt hat, rutsche ich vom Geländer herunter und gehe auf die Straße. Die Esel kommen zum Zaun und laufen neben mir her. Er dreht sich um, als er mich kommen hört. Ein alter Mann mit einem verwitterten Gesicht. Einem Wind- und Wettergesicht.

»Helmer«, sagt er.

»Ich dachte, du wärst jemand von Staatsbosbeheer«, antworte ich.

»Und ich wußte nicht, ob ich dich hier antreffen würde.«

»Henk ist tot«, sage ich.

»Ach. Seit wann?«

»April 1967.«

»Das ist lange her. Und jetzt bist du der Bauer.«

»Ja. Mutter ist auch tot, und Vater liegt im Wohnzimmer im Sarg.«

Er kneift einen Moment die Augen zu. Es sind ja auch reichlich viele Tote auf einmal. Dann dreht er sich um. »Und das Knechtshaus ist abgebrannt.«

»Ja«, sage ich zu seinem Rücken. »Amsterdamer. Ferienhaus.« Ich fröstele, ich bin ohne Jacke aus dem Haus gegangen.

Er betrachtet noch einen Moment die Mauerreste und dreht sich dann wieder zu mir um. Er legt mir die Hand auf die Schulter. »Komm«, sagt er. »Ich möchte mich von deinem Vater verabschieden.« Er geht zum Wagen. Sehr aufrecht geht er, die Widerspenstigkeit ist noch nicht verschwunden. Ich folge ihm und setze mich auf den Beifahrersitz. Er legt den Rückwärtsgang ein und lenkt den Wagen auf die Straße. Langsam fahren wir nach Südwesten, zum Hof.

»Hier riecht's nach Hund«, sage ich. Das kann ich riechen, obwohl wir nie einen Hund hatten.

Er schaut mich an und lächelt. »Der hat immer da gesessen, wo du jetzt sitzt.« Weil er mich anschaut, sieht er die Esel. »Sind das deine Esel?«

Ich nicke.

Wieder lächelt er. »Ja«, sagt er dann. »Ich glaube, du bist ein Eselmann.«

IV

55

Es gibt hier ein Dünengebiet, das Heather Hill heißt. Vor langer Zeit kam ein reicher Engländer an diese Küste. Er ließ auf der höchsten Düne ein großes Haus bauen und einen Garten mit Wasserspielen, Mäuerchen und Wegen anlegen. Weil er Engländer war und die Dünen bei seiner Ankunft ganz von Heidekraut bewachsen waren, nannte er sein Landgut Heather Hill. Er ertrank beim Schwimmen im Meer, und das Haus steht schon lange nicht mehr. Von dem Garten sind nur noch ein versandeter Teich und ein paar Sträucher übrig. Auf Heather Hill weiden Schafe von einer Rasse, die ich nicht kenne, mit dunklen Köpfen und langen Hängeohren. Viel zahmer als meine Schafe, sie sind an Menschen gewöhnt, die hier spazierengehen oder schwimmen. Auf der Seeseite ist die Düne im Grunde ein Kliff, das senkrecht zum schmalen Geröllstrand abfällt. Das Meer ist nicht die Nordsee. Hier sieht man keine kahlen, mühsam mit angepflanztem Strandhafer zusammengehaltenen Sanddünen und keine krummgewehten Kiefern. Hier wächst das Gras fast bis ins Wasser, und nur zehn Meter von der Strandlinie entfernt gedeihen sogar Buchen und Eichen. Ich habe das Wasser probiert, es ist brackig, etwas salziger als das Wasser des IJsselmeers. Ich kenne die Karte von Dänemark fast auswendig, vor allem Seeland, aber Rågeleje kannte ich nicht, und ausgerechnet da sind wir. Obwohl man das eigentlich kaum glaubt, wenn man die Dänen den Namen aussprechen hört. Dänisch ist eine merkwürdige, vernuschelte Sprache. Ich verstehe kein Wort; er sagt, daß er erfaßt, was gemeint ist. Wie das denn sein kann, wollte ich wissen. »Ich bin Friese«, sagte er nur. Der Inhaber des Heather Hill Grill, auf einem Parkplatz an der Küstenstraße, hat ihm die Geschichte von dem Engländer erzählt; gut möglich, daß in Wirklichkeit alles ein bißchen anders gewesen ist. Wir essen da oft eine Wurst. Dänen sind wild auf Würstchen.

Wir schwimmen jeden Tag. Das Wasser ist kalt, aber klar. Alle drei Tage müssen wir die Steine, die wir zur Seite geworfen haben, um leichter ins Wasser zu kommen, erneut zur Seite werfen. Wir schwimmen immer an derselben Stelle, wo der Weg, der von der Küstenstraße über Heather Hill zum Meer führt, auf den Geröllstrand trifft. Von der Straße aus geht man durch ein Fallgatter und kurz vor dem Strand durch ein zweites. Die Schafe müssen auf Heather Hill bleiben, um das Gras kurzzuhalten und Birkenschößlinge abzufressen. Es ist ruhig am Strand, die Dänen haben noch keine Ferien. Wenn wir nach rechts schauen, sehen wir bei klarem Wetter in der Ferne die Küste von Schweden. »Da müssen wir auch mal hin«, sagt er. Dann nicke ich. Helsingør ist nicht weit, und von dort fahren Schiffe nach Helsingborg. Über dem Kliff segeln Nebelkrähen. Sie schlagen nicht mit den Flügeln, sie lassen sich von der aufsteigenden Luft tragen, ohne von der Stelle zu kommen. Am Wochenende sind die Nebelkrähen nicht da. Dann springen Männer und Frauen an Gleitschirmen vom Kliff. Manchmal segeln sie kilometerweit, bevor sie umkehren und wieder auf der höchsten Erhebung von Heather Hill landen. Wie hoch sie segeln, hängt von der Höhe der Dünen ab. Wir schwimmen nackt, hier kommt fast nie jemand hin, und wenn doch, kümmert uns das auch nicht. »Dafür sind wir zu alt«, sagt er. Dann nicke ich; und wie Knirpse im Schwimmbad kommentieren wir das Aussehen unserer Säcke, wenn sie im kalten Wasser verschrumpelt sind. Er kann es nicht lassen, mir Anweisungen zu geben. »Schließ die Finger«, oder »Laß doch deine Beine auch mal was tun.« Hinterher spielen wir – ein bißchen steif, er etwas steifer als ich – im Garten unseres Ferienhauses eine Partie Federball, um wieder warm zu werden. Die Schläger und Federbälle hat er im Spar-Laden aus dem Regal genommen. Ich habe sie bezahlt.

Vater hat vier Nächte im Haus gelegen. Ich habe ihn nicht ein einziges Mal angefaßt.

Als wir ins Wohnzimmer kamen, hatte Jaap sich sofort auf den Küchenstuhl neben dem Sarg gesetzt. Ich war an der Tür stehengeblieben. Er drehte sich eine Zigarette, vielleicht, weil er auf der Sofalehne einen Aschenbecher stehen sah. Beim Rauchen schaute er Vater an. Von Vater blickte er zu den Fotos auf dem Kaminsims. »Sie war eine hübsche Frau, auf ihre Art«, sagte er mit einem Kopfnicken zu Mutters vornehmer Fotografie. »Ich glaube, das haben nicht viele gesehen.« Im Wohnzimmer bildete sich ein waagerechter Rauchschwaden. Wenn ich neben dem offenen Sarg geraucht habe, und das habe ich ziemlich oft, ist mir das nie gelungen.

»Bist du allein?« fragte er.

»Ja«, sagte ich.

»Hier ist es ganz anders als früher.«

»Das hab ich gemacht, vor ein paar Monaten.«

»Vor ein paar Monaten erst?«

»Ja.«

Er nahm ein paar kräftige Züge und nickte dann noch einmal zum Kaminsims hin. »Toter Bruder«, sagte er zu Henks Foto. Er drückte die Zigarette aus und legte seine Finger mit der Oberseite leicht auf Vaters Stirn. Dann stand er auf und gab mir die Hand, die Hand mit den

Fingern, die den kalten Körper berührt hatten. »Dein Vater ist tot, Helmer«, sagte er.

Er gab mir keinen Kuß auf den Mund, obwohl jetzt wirklich jemand gestorben war.

Dein Vater ist tot: als hätte ich das noch nicht gewußt. Hübsche Mutter, toter Bruder, toter Vater. Zwanzig Kühe, etwas Jungvieh, zwei Esel ohne Namen, zwanzig Mutterschafe, einunddreißig Lämmer und ein paar Lakenvelder Hühner.

»Ist das Kaffee, was ich da rieche?« fragte er und ging in die Küche. Dort setzte er sich nicht auf den erstbesten Stuhl; er ging um den Tisch herum und nahm mit dem Rücken zum Seitenfenster Platz. Auf Henks Stuhl. Er trommelte mit den Fingern auf die Tischplatte, als würde er ungeduldig auf eine Tasse Kaffee warten. Etwas verwundert betrachtete er die Becher, aus denen Ada und ich getrunken hatten, die aufgerissene Packung Mandeltörtchen, das Fernglas. Er sagte, es wäre das erste Mal, daß er am Küchentisch säße. Ich stand noch an der Wohnzimmertür und blickte von seinen trommelnden Fingern zu Vaters Stirn und von Vaters Stirn auf meine Hand.

Ich gab ihm nicht sofort eine Tasse Kaffee. Ich ging ans Vorderfenster. Die Nebelkrähe saß auf ihrem angestammten Platz und starrte mich an. Sie senkte leicht den Kopf und schien die Schultern hochzuziehen. Ich überlegte, ob Vögel Schultern haben, ob man den vorstehenden Knick des zusammengelegten Flügels Schulter nennen kann. Sie erinnerte mich an ein Tier, das schleichen kann, ein katzenhaftes Tier. Seit dem vergangenen Herbst saß der Vogel nun schon da draußen; manchmal hatte ich ihn vergessen, manchmal hatte ich ihn gesehen, und jetzt war es wie an dem Tag im Herbst, an dem ich ihn zum ersten Mal gesehen hatte. Und mich auf alle Stühle gesetzt hatte, als ob ich versuchen würde, zu viert zu sein, um nicht allein essen zu müssen. Sie zog die Schultern noch etwas höher und ließ sich fallen. Erst knapp über dem Boden breitete sie die Flügel aus. Ich machte einen Schritt rückwärts, ich dachte, sie würde durch die Scheibe gesegelt kommen. Bei der scharfen Wende, die sie fliegen mußte, berührten ihre Flügelspitzen die Scheibe. Dann begann sie richtig zu fliegen. Sie flog auf den Deich zu, aufs IJsselmeer. Ich schaute ihr nach, bis ich Tränen in den Augen hatte.

Er räusperte sich. Ich drehte mich um. Ja, er hätte gern einen Kaffee, mit Zucker, ohne Milch, und ja, zu so einem Mandeltörtchen sage er auch nicht nein.

Tot ist tot. Weg ist weg, und dann weiß ich von nichts mehr. Ich war also nicht der einzige, der an Vaters Beerdigung teilnahm. Eine Beerdigung ist nicht für den Toten, sondern für die, die zurückbleiben; ich fand es egoistisch von Vater, daß er in aller Stille beerdigt werden wollte. Jaap war da, Ada und die Jungen (Wim nicht, der hat für den Tod nichts übrig, und außerdem hatte er anderes zu tun, etwas Wichtiges) – und der junge Milchfahrer. »Woher weißt du ...«, fing ich an, und Ada, die halb hinter ihm stand, deutete mit dem kleinen Finger am Mund und dem Daumen am Ohr einen Telefonhörer an. Sie zuckte entschuldigend mit den Schultern und hielt den Kopf etwas schief.

»Verbundenheit, die ist wichtig«, sagte er zu Jaap.

»Da hast du völlig recht, Junge«, meinte Jaap.

Ich hatte gar nichts gegen Galtjos Anwesenheit, obwohl mir jetzt der Verdacht kam, daß er aus Gewohnheit jede Gelegenheit wahrnahm, eine Beerdigung zu besuchen. Was doch irgendwie krankhaft ist. Wieder lag eine weiße Platte, Hartfaser vermutlich, auf dem Boden der Grube, der nicht der Boden war. Es dauerte nicht lange, niemand hielt eine Ansprache. Die Sonne schien, und die Temperatur war normal für Ende April. Ich warf Erde in die Grube. Nicht eine Handvoll, sondern eine Schaufel. Weil ich das schön finde bei einer Beerdigung. Das bißchen Erde, das in eine Hand paßt – und verweht, bevor es auf den Sarg fällt –, ist für mich kein richtiger Abschluß. Nur Ronald machte es mir nach.

»Wie gefällt dir die neue Milchfahrerin?« fragte Galtjo später, als wir in der Küche saßen. Ada hatte Kaffee gemacht, und ich hatte beim Bäcker in Monnickendam Schlößchen gekauft. Alles zu Vaters Ehren. Für die Männer war auch Genever da. Teun und Ronald tranken irgend etwas Sprudelndes.

»Ihr Mundwerk ist mir ein bißchen zu grob«, antwortete ich.

»Ja«, sagte er lächelnd wie immer, »das hab ich schon öfter gehört.« Sein Lächeln rührte mich nicht mehr.

»Und ihr seid auch Landwirte?« fragte Jaap Teun und Ronald.

»Unser Vater ist einer«, verbesserte Teun.

Was mich überraschte, war die Menge der Karten, die Tag für Tag in meinem grünen Briefkasten an der Straße lagen, nachdem die Todesanzeige in der Zeitung gewesen war. Dutzende von Karten. Vom Viehhändler, der zwei Tage nach der Beerdigung aus Neuseeland zurückgekehrt war. Sogar von Klaas van Baalen, dem Bauern, der laut Ada in meinem Alter ist und dessen Schafe man abgeholt hat, weil er sie vernachlässigt hatte. Von den Eltern von Jarno Koper und der Witwe des alten Milchfahrers. Und natürlich von allerlei entfernten Verwandten, von Onkeln und Tanten, die keine sind, und Vettern und Kusinen zweiten oder dritten Grades, die alle nicht van Wonderen heißen und die ich nicht kenne.

Ich hatte Riet und Henk extra eine Trauerkarte geschickt, weil sie im fernen Brabant natürlich nicht unsere Zeitung lesen. Riet hat sich nicht gemeldet, obwohl ich gerade von ihr eine – wenn auch vielleicht nicht besonders herzliche – Antwort erwartet hatte. Es würde mich nicht wundern, wenn ich nie wieder von ihr höre. Aber von Henk bekam ich eine Karte. *Ich wußte es schon*, schrieb er. *Und es tut mir leid, er war ein netter Mann. Ich fahre jetzt mit seinem Rad. Das habe ich mitgenommen, weil ich es nicht abschließen konnte und es sonst gestohlen worden wäre. Ich denke also manchmal an ihn. Grüße, Henk*. Über die Karte, die er ausgesucht hatte, mußte ich schmunzeln. Ein Turm aus Tieren: ein Esel, ein Hund, eine Katze und ein Hahn. »Ach, wie süß«, sagte Ada. »Das sind die Bremer Stadtmusikanten. Ein Märchen der Brüder Grimm.« Vor allem der Esel gefiel mir. Henk hatte nicht einfach eine beliebige Karte genommen. Glaube ich.

Vor zwei Wochen bin ich sechsundfünfzig geworden. In Deutschland. Er wollte über den Abschlußdamm fahren, ich über die neuen Polder. Weil der Opel Kadett bestimmt nicht bis Dänemark durchgehalten, sondern nach der halben Strecke den Geist aufgegeben hätte, fuhren wir mit seinem Wagen, also über den Abschlußdamm. Schon auf dem Damm, beim Monument – wir waren gerade mal eine Stunde unterwegs –, hielt er an. Wir rauchten beide eine *Halfzware* Van Nelle und blickten aufs Wattenmeer hinaus. Dann fuhren wir zu seinem Haus in einem kleinen Dorf nördlich von Leeuwarden. Er zeigte mir den kleinen Schuppen, in dem er *ûleboerden* anfertigt, friesische First- und Giebelverzierungen aus Holz, die er auch im weiteren Umkreis verkauft, nur über Mundpropaganda. »Was glaubst du, wovon ich mir meinen Genever leisten kann?« fragte er, während er unsere Gläser füllte. »Von meiner Rente?« Er führte mich auch zu der Stelle, an der sein Hund begraben liegt. In einem Winkel hinten im Garten, unter einem knorrigen Birnbaum, der längst ausgeblüht hatte. Im Boden steckte ein Kreuz, aus zwei Metallteilen geschweißt. Die umgegrabene Erde bildete noch einen kleinen Hügel. In seinem Wohnzimmer stand ein großer Schrank mit mindestens doppelt so vielen Büchern wie früher im Knechtshaus. Er füllte noch einmal großzügig mein Glas. Seins nicht, weil er fahren wollte. Ich kippte den Schnaps hinunter; was sollte ich in Friesland, ich wollte viel weiter nach Norden.

Kurz hinter der Grenze bei Nieuweschans machten wir schon wieder halt, weil er Hunger hatte. »Jetzt essen wir was, Eselmann«, sagte er. Es war mir recht.

Wenn man sich ein bißchen beeilt, kann man es gut an einem Tag bis nach Dänemark schaffen, viel mehr als siebenhundert Kilometer sind es nicht. Aber wir beeilten uns nicht und übernachteten ein Stück hinter Hamburg in einem Rasthof. »Doppelzimmer?« fragte die Frau an der Rezeption gelangweilt. »Ja klar«, sagte er. »Das ist billiger, was?« In dem riesigen Bett lagen wir beide auf dem Rücken, ich hatte meine Hände auf dem Bauch gefaltet. Ob er auch so dalag, weiß ich nicht. Als ich aufwachte, hatte ich Geburtstag. Ich wollte es ihm verschweigen, aber da gab es nichts zu verschweigen. Er wußte es noch. Wie das möglich sei, wollte ich wissen.

»Ich bin dreizehn Jahre hintereinander nicht zu eurem Geburtstag eingeladen worden«, sagte er. »Glaubst du, so was vergißt man? Während ich wie immer bei der Arbeit war, seid ihr großartig mit euren Papierhütchen rumgerannt. Manchmal seid ihr sogar zu mir gekommen und habt ganz stolz ›Wir haben Geburtstag!‹ gerufen.«

Ich kann mich nicht mehr daran erinnern. Er sagt es, also wird es stimmen.

Manchmal vergesse ich, daß er mich schon als Rotznase gekannt hat. Manchmal vergesse ich auch, daß er bei Vater angefangen hat, als er selbst noch ein Junge war. So etwa in Henks Alter.

In Puttgarden nahmen wir die Fähre nach Rødby. Die Überfahrt dauerte nur eine Dreiviertelstunde. Als wir ankamen, setzte ich mich ans Steuer, und dann lenkte ich den Wagen bei der ersten Gelegenheit an den Straßenrand.

»Was machst du, Eselmann?« fragte er.

Ich antwortete, daß wir jetzt in Dänemark seien und daß ich dieses Land endlich unter meinen Füßen spüren wolle.

»Es gibt noch *viel* mehr Dänemark«, sagte er. »Vor uns.«

Unterwegs hatte ich immer wieder das Gefühl, schon einmal hier gewesen zu sein; ich kannte fast alle Ortsnamen auf den Schildern. Vor Kopenhagen kauften wir in einer Tankstelle etwas zu essen, und erst da stellten wir fest, daß wir in Dänemark nicht mit Euro bezahlen konnten. Der junge Kassierer nahm die Scheine zwar an, aber ich glaube, nur widerwillig. Hinter Kopenhagen (»viel zu groß«, meinte Jaap; »viel zu voll, wir fahren weiter«) habe ich zum ersten Mal in meinem Leben eine Bankkarte in einen Geldautomaten gesteckt, meine Geheimzahl eingegeben und Geld aus einem Schlitz gezogen. Kronen. Jaap besitzt entweder keine Bankkarte oder hat sie nicht mitgenommen. Ich werde alles bezahlen. Weil wir nicht wußten, wo wir hinwollten, beschlossen wir weiterzufahren, bis es nicht weiterging. So sind wir in diesem Dorf mit dem unaussprechlichen Namen gelandet.

Das Land hier ist wellig, und es gibt keine Wassergräben. Man sieht auch kaum Kühe, die werden anscheinend vor allem in Jütland gehalten. Wo Jarno Koper ist. Wenn wir überhaupt einmal Kühe sehen, sind sie meistens braun. »Fleisch«, brummt er dann, und wir schauen in eine andere Richtung. Weizen, Gerste und Roggen stehen auf den Feldern. Und Raps, ganze Hügel sind hier gelb von blühendem Raps, mit Wiesenkerbel an den Rändern. Vor ein paar Tagen habe ich in einem Garten einen Rhododendronstrauch und violetten Flieder blühen sehen, neben ein paar roten Tulpen. Alles scheint hier gleichzeitig zu blühen.

Wenn die Dämmerung kommt, hören wir den traurigen Ruf eines Waldkäuzchens.

Tot ist tot. Weg ist weg, und dann weiß ich von nichts mehr. Der neue Viehhändler kam wie gerufen. Er fuhr den kleinen Lastwagen des alten Viehhändlers; den habe er günstig übernehmen können, sagte er. Ein junger Draufgänger – der Wagen hatte ein paar Beulen, die er vor zwei Monaten noch nicht gehabt hatte – und ein Großmaul. Von Anfang an duzte er mich. Ob er kurzfristig zwanzig Kühe, etwas Jungvieh, zwanzig Schafe und einen ganzen Schwung Lämmer verkaufen könnte, fragte ich ihn.

»Kein Problem!« rief er.

»Wie willst du das denn machen?«

»Mir fällt schon was ein.«

»Es muß schnell gehen, und am liebsten würde ich alles auf einmal abgeben.«

»Überlaß das nur mir.« Auf dem Weg zum Wagen fiel ihm noch etwas ein. Er kam zurück. »Und deine Milchquote?«

»Die ist nicht deine Sache.«

»Gut, gut.«

Zwei Tage darauf kam er wieder auf den Hof gerast. Mit unbewegter Miene nannte er mir einen Betrag. »Aber damit ist dann für dich auch gleich alles erledigt«, fügte er sofort hinzu. »Und ich gehe das Risiko ein, ich muß so viele Tiere kurzfristig absetzen, und besonders viel Stallraum hab ich ...«

»Ich hab's mir anders überlegt«, sagte ich.

»Was?!«

»Die Schafe bleiben, und die Lämmer auch.«

Bei der darauffolgenden Rechnerei schienen sich seine Pupillen leicht zu verfärben. Nach einiger Zeit nannte er einen niedrigeren Betrag. »Tatsache bleibt aber«, sagte er, »daß das Risiko bei mir liegt, und wenn ich ...«

»Gut«, sagte ich.

»Ja?« fragte er verblüfft.

»Ja.«

»Ah, ja, dann ...«

»Wann?«

»Bald«, antwortete er, schon viel weniger großspurig. »Bald.«

Den Tag, an dem die Tiere abgeholt wurden, verbrachte ich in Vaters Schlafzimmer. Alle Fotos, die Sticklappen und die Aquarellpilze habe ich ordentlich in eine Kartoffelkiste gepackt. Ich habe sein Bett abgezogen, die Bettücher und Bezüge gewaschen, die Vorhänge abgenommen, die Fenster geputzt, den blauen Teppichboden gesaugt. Als ich das Staubsaugerrohr unters Bett schob, verschluckte die Düse sich fast an dem Gedicht, das dort immer noch lag.

Komischer Vogel. »Du bist ein komischer Vogel«, hatte er zu mir gesagt. In dem Augenblick hatte das aus seinem Mund wie ein Ausdruck der Zuneigung geklungen.

Ich setzte mich auf Vaters Bett und las den Text noch einmal durch. Ich schämte mich. Mußte ich einem alten, hinfälligen Mann wie ihm so ein Gedicht zu lesen geben? Ich faltete das Blatt nachlässig zusammen und steckte es in die Gesäßtasche. Eine Woche später habe ich es als Papiermaché aus der frischgewaschenen Hose geklaubt. Erst am Abend ging ich in den Stall, als es schon zu dämmern anfing. Er war leerer als leer: Alles war noch da – Stroh, Mist, Staub, Wärme –, nur die Kühe nicht. Das gleiche galt für den Jungviehstall. Nein, da war es noch leerer, weil ich beim Reingehen gerade noch den Schwanz von einer weghuschenden Katze sah, von einer der ewig verschleimten wahrscheinlich.

Am Tag danach habe ich einen Brief an Staatsbosbeheer geschrieben. Darin teilte ich den Damen und Herren mit, daß ich nicht gewillt sei, das Grundstück zu verkaufen, auf dem sie ein Besucherzentrum bauen wollten. Und daß es mir sehr lieb wäre, keine weitere Post zu erhalten, bis ich selbst wieder mit ihnen Kontakt aufnehmen würde. Bis zu dem Tag, an dem wir uns auf den Weg nach Dänemark gemacht haben, ist keine Antwort gekommen. Das hatte ich ja auch so gewollt.

Als der Brief fertig war, habe ich nach einem Behältnis für meine Reisesachen gesucht. In einem Schrank in der Scheune fand ich einen Koffer, einen alten, schweren Lederkoffer. Ich habe ihn eingefettet, um das Leder etwas geschmeidiger zu machen. In den sechsunddreißig Jahren, in denen ich mich unter die Kühe gebückt habe, bin ich nicht ein einziges Mal in Urlaub gefahren. Ich frage mich, wann Vater und Mutter das Ding benutzt haben. Sie sind auch nie in Urlaub gefahren.

Außerdem mußte ich zur Rabobank, um eine Bankkarte zu beantragen. Wenn man ins Ausland fährt, braucht man eine Bankkarte. Es dauerte zwei Wochen, bis ich sie abholen konnte. In der Zeit habe ich – warum, ist mir immer noch nicht klar – die Küche renoviert. Ich habe gestrichen, ich habe die alten Vorhänge weggeworfen und eine Lamellenjalousie angebracht, und ich habe den Schreibtisch ausgeräumt. Fast wäre ich noch nach Monnickendam gefahren, um in einem Möbelgeschäft nach Küchen zu schauen. »Hast du Feuer gemacht?« fragte Ronald, einen Tag, nachdem ich mit allem fertig geworden war, als er hinter dem Eselstall einen schwelenden Aschehaufen entdeckt hatte. »Ohne uns zu rufen?« ergänzte Teun, der auch gekommen war.

Wir sitzen draußen, auf den Fliesen unter dem Vordach. Heute hat es ein Weilchen geregnet, aber es ist nicht kalt. Der Garten dampft, und der Bambus neben dem Haus scheuert leise über die Bretter der Seitenwand. Wir haben Rote Bete und eine Art Frikadellen gegessen, die man bei Spar fertig kaufen kann. Dazu haben wir eine Flasche Rotwein getrunken. Wein ist teuer in Dänemark.

»Was machen wir morgen?« frage ich.

»Was unser Herz uns eingibt. Zuerst stehen wir mal auf und trinken eine Tasse Kaffee.«

Ich habe ihn nach seiner Nase gefragt, nach seinen Eltern, nach Friesland, nach seinem Hund. Ich habe ihn gefragt, wie er damals zu Vater und Mutter gekommen war. »Du fragst und fragst, Eselmann«, sagt er dann. »Was willst du bloß von mir?« Er wollte nur von seinem Hund erzählen. Der war ein paar Tage vor dem Jahreswechsel gestorben. An einem Samstag, kurz nachdem er selbst von einem Kartenabend mit drei Freunden nach Hause gekommen war. Er hatte sich auf einen Stuhl gesetzt, und der Hund hatte ihm seinen alten Kopf in den Schoß gelegt. Nach einiger Zeit war der Hundekopf plötzlich schwer geworden, und er hatte zu spüren geglaubt, wie in den Adern unter seiner Hand das Blut stockte. »Er sank einfach in sich zusammen«, sagte er, »wie eins von diesen Spielzeugfigürchen, diesen Männchen, die man zusammenklappen lassen kann, wenn man auf den Knopf in ihrem Sockel drückt.«

»Du *hast* also Freunde bei dir in Friesland?« fragte ich.

Er seufzte und sagte nichts mehr.

Er zeigt auf den regenfeuchten Kirschbaum mitten im Garten. »Wir müssen noch mindestens einen Monat hierbleiben.«

»Von mir aus gern«, sage ich. »Ich mag Kirschen.« Ich gehe ins Haus und gieße uns zwei Tassen Kaffee ein. Als ich wieder auf die Terrasse komme, sehe ich, daß die letzten dunklen Wolken sich verzogen haben. Die Sonne scheint. Hier im Norden wird es erst sehr spät dunkel. Ich stelle die Kaffeetassen auf den Gartentisch und lege eine Tafel Zartbitterschokolade daneben.

»Warum hast du dir nicht wieder einen Hund gekauft?«

»Irgendwann ist einfach Schluß.«

»Oder auch nicht.«

»Es tut immer weh, wenn so ein Tier stirbt.«

»Sicher.«

»Weil die Frau von einem meiner Kartenkumpel gestorben war. Der kam zu mir und trank meinen Genever weg und sagte so Sachen wie ›Ich habe sie nicht verlieren wollen‹ oder ›Ich mußte sie loslassen‹. Das ärgerte mich, jemand stirbt oder stirbt nicht, da ist nicht viel zu wollen. Jedenfalls hatte er Kummer, und mein Hund spürte das und legte ihm den Kopf in den Schoß. Das war etwas, das er sonst nie machte. Und der Mann beachtete ihn gar nicht. Den Gedanken konnte ich nicht ertragen: daß das Tier kurz vor seinem Tod noch so freundlich zu dem Mann war und ihm was Gutes tun wollte, weil er Kummer hatte, und daß der nicht darauf reagiert hat.« Er bricht ein Stück Schokolade ab, legt es sich auf die Zunge und nimmt einen Schluck Kaffee. Sein Mund ist geschlossen, aber ich kann die Schokolade schmelzen sehen. »Freunde«, sagt er dann, mit schiefem Grinsen. »Genügt das? Freunde zum Kartenspielen, Haus und Garten gut in Schuß, Gewerkel im Schuppen, ein Hund, Genever und ein bißchen Geld auf der Bank?«

Er hat nicht mehr den Zahn mit der abgebrochenen Ecke. Eine Krone?

»Woher wußtest du eigentlich, daß Vater tot war?« frage ich.

»Das wußte ich ja gar nicht.«

»Also war es Zufall, daß du ausgerechnet an dem Tag zurückgekommen bist.«

»Ja.«

»Es gibt keinen Zufall.«

»Natürlich gibt es den. Ich dachte, ich fahre, und bin gefahren. Ich wollte die Obstblüte in Westfriesland sehen. Aber ich hab nicht viel gesehen, es war neblig. Ich könnte genausogut dich fragen, warum du aus dem Haus kamst, als ich gerade am Knechtshaus angekommen war.«

Zufall, denke ich.

»Vielleicht wär ich nicht mal zum Hof gefahren, wenn du nicht zu mir gekommen wärst.« Er wiederholt das Schokoladenritual. In der Ferne ruft der Waldkauz. Zum ersten Mal bekommt er eine Antwort, ganz aus der Nähe. »Und wo wärst du dann jetzt?«

»Ja«, sage ich. »Wo wär ich jetzt.«

Wir starren beide in den Garten. Ich denke an Riet und Henk. Den jungen Henk. An den jungen Milchfahrer, an den Viehhändler (den alten, den Henk auch noch kennengelernt hat), an Ada. Ich überlege, was ich ihm alles erzählen werde, oder will. Plötzlich interessiert mich die Zeit zwischen seinem Weggang und seiner Rückkehr nicht mehr. Nicht einmal die Zeit, bevor er zu uns kam. Was spielt das alles schon für eine Rolle? Morgen stehen wir zuerst mal auf und trinken eine Tasse Kaffee, und anschließend tun wir, »was unser Herz uns eingibt«.

»Ich hab im Grunde nie gelernt, wie man Dinge allein macht«, sage ich.

Langsam wendet er mir den Kopf zu. »Trink mal deinen Kaffee aus, Eselmann. Wird Zeit für eine Runde Karten.« Er steht auf und geht ins Haus.

Er hat recht, es wird Zeit für eine Runde Karten. Ich drehe mir eine Van Nelle, zünde sie an, stehe auf und gehe durch den Garten, den Kopf im Nacken. Tabakpäckchen und Feuerzeug schiebe ich in eine Gesäßtasche. Das Rauchen gefällt mir, es paßt wohl zu mir. Er hat nichts dazu gesagt, vielleicht denkt er, daß ich schon seit Jahrzehnten rauche. Er hat die Lampe über dem Tisch angemacht. Nicht, weil es nötig wäre, sondern weil er Licht überm Tisch gewohnt ist, wenn er Karten spielt. Der Waldkauz scheint zum Greifen nah zu sein, nach seinen traurigen Rufen zu urteilen. Es könnte übrigens genausogut eine Waldohreule oder ein Steinkauz sein. Mit Eulen kenne ich mich nicht aus; weil hier viel Wald ist, habe ich eben gleich an einen Waldkauz gedacht. Diese Rufe sind noch schlimmer als der Anblick von nassen, hinkenden Schafen oder ungeschorenen Schafen während einer Hitzewelle. Wenn ich sie höre, habe ich ein hohles Gefühl in der Gegend des Brustbeins. Als hätte ich nicht gerade erst gegessen.

»Kommst du?« Er steht in der Tür, aber er klingt nicht wirklich ungeduldig.

Ich sage nichts, hebe nur die Hand.

Eselmann nennt er mich. Dabei bin ich jetzt zum ersten Mal, seit ich sie habe, ohne die Esel. Teun und Ronald haben versprochen, gut für sie zu sorgen. Nein, nicht zuviel Futterrüben, Möhren und altes Brot; ja, wenn es regnet, in den Stall; ja, immer nach dem großen Wasserfaß schauen (»Aber ein Eimer Wasser ist ganz schön schwer«, meinte Ronald). Sie sorgen auch für die Lakenvelder Hühner. Die Eier kann ihre Mutter für Rührteig und Pfannkuchen verwenden. Teun wird jeden Tag eine Runde über die Schafkoppel machen. Er ist stark genug, um einem Schaf, das auf dem Rücken liegt, auf die Beine zu helfen, vielleicht sogar, um ein Lamm aus dem Wasser aufs Trockne zu befördern. Wenn nicht, kann er seinen Vater zu Hilfe holen. Ada hat versprochen, ab und zu »mit dem Staubsauger durchs Haus zu gehen« und »die Augen offenzuhalten«. Sie wollte wissen, wie lange ich wegbleiben würde. »Das weiß ich nicht«, habe ich gesagt. Kurz vor meiner Abreise kam sie vorbei, um in Wims Auftrag zu fragen, was ich mit meiner Milchquote vorhätte.

»Das ist *die* Chance für ihn«, sagte sie. »Für uns«, verbesserte sie sich gleich.

Ich antwortete, daß ich darüber noch nachdenken wollte, und fragte, warum Wim nicht selber vorbeikäme, um mit mir über meine Quote zu sprechen.

Sie schaute mich an, als ob sie wieder irgendeine Ausrede für ihn erfinden wollte, aber dann sagte sie nur: »Er traut sich ganz einfach nicht.«

Etwas später fragte sie noch, warum ich die Schafe nicht abgegeben hätte.

»Keine Ahnung«, sagte ich.

Eselmann. Mir ist es recht.

Wenn mich jemand bei meinem Namen nannte, Helmer, dachte ich mir immer »Henk und« davor. Immer. Es spielte keine Rolle, wie lange er schon tot war, unsere Namen gehörten zusammen, wie Peek und Cloppenburg, wie Kanis und Gunnink, wie Van Gend und Loos.

Vielleicht hatte Riet doch recht gehabt, als sie an dem kalten Januartag auf dem Friedhof sagte, man könnte jemand anders werden. Damals hatte ich mich darüber geärgert, dabei hätte ich, wenn ich etwas aufmerksamer gewesen wäre, schon an der überfahrenen Ente sehen können, daß es stimmte. Die war innerhalb kürzester Zeit jemand anders geworden. Ein toter Jemand.

Nein, keine langen Reihen von Schwalben auf durchhängenden Stromdrähten. Die Masten stehen noch, aber die Leitungen sind verschwunden. In der ganzen Gegend heben Männer in orangefarbenen Anzügen schmale Gräben neben den Straßen aus und verlegen dicke Kabel. Wenn ich ein Jahr später gekommen wäre, hätte ich nicht einmal gewußt, daß auch hier früher Masten gestanden und Drähte gehangen haben.

Ich halte immer noch Ausschau nach der Eule. Beim Rauchen *kann* man gut in Gedanken versinken. Während ich Ausschau halte, denke ich, ohne daß ich mir genau darüber im klaren wäre, woran ich denke. Ich habe nicht »Ich komme« gesagt, ich habe nur die Hand gehoben. Das kann alles mögliche bedeuten. Jaap hat sich auf einen Hocker am Fenster gesetzt. Er wendet mir den Rücken zu. Auch er raucht, ganz ruhig wartet er darauf, daß ich ins Haus komme. Ich werfe die Kippe ins Gras und drücke sie mit der Schuhspitze aus. Dann gehe ich an seinem Auto vorbei zum offenstehenden Tor.

Ich orientiere mich an der Sonne; hin und wieder verliere ich sie aus dem Blick, wenn sie von Bäumen und anderen Ferienhäusern verdeckt wird. Ich muß mich in einem Gewirr von Wegen und ungepflasterten Straßen zurechtfinden. Zum ersten Mal gehe ich hier zu Fuß, nehme Abkürzungen, die ich noch nicht kannte. Wir bewegen uns sonst fast nur mit dem Auto fort, meistens fährt Jaap, immer ganz langsam. Zwei alte Männer im Urlaub in einem fremden Land; vielleicht sieht uns manchmal eine ältere Dänin im Schneckentempo vorbeifahren und denkt dann: Ach, sie sind allein, ob sie Witwer sind? Vor den Häuschen liegen tadellos gepflegte Rasen. Überall sehe ich Dänen mit Astscheren, Handmähern und Hacken arbeiten. Ich würde nicht mähen, wenn es kurz vorher noch geregnet hat, aber ich bin ja auch kein Däne. »Hej«, sagen sie zu mir. Es riecht nach Harz und Holzfeuern. Ich bin weg von zu Hause, ich bin in einem anderen Land, das ich vorher nur als flache Karte kannte, ohne Gerüche und Formen. In gewisser Weise gefällt mir Eselmann besser als Helmer. In dem Gewirr von Wegen und ungepflasterten Straßen gibt es natürlich auch viele Kreuzungen. Auf einer Weide grasen ein paar Islandpferdchen. Als ich auf dem Weg neben der Weide bin, kommen sie an den Elektrozaun. Ich bleibe nicht stehen, um ihre Nasen zu streicheln. Daß ich nicht in gerader Linie auf die Sonne zugehen kann, macht die Sache schwierig, dauernd muß ich mich zwischen rechts und links entscheiden, bevor ich wieder auf eine Straße komme, die nach Westen führt. »Hej«, sage ich zu einer freundlichen Frau mit Hund und frage sie dann auf englisch nach dem Weg. Die Richtung stimmt jedenfalls. Die Frau erinnert mich an Mutter.

Ich hatte gehofft, auf einer der Nebenstraßen zum Heather Hill Grill zu finden, aber daraus wird nichts. Ungefähr auf halbem Weg zwischen Dorf und Heather Hill komme ich auf die frisch asphaltierte Küstenstraße. Es gibt keinen Rad- oder Fußweg. Vor mir liegt ein Campingplatz; noch sind nicht viele Zelte aufgebaut, und niemand springt auf den Trampolinen im Gras. Fünf Autos kommen mir entgegen, drei kommen von hinten. Der Himmel färbt sich schon leicht orange, ich lege einen Schritt zu. »Idiot« ist das Wort, das ich höre, wenn ich an Henk denke, obwohl in den achtzehn Jahren davor so viele andere Wörter ausgesprochen worden waren. Der Grill ist geschlossen, der kleine Parkplatz leer, die Holztische, an denen sonst Würste gegessen werden (*pølser* heißen die hier), sind nicht besetzt. Ich wende mich nach rechts und öffne das Schafgatter. Ein paar Minuten später stehe ich auf dem Geröllstrand.

Ich hebe die Hand, um zwischen den Fingern nach der Sonne zu schauen. Die hängt eine halbe Daumenlänge über dem spiegelglatten Wasser. In größerer Entfernung rechts sind die Häuser des Dorfs zu sehen, die man auf den Dünen gebaut hat. Davor liegen ein paar grellbunte kleine Fischerboote am Strand. Postkartenalltag. In größerer Entfernung links ragt ein hohes Kliff – höher als Heather Hill – ins Meer, der Geröllstrand endet davor; eine Holztreppe führt zu einem schwarz gestrichenen Ferienhaus mit Veranda hinauf. Am Strand ist niemand. Keine einzige Nebelkrähe ist in der Luft, auch die wuseligen kleinen grauen Strandläufer sind jetzt nicht da. Keine Flugzeuge, keine Schiffe, keine Bohrinseln. Ich ziehe meine Hose aus und wate ein Stückchen ins Meer, auf dem Pfad, den wir erst heute morgen wieder freiräumen mußten. Ich bin weit und breit der einzige, der Geräusche macht. Hinter mir, denke ich, sehr weit hinter mir liegt das IJsselmeer, in dem niemals die Sonne untergehen kann. Als ich bis zu den Knien im Wasser stehe, verschränke ich die Arme und drehe mich ein wenig nach links, zur Sonne, die jetzt eine Nagellänge über dem Horizont steht. Als ihre Unterseite wie warmes Wachs ins Wasser zu schmelzen beginnt, drehe ich mich um, gehe zum Kliff und klettere hinauf. Oben auf Heather Hill setze ich mich hin, und erst dann sehe ich unten meine Hose liegen, einsam zwischen den Steinen, wie von einem Selbstmörder zurückgelassen.

Es geht schneller, als ich gedacht hatte. Eigentlich ist es nicht so, daß die Sonne hinter dem Horizont verschwindet, eher wird der orangefarbene Ball vom Meer verschluckt. Warme Luft streift meinen Hals. Es dauert einige Zeit, bis mir klar wird, daß das nicht der Wind sein kann, Wind weht nicht in so regelmäßigen, kurzen Stößen. Ganz langsam drehe ich mich um. Keine zwanzig Zentimeter von meinem Gesicht entfernt, auf gleicher Höhe, ist der dunkle Kopf eines Hängeohrschafs.

Es schaut mich unbewegt an; die Pupillen seiner gelben Augen sind nicht rund, sondern fast rechteckig. Sein Atem streicht jetzt über mein Gesicht, er riecht würzig. Das ist kein jämmerliches Schaf. Es ist ein edles Tier. Als ich nicht mehr in diese gelben Augen schauen kann, drehe ich meinen Kopf wieder nach vorn. Das Schaf bleibt stehen. Ich stelle mir vor, daß es wie ich den Himmel über dem Meer betrachtet, der blau ist, orangefarben und gelb und an einigen Stellen fast violett. Meine Atmung paßt sich dem Takt der warmen Luftstöße an, die sanft an meinem Hals entlangstreichen.

Ich weiß, daß ich aufstehen muß, daß es in dem Gewirr von Wegen und ungepflasterten Straßen jetzt schon dunkel ist, wegen der Wäldchen aus Kiefern, Birken und Ahornbäumen. Aber ich bleibe ruhig sitzen. Ich bin allein.

Nicolai Lilin. Sibirische Erziehung. Aus dem Italienischen von Peter Klöss. st 4162. 464 Seiten

Perihan Mağden. Wovor wir fliehen. Roman. Aus dem Türkischen von Johannes Neuner. st 4148. 239 Seiten

Angeles Mastretta. ¡Ehemänner! Erzählungen. Aus dem Spanischen von Petra Strien. st 4101. 220 Seiten

Henriette E. Møller. Jelne. Roman. Aus dem Dänischen von Angelika Gundlach. st 4127. 220 Seiten

Peter Murphy. Ich, John. Roman. Aus dem Englischen von Karsten Kredel. st 4109. 220 Seiten

Elsa Osorio. Sackgasse mit Ausgang. Erzählungen. Aus dem Spanischen von Stefanie Gerhold. st 4191. 180 Seiten

Gunnhild Øyehaug. Ich wär gern wie ich bin. Roman. Aus dem Norwegischen von Ebba D. Drolshagen. st 4179. 300 Seiten

Elisabeth Rank. Im Zweifel für dich selbst. Roman. st 4143. 200 Seiten

Anne Swärd. Bis zum letzten Atemzug. Roman. st 4248. 348 Seiten

Rose Tremain. Der weite Weg nach Hause. Roman. Aus dem Englischen von Christel Dormagen. st 4120. 493 Seiten

Rose Tremain. Der unausweichliche Tag. Roman. st 4220. 334 Seiten

NF 943/2/3.11